叶晓燕
著

中国出版集团
现代出版社

图书在版编目（CIP）数据

辗转成歌 / 叶晓燕著． -- 北京 ： 现代出版社，
2018.1

ISBN 978-7-5143-6749-2

Ⅰ．①辗… Ⅱ．①叶… Ⅲ．①散文集－中国－当代
Ⅳ．①I267

中国版本图书馆 CIP 数据核字（2017）第 326396 号

辗转成歌

作　　者	叶晓燕	
责任编辑	杨学庆	
出版发行	现代出版社	
地　　址	北京市安定门外安华里504号	
邮政编码	100011	
电　　话	010-64267325　010-64245264（兼传真）	
网　　址	www.1980xd.com	
电子邮箱	xiandai@vip.sina.com	
印　　刷	北京一鑫印务有限责任公司	
开　　本	710mm×1000mm　1/16	
印　　张	14	
字　　数	227千	
版　　次	2018年1月第1版　2022年7月第2次印刷	
书　　号	ISBN 978-7-5143-6749-2	
定　　价	49.00元	

凡尘清唱（代序）

敬一兵

　　河南作家叶晓燕发表在《牡丹》杂志2017年1期上的散文《柴大》，用纪实的感性笔触将草芥人物的命运真相和盘托出。关注底层、缅怀逝者、同情弱者的悲悯情愫与仁厚之爱，仿佛一曲凡尘清唱，抚慰了作者的心灵，也深深感动了我。这篇散文反复读了几遍之后，我相信正是生活的艰难与辛酸，才像白杨树忠贞不渝、无怨无悔的秉性那样，构成了柴大抵御逆境憧憬未来的精神支柱的全部实质。

　　"柴大的孙子出事那天早上，屋前那棵老白杨叶子掉光了。"散文《柴大》首先进入我眼帘的这句话，除了是事实，还是否是对应、巧合、暗示抑或宿命的象征？很多时候，问题的开始，就是生活这幕戏剧的一个开始，也是一曲凡尘清唱的开始。我对作者的如是叙述切点很是感佩——简洁的在场性呈现的背后，是柴大这个人物曾经清贫而又卑微的日子，也是作者眼中人性核质与白杨精神神奇转化的定位场景。结合文章整体内容来看这段开场白，我认为作者开场白的起笔是很不平凡的——有自觉的文体意识，更重要的还是拥有了悲悯的浓郁味道。悲悯情愫，本质上就是人性的根本属性之一。

　　通过这篇散文质朴而又质感的叙述，比如"两家人都不富裕，互相帮衬着，相扶相携，就这么凑合着过。一来二往，竟然处成了亲戚"以及"柴大已经与我们相识了十年。这一家人早已和我们家连为一体，不是亲人胜似亲人，柴大始终称呼我老公为'俺兄弟'，称呼我为'俺家老姑娘'"不难看出，作者与柴大这个人物的关系十分密切，再结合作者以自己的视觉叙述柴大的情形可以看出，本文采用了叙事散文的体裁。叙事散文的这两个基本特征，非常适合于私人化的细节描述，也能更好地承载情感的抒发需求。我的这个认识，来自作者对柴大几个生活片段的叙述。叙述的走向，情愫倾泻的走向，始终是指向抵达自己内心的方向。这样的走向印证了文学的一个事实——能够打动人心的作品，除了丰富的经历，善于发现本真的视觉外，更重要的还是源自内心与触及人性最深刻的元素。

我从这篇叙事散文中挑出了作者如下的叙述。

"柴家实在是太困难……数九寒冬，五个孩子的床上铺的居然是稻草，连棉褥子都没有。这场景我只有在书中看过，触目惊心的贫穷比寒冷更令人绝望，我被深深地震撼了……我把孩子闲置的好衣服、好玩具、日用品打包送去"。柴大的孙子"下地便是放养，苗壮得像是柴大家另一棵小小的杨树苗""自从小娃会走路，他也跟在太太身后下菜园。菜篮子比他还高，他抢在怀里，高高地举起，雀跃着一路小跑，鞋子被雪水浸透他也不在意。太太给他脱下灌满冰水的湿鞋袜，小脚还没巴掌一半大，冻得红彤彤的，像根小红萝卜。他非但不哭，还在咯咯地傻笑""看着他那伶俐的模样，我真想带他离开农村，到城里生活"，柴大的孙子因为意外死亡后"我心中无尽哀恸，椎心刺骨的寒意从脚底蔓延开，我甚至有些恨，恨命运不长眼，恨大人疏忽，甚至，恨孩子投错了胎……"，以及柴大因为食道癌死亡前后，作者"看到他难受的模样，我实在不知道该说些什么来，语言苍白无力，只能强忍哀恸，咽下眼泪，一遍遍地重复着，让他放心，他的老母亲健在，儿女也成人，只要有我们在，没有放不下的牵挂，没有交不掉的差事"，并由此发出感叹"倘若好人一生平安，为何这样善良勤劳的老实人承受了这么多不幸？倘若万物有灵，为何没能听到这家人绝望时的祈祷？"

作者的这些叙述，浸满了悲悯的情愫。悲悯来自深深的同情与感同身受所唤醒的细致而又仁厚的爱。安徒生《卖火柴的小女孩》的童话故事是这样，爱尔兰传统歌曲《丹尼男孩》是这样，作者这篇叙事散文《柴大》也是这样。作者的叙述明确告诉我们，正是同情弱者，一个生者对一个逝者的尊敬与小心呵护，还有悲悯这种无懈可击的人格，才能显示出生命和人性的高度，人类的仁爱之心才会借此绵延不绝。作者用自己的叙述证明了白居易所说"古人唱歌兼唱情"的内涵与真谛。透过这篇散文的叙述，我感受到了作者在对草芥人物的悲悯之中把握生、把握死、把握生活等感念演绎得如此深厚和丰满，演绎得如此精细、精妙和精深，从而让生命与生活的真谛得以淋漓尽致地展现，确实难能可贵。我们的生命和生活，不是牺牲、奉献、殉道，而是生活的意志，不是不朽与永恒的幻觉，而是生命的本能，不是勇气的炫耀，而是骄傲、自信、尊严和感恩；不是自觉偿还的债务，也不是以此作为抗衡物质社会的力量，而是一种常态的生活方式。

任何文学作品的阅读鉴赏过程，都是作者与读者的潜在对话。好的文学作品之所以吸引人感动人，在于读者总在他人的文本中不断地投入自己——感情、思想、经验与教训，从而勾兑出与众不同的味道。我读叶晓燕这篇散文，就有如是感觉。

我非常认同作家陈希我的观点：文学恰是以"临渊"的方式书写现实，如此才能抵达精神的现实，几乎所有了不起的文学都是抵达精神领域的，但丁、雨果、列夫·托尔斯泰、陀思妥耶夫斯基、卡夫卡，乃至中国作为异数出现的鲁迅，缺乏"精神性"的文学是低端的文学。从这个角度来看叶晓燕的散文不难发现，柴大这个人物是草芥的缩影，是贫穷、苦难乃至死亡的命运交织体，是生活中非常的维度与无法回避的侧面，除了认真自省反思外，也是因为内心抵达，深刻呈现人性的内核而具有了精神上的大向度、高度与纵深度的实质。陀思妥耶夫斯基往往把人放在万难忍受的绝境里来拷问灵魂，而叶晓燕则把草芥人物从绝境里提拔出来，用悲悯的情愫和盘托出人性的轮廓与线条，仅此一点就值得我们借鉴与比对。

美丽和缺憾从来都是共生共长的。它们可以完全重合，相互交缠，融为一体。但在现实社会中，二者却时常出现背道而驰神形契阔的结局。具体到这篇散文里，柴大憧憬幸福生活的追求，却很难摆脱厄运的纠缠，便是一个证明。许多人匪夷所思地迷恋着缺憾带来的美，比如流泪的哈姆雷特，断臂的维纳斯，霍乱时期的爱情，枪口下难舍难分的缠绵悲切……如果没有悲剧的发生，没有阴阳相隔，没有误解背叛再度破镜重圆，一切美丽都不成为美丽，一切结局都不被珍惜。所谓美丽，就是在消失殆尽的那一刹那绽放出来的精神元素。这样的美丽属于柴大。属于我的，仅仅是我的阅历无法感受到人生与人性的深沉。

作为中国诗歌学会与散文学会会员，河南省作家叶晓燕对诗歌、散文两种文体的把握自不在话下，她知道诗本质上是比喻性的语言，兼具表现力和启示性的本质，从她在各类诗刊上发表的诗歌可以窥见一斑，这里就不多说了。美国作家布鲁姆对诗性语言的认识观，经过叶晓燕的理解后，又在这篇散文里获得了新的生命力。用白杨的生物属性来比喻柴大的精神向度，这种体现人格魅力的叙述角度，是散文《柴大》的另外一个重要的看点所在。

让我们再次看看作者在本文里的如下叙述吧。

"洪水来了又退，留下一地狼藉。扒拉扒拉倒伏在淤泥下的小麦，柴大转头看见了依然挺立的树。绿色的叶子像巴掌，像耳朵，迎着夏天的风，呼呼啦啦扇动了洪水带不走的腥臭的空气。绿色如同一盏盏生命之灯，扎根在洪患区的泥土里。""杨树，耐旱耐涝，长得快又高。河滩土是它最好的食物。这种杨树长势惊人，落上土，一转身，树苗就活了。柴大忙着在前挖坑，身后，刚栽下的杨树英姿勃发，憨笑着舒展开肩膀，扑棱着枝丫，一蹿一蹿地往天上长。柴大弓着背，像一枚小小的种子，又像一粒微弱的火苗，在他的河滩上不知疲倦地闪动。""《白杨礼赞》中把杨树比喻成北方挺拔站立的哨兵，柴大的杨树林没那么高尚，它们简单又快活，像是知道众人对它们的殷殷期待，它们长得快，长得高，长得结实。杨树林将整片河滩都染了葱葱郁郁的绿色，迎风摇曳，沙沙作响，绽放出耀眼的希望。十年树木，百年树人，我能想象长成参天大树的杨树林一株株，一排排……""当生命的尽头已经清晰可见时，悲哀如同潮水，笼罩了所有人。没有欢笑的孩童，没有强壮的青年，屋外的白杨树瑟瑟发抖，绿意却喷薄而出，似乎要将吸收的所有的日月精华全数倾吐"，等等。

　　柴大，白杨，物质，精神。这四个关键词，成了可以互为印证互为彰显与佐证的对象，无疑构成了作者这篇散文中一个特殊的世界。作者构建的这个比对与印证的特殊世界，目的并不在于征服现实展示柴大这个人物高大上的辉煌形象，而是用白杨树这个具体物象，不动声色地从背景上为柴大提供了一个清凉的参照体系。结合作者的这篇散文来看，白杨树柔软的部位像绿色的叶子，就映衬烘托了柴大内心世界中隐忍、亲切、渴望、多情与忧伤的成分。白杨树坚硬的部位像树干，则宛如毕加索冲动化为暴力的油彩挥洒在画布上那样，清晰地勾勒出了贫穷困苦生活中的柴大对现实的抗争、不屈、顽强和奋斗，以及对未来执着追求憧憬的精神元素。我以为，白杨树确实是柴大精神世界外化而成的一曲凡尘清唱，它所具有的那种瓷实、曼妙和高傲的色泽、至幻至美的光滑简洁和深刻又单纯的忧郁元素，轻易就能够击穿人们的心灵从而引发人们的共鸣。

　　寻找对应物的准确性，以达到比喻或者暗示的最为幽深辽阔的疆域，既是柴大内心世界的展示，也是作者内心世界的诉求。散文《柴大》之所以让我动容让我流连，便在于通过白杨的映衬、比对与比喻，让我不由自主就进入一个精神世界的领域中。事实也是这样，精神世界存在的方式不同，人进入其中的方式不同，决定了其意义的不同。

从美学的角度来看，我认为这篇散文中穿插作者悲伤、忧郁乃至疼痛的叩问元素和类似旁白的成分，并非有意糅合进杂文的气息让文章多出跨文体的味道，实则是情之所至金石为开的心理、感性、价值审核和情感色彩上的美学元素的爆发性体现。在作者的散文里，诸如"命运，有时候比悲剧更无情""厄运就此结束了吗？我也希望。可是，否极泰来只是小说里自欺欺人的词，雪上加霜，才是最真实的生活""我本是不信命的，结识了柴大之后，我却信了"以及"倘若好人一生平安，为何这样善良勤劳的老实人承受了这么多不幸"等感叹、叩问或反思的文字，确实给我酸楚多于快乐、阴霾多于天光的情感世界带来极大的震撼。对于我来说，喜欢作者这篇文章的全部理由，就在于文章能够把隔在时光两边的事物，情景交融地契合在我的身上。任何事情都有旁逸斜出的地方，也有隐遁栖息的地方，只有到了情感共鸣的时候，它们才会沿循自然真实的契合之路，邂逅在一起。

尽管散文《柴大》的创作并无惊人的独特性变化，尽管对社会底层生态的关注、对人性的多维透视和叙述方式等层面来看并不存在基因突变，基本上还是在既有的审美轨道上平稳前行。但是，基于对漠视草芥这个问题的批判层面还是能够看出，作者在社会大背景下对柴大悲剧命运的呈现，特别是试图从深度透视人性的揭示方面，都体现出了服从于深度揭示柴大惨淡人生的审美考量走向。这应该是《柴大》的质感之处，也是富有穿透人心的艺术感染魅力之所在。

依托自然，依托自然中的单纯，依托那几乎没人注意到一如柴大草芥生活与命运的渺小，这渺小会不知不觉地变得庞大而不能测度。实现这样转变的是作者我手写我心的文字。应该说，作者体现在这篇散文里的文字自我性特征是一目了然的。也正是这样的文字，才能够将悲悯的情愫转化成寄托，并以此来驮载人性的更为日常和内在的东西，从而发现一种应和，一种坚持，一种传继。所谓人生是梦的延长，便是缘出于此的。

敬一兵，学者兼作家。1986年出版个人学术专著。在《芳草》《延河》《湖南文学》（原《文学界》）《创作与评论》《山东文学》《鹿鸣》《都市》《边疆文学》《岁月》《散文选刊》《红豆》《世界文化》《南腔北调》和《中国国家地理》等杂志上发表散文小说若干篇。在全国各类文学大奖赛中多次获得等级奖。其中散文《甲秀楼：您是琴弦我是弓》在2011年"美文天下·首届全国旅游散文大赛"中获得一等奖，《澹澹海姿》在2014年全国海洋文学大赛中获得一等奖。

目录

第三辑　守望花开

第一辑　凡尘清唱

柴大

　　柴大的孙子出事那天早上，屋前那棵老白杨叶子掉光了。

　　正值春耕，土地迫不及待换了装，绿色像是一场良性的瘟疫席卷了房前屋后，憋了一冬，绿唯恐人忘了她，但凡沾了土，她就会想尽办法攀爬。连那石缝里落的几粒灰她也不放过，水沟塘坝也是星星点点的绿，洼地里那片白杨林更是绿得喜人，除了白花花的树干，所有枝丫都被绿色遮住了。叶片有蒲扇大，像一只只绿耳朵，绿巴掌，呼呼啦啦地相互拍打。站门口朝外多看几秒钟，眼珠子也要变成绿的了，柴大和老母亲不敢多看，出门得半眯着眼，唯恐绿染进眼睛里，洗不掉。

　　那天柴大照例早起，门口那棵老杨树叶子却掉了一地，像是打翻了一地的绿漆，把地都染绿了。柴大眯缝着眼，绕着树看了又看，新叶子还没冒尖儿，旧叶子就掉光了，光秃秃的枝丫突兀地伸在空气里，有些无所适从。这棵老杨树在屋前长了几十年，柴大第一次见到杨树这副模样。天还没亮，柴大扫了整整四撮斗才干净。树叶堆在猪圈后头，猪圈的木栅门一挨到树叶堆，也变了颜色，鼓鼓胀胀的，似乎马上就要冒芽抽条。

　　几个小时之后，柴大的孙子起床，拿了个水煮蛋出门玩。三岁大的娃娃没见过世面，忘了爷爷和老太的叮嘱，东张西望，猪圈发着莹莹的绿，他凑上去细瞧，木栅门已经长成半人高的树，冲着孩子的眼睛"啪"一下，射出一朵小小的绿芽。孩子悚然一惊，忘了呼吸，嗓子里的一口鸡蛋堵住了他细细的气管。

　　这不是柴大家第一次出事了。半年前，柴大在北京收废品的二女婿突然晕倒，不省人事，虽竭力抢救，却成了植物人。再往前二十年，柴家的二女儿，左脚残疾，而柴大的老婆，生完了第五个孩子，终于撒手西去。

　　我本是不信命的，但是结识柴大之后我却信了。老实巴交的柴大，身量普通，相貌普通，是你能想象得到的最典型最平凡的农家汉子。然而他又是不同的，相比我认识的其他人，柴大承受的不幸异乎寻常的多，且频繁。

我们认识柴大时，是因为驻村扶贫，本是公职工作。当时他的小女儿两岁半，依然不会走，终日坐在木制的婴儿车里。柴家实在是太困难，踏入他家的屋子，一丝暖的空气也没有，屋里屋外一个温度。数九寒冬，五个孩子的床上铺的居然是稻草，连棉褥子都没有。这场景我只有在书中看过，触目惊心的贫穷比寒冷更令人绝望，我被深深地震撼了。

一回家，我便收拾了两床被褥。当时我家小孩也刚出生，就把剩余的儿童奶粉也带去给柴大。柴大的小女儿太缺营养，喝了奶粉，眼见着她变白了，胖乎了，没几个月就能站起来，学会走了。当时我们夫妇刚工作，家里也没有余钱帮柴家每个人添新衣，不过柴家小姑娘身形纤小瘦弱，正适合穿我闺女的衣服。于是，我把孩子闲置的好衣服、好玩具、日用品打包送去。我父母、我们夫妻的一些旧衣物，只要柴大的家人能穿的，我也洗干净，送去一季又一季。柴大善良，得了空总来我家看看，一口袋花生，几根新玉米，甚至新扎好的麻秸，都会送点来给我们尝个新鲜。两家人都不富裕，互相帮衬着，相扶相携，就这么凑合着过。一来二往，竟然处成了亲戚。

贫穷的日子似乎流动得特别慢。五个孩子嗷嗷待哺，柴大天天犯愁。他勤劳，农活一样不落，还会编柳筐，会屠宰，逢年过节，总有人家请他去宰猪。屠宰是门手艺，手艺活漂亮，才有源源不断的生计。柴大人老实，做活却利索，前一天晚上，柴大便坐在灶台边，把尖刀磨得锃亮，有这把刀在手，柴大便是世上最自信的屠户。开膛破肚，扒皮剔骨，十里八乡的屠宰活计，一半都是找他。柴大的刀快，却快不过物价的飞涨。几个孩子吃饭、上学、日常开销，每一天都在吞钱。

柴家老屋在河湾岸上，地势低洼。夏季洪水肆虐，柴大劳作一春的心血尽数付诸东流。每年汛期，站在柴家门口向下望，浊黄色的河水暴涨了十几米，河面上浮着树枝，河底都是农田。洪水冷酷地朝东流，岸上，柴大紧锁的眉毛铺满了整条河堤。

洪水来了又退，留下一地狼藉。扒拉扒拉倒伏在淤泥下的小麦，柴大转头看见了依然挺立的树。绿色的叶子像巴掌，像耳朵，迎着夏天的风，呼呼啦啦扇动了洪水带不走的腥臭的空气。绿色如同一盏盏生命之灯，扎根在洪患区的泥土里。大概是被这绿色感染，柴大借钱去买了树苗。

杨树，耐旱耐涝，长得快又高。河滩土是它最好的食物。这种杨树长

势惊人，落上土，一转身，树苗就活了。柴大忙着在前挖坑，身后，刚栽下的杨树英姿勃发，憨笑着舒展开肩膀，扑棱着枝丫，一蹿一蹿地往天上长。柴大弓着背，像一枚小小的种子，又像一粒微弱的火苗，在他的河滩上不知疲倦地闪动。杨树林倒也不负众望，第二天就长到一人高，第三天卷曲的叶子展开透出嫩嫩的绿，第四天已经长到仰着头都看不到顶。

茅盾在《白杨礼赞》中把杨树比喻成北方挺拔站立的哨兵，柴大的杨树林没那么高尚，它们简单又快活，像是知道众人对它们的殷殷期待，它们长得快，长得高，长得结实。杨树林将整片河滩都染了蓊蓊郁郁的绿色，迎风摇曳，沙沙作响，绽放出耀眼的希望。十年树木，百年树人，我能想象长成参天大树的杨树林一株株，一排排，砍伐后送到加工厂，能想象到柴大点钞数钱浮出的笑脸，想象到柴大未来媳妇的俊俏模样……

杨树林不负众望地支撑起了柴大一家的吃穿用度，然而也仅仅是吃穿而已，脱贫致富，靠种树的收益远远不够。柴大的孩子们陆续长大了，房屋狭小，住不下，亟须盖房子。对于普通家庭而言，盖房子要筹集的钱尚不是小数目，更何况是柴大。他东借西挪，拼拼凑凑，还是差了一截。

那是20世纪90年代初，中国大地正在静悄悄进行着一场翻天覆地的变化，从大连到广州，万丈高楼即将拔地而起，他们的主人将成为每个城市，甚至是这个国家最富有的人。然而这场剧变并未惠及我们工薪阶层，每月仍是薄薄四张纸，上有老人下有孩子，日子紧紧巴巴。但是这些难处，农民柴大不知情，也听不明白，他只知道自己盖房子缺钱，来兄弟家筹一些，下个月就能盖个大屋。

他的眼神愁苦焦灼又期待，如一尾奋力向上溯游的鱼，浑身写满了同贫困抗争的伤痕。听他说明了缘由，连和我打商量的余地都没有，老公二话没说便进了里屋，开了柜子，从最下面的抽屉底下找到了那枚纸质存折。绿色的封皮，烫金的字，里面一行又一行的数字，是我们每个月从牙缝里抠出的钱。老公打开存折，翻到最后那一页，顿了顿。我没说什么，默默帮他关上了柜门。走到外间，中午的阳光被窗外树影遮挡，透过玻璃只射进来些许斑驳的金色，投射到柴大的瞳孔，却仿佛两团跳动的火苗。那火苗一点点地在燃烧、放大、升腾，如焦渴的种子遇到雨水的滋润迅速发芽生长孕育出勃勃的生机和希望。老公把存折揣在夹克口袋里，招招手和柴大一道出去了。

那本存折的存款，是我们近三年的积蓄，老公一次性取出全部给了柴大。其实，我们也知道名为借，实则是送。柴家捉襟见肘，靠着那片杨树林子只能解决温饱，哪里还有多余的钱还债。不过好兄弟还是好兄弟，我家建房时，搭建脚手架等急需大量木材，柴大听说后砍下杨树，拉了一车板材，帮我们解了燃眉之急。

生活似乎在往好的方向奔走。河洼地实在不适合种粮食，柴大尝试着去饲养大批的鸡鸭牛羊等牲口，成群的鸡鸭牛羊，在河坡自由自在地觅食嬉戏，优哉游哉，不需要太费力，却比种田收益还多。柴大成了统领三军的司令，每天清晨，打开一道道栅栏门，牲畜军团乱中有序地簇拥着首领往河滩上走。杀年猪时，柴大都会请我们过去，吃饱的黄牛舒适慵懒地躺在院子西边的地上，新长出犄角的小牛在不时地哞哞地叫着。没过多久，柴大的大儿子当了兵，我们帮助他大女儿在城里谋到一份工作。

当柴家终于有了积蓄置办了冰箱、彩电等家用电器时，柴大已经与我们相识了十年。这一家人早已和我们家连为一体，不是亲人胜似亲人，柴大始终称呼我老公为"俺兄弟"，称呼我为"俺家老姑娘"。眼见着生活有了起色，向来愁眉不展的柴大脸上的笑容越来越多。一次趁着柴大高兴，我试探着问他是否考虑再续娶一位老婆，柴大想了想，还是说，再等等吧……

岁月如梭，柴大的大儿子从军队复员了，小伙子如他父亲一样憨厚朴实。柴大的小儿子，更是优秀，凭着自己的能力找到工作，买了汽车。生活新鲜活脱一日一个样，我真心替柴大高兴。但命运，有时候比悲剧更无情。

柴大的二女婿在京城收废品，收废品的人千千万，他同其他人一样起早贪黑，在钢筋水泥森林里搜罗着可回收的资源。垃圾太多，可回收的也多。大概是溽热的夏夜被携带病菌的蚊虫叮咬，或是埋头翻检时被随意丢弃的医疗垃圾传染，总之，这个离开家乡时尚且健康强壮的年轻人，感染了急性脑膜炎，抬回家时，已成为一具毫无知觉的植物人。在农村大家庭，青年男子始终是重要的劳力。他的倒下，使得这个刚刚脱贫的家族又重归泥淖。

生活撕下了它温情脉脉的面具，不幸宛如一只秃鹫，开始盯上老实巴交的柴大。这件事似乎是个引子，半年后，我们再次接到柴大的电话，颤抖的嗓音几乎不成语句，家里又出事了。

便是文章开头的那一幕。

那是一个三岁的小娃，长着一双忽闪忽闪的大眼睛，憨态可掬。每次

看到我时他总是眼神滴溜溜地转，若给他点零食，他会腼腆、羞怯地躲藏在太太（柴大的母亲）身后，想接不敢接的眼巴巴地望着我。穷人的孩子早当家，和他同岁的城市孩子，尚在父母的怀抱里，而他已经早早懂事，爱操心，在太太身侧跟前跟后，抢着做些简单的家务活。

每到冬季杀年猪，柴大会请我们去热闹热闹。临走时，再给我们铲几棵自家菜园里种的青菜。自从小娃会走路，他也跟在太太身后下菜园。菜篮子比他还高，他抢在怀里，高高地举起，雀跃着一路小跑，鞋子被雪水浸透他也不在意。太太给他脱下灌满冰水的湿鞋袜，小脚还没巴掌一半大，冻得红彤彤的，像根小红萝卜。他非但不哭，还在咯咯地傻笑。孩子的妈妈常年在外打工，留他一个跟着老人生活。柴大平时忙着家外事，老太太年纪大了，只能做些家务事，分不出精力带小孩。孩子自从下地便是放养，茁壮得像是柴大家另一棵小小的杨树苗。看着他那伶俐的模样，我真想带他离开农村，到城里生活。每次去柴大家，我都要逗逗他："走吧，和我一起走吧，小姑已经上大学了（我孩子他喊小姑），家里没有别人，你到我家去好不好。"他害羞，总是憨憨地、似懂非懂地望望我，又看看太太，可怜又可爱。我一直感慨，这孩子这么聪明懂事，再长大些，我们一定资助他到城里读书，接受更好的启蒙教育。然而，这也只是个念头，毕竟是别人家的宝贝，柴大怎么舍得他离开呢。

世上若有后悔药该多好，如果时光能够倒流，我费多少口舌也要劝说柴大把小孙子送进城里，我们替他好好照顾，教他认字，唱歌，学英语。他若喜欢画画弹琴，我们全力培养，他若什么都不感兴趣，那我就天天带他去游乐园，一秒也不离开大人的视线。

然而，无论我再后悔自责，都没有回头路了。听说小娃出事，我和老公一刻也没敢耽误，立刻驱车前往。柴大流着眼泪说："其实，就是一会儿的工夫。孩子拿了一个白煮鸡蛋，到猪圈那边玩。等发现时已倒在猪圈旁边。脸色青紫，嘴里塞满蛋黄，送到附近的村医疗室，诊断孩子是被鸡蛋噎死的。"

我如遭雷击。一个白煮鸡蛋竟然能噎死一个孩子？这诊断结果如此的难以置信，我心中无尽哀恸，椎心刺骨的寒意从脚底蔓延，我甚至有些恨，恨命运不长眼，恨大人疏忽，甚至，恨孩子投错了胎……老太太年近九旬，伏地痛哭，说那时你若是把他带走就好了……

厄运就此结束了吗？我也希望。可是，否极泰来只是小说里自欺欺人的词，雪上加霜，才是最真实的生活。我眼睁睁看着噩耗抡起大锤，一下又一下，狠狠撞击这个如草芥般孱弱的家庭。不知柴大的命运为何如此多舛？一波未平，一波又起。不到一年，柴大打电话说，他自己胃痛得厉害，吃不下饭。事不宜迟，我们立即给柴大打去了医疗费，让他马上动身，去北京的大医院诊断。检查结果很快出来，食道癌晚期，回天乏术，甚至没有必要再动手术，医生仅仅开了点药让柴大回家疗养。医生是好意，开药也是安慰的成分居多，那绝望的结果，我们已经心知肚明。

当生命的尽头已经清晰可见时，悲哀如同潮水，笼罩了所有人。没有欢笑的孩童，没有强壮的青年，屋外的白杨树瑟瑟发抖，绿意却喷薄而出，似乎要将吸收的所有的日月精华全数倾吐。柴大生病期间，我们不时地去探望，给予精神上或者是物质上的慰藉。然而说什么都无用，做什么都无法挽救其生命。我们眼睁睁地看着他如灯油耗尽，日渐枯萎。

半年后，柴大像是感知到自己时日无多，叫我们过去。他痛苦地喘息着、时断时续地、艰难地，向我们托孤。看到他难受的模样，我实在不知道该说些什么来，语言苍白无力，只能强忍哀恸，咽下眼泪，一遍遍地重复着，让他放心，他的老母亲健在，儿女也成人，只要有我们在，没有放不下的牵挂，没有交不掉的差事。

我本是不信命的，结识了柴大之后，我却信了。

倘若好人一生平安，为何这样善良勤劳的老实人承受了这么多不幸？倘若万物有灵，为何没能听到这家人绝望时的祈祷？

第二天，柴大离开了这个世界。

门外，柴大呕心沥血种下的杨树林迎风猎猎，河滩不再荒芜，沙土柔和地舒展出温柔的曲线，风在吹，鸟在叫，触目皆是轻快的诗行，唯独缺了那个辛勤耕耘的农人。由杨树泼洒的绿色张牙舞爪，精神抖擞，似乎是柴家人用自己的生命浇灌了每一片叶子。触目惊心的绿色刺痛了我的眼睛，我抬手揉眼，只摸到了一把泪。

杠哥

秋日的天空，在视觉里，显得寥廓、空旷而高远，仿佛有雁阵南飞，不过是一抹长风一样流逝的记忆，久别的故乡，我终于回来了。

故乡的山与水依旧清澈明净，农家汉子们淳朴爽直，砍柴伐竹，行走山间。山歌踏浪，歌以咏志。女人们低眉浅笑，相夫教子。人们似乎还生活在衣冠简朴、古风犹存的农耕社会中，只是我家的那几间老屋已经衰败破旧，完全没有当年突兀挺拔的身姿，给人一种人去楼空的感伤和叹息。

其实，这房子算不得"空"的，杠哥住在里面，一个独自鳏居人，看着、守着这房子；看着，守着，也等着，巴望着，盼望着主人回，客人来。

想来杠哥如今应有七十多岁了。以前听奶奶说杠哥小时候因父母双亡，无人照看，十三四岁时流落到我家。那时我的父亲和他的兄弟们一起在城里谋生，唯有奶奶一人返回乡下居住。

年纪大了的奶奶，忙碌了一辈子，想静一静，歇一歇。不喜城里的喧嚣嘈杂，她感觉还是老家舒适、自在，乡里乡亲，熟人熟事，日子好过。

奶奶的儿子们咋也不放心奶奶一人在家，正愁着呢，杠哥流落到奶奶家，奶奶收养了他，他在陪伴照看奶奶的同时顺便干点杂活，自己也得到了安生，全家皆大欢喜。

杠哥原姓邰，父母双亡，没亲没故，少小离家，四处流浪，是个苦孩子，野孩子，他甚至不知道自己叫什么名字。

杠哥从小缺少家教，无人管束，也不认识字，说话做事有些不知轻重，喜欢和别人较真，俗称抬杠。那时人们普遍文化基础薄弱，说话比较率真随意。于是，不论男女老少都一律呼他为"邰杠子"。

一来二去"邰杠子""邰杠子"地叫习惯了，不觉得拗口，反倒觉得亲切。我们家当时是属于有文化的书香之家。爷爷奶奶领着一家老小，住在安徽河南两省交界一处商贾贸易繁华的集市上。爷爷是个徽商，有经商天赋，开了米坊及骡马牲畜交易行，生意做得顺风顺水，半条街上的商铺都被爷爷买下了。爷爷生意红火时，每天交易收入的银圆堆满屋拐角处的一口大缸。爷爷名叫叶照寿，人们都尊称为老寿星。奶奶年轻时更是了不得，小脚貌美，"三寸金莲"的她，手绣功夫好，花鞋、肚兜均绣得有模有样，有一手顶呱呱的女红绝活。街上若是谁家娶媳妇、嫁姑娘都要请奶奶前去帮忙指导做嫁衣。在那个不允许女子抛头露面，崇尚女子无才便是德的封建社会制度下，奶奶敢于走出家门，主持生计。为了保证安全，她穿上皮袍大褂，厚靴塞上棉花，女扮男装走蚌埠。当时安徽蚌埠是附近乡里的商贸流转中心，奶奶便化装成男子模样，经常从淮河坐船频繁往来于安徽蚌埠码头等异地商铺进货收账，贸易往来，协助爷爷打理生意。使爷爷的生意能够做得风生水起，红红火火，十街八巷为人称道。

有良好的家境支持，父亲兄弟五人都进学堂念书，是有知识有文化的新青年。

当时我的大伯是家中的大掌柜，管理财务，他有些像巴金的《家》中的觉新，支持弟弟们一个个外出继续深造，他自己勤勉在家，协助父母打理生意，支撑着庞大家业，做外出学习的弟弟们的坚强后盾。他每天戴着老花镜，精打细算，长期的锻炼使他对算盘了然于胸，娴熟到可以把算盘顶在头上，打出的数字依然准确无误……还有一个三伯长得高大俊朗，行伍出身，上过黄埔军校，文采斐然，一夜之间可以编写一部剧本。

我的父亲在家中排行最小，小少爷的他天赋异禀，琴棋书画样样精通，而且经历多见识广，在贵州苗族少数民族地区待过……

出生于这样一个书香味十足的家庭，家里自然不允许我也跟着大家随意称呼"邰杠子"，让我称其为杠哥。那时我刚刚五六岁，从城里回到农村陪伴奶奶，杠哥已经二十来岁了。称呼他为杠哥，实不为过。

奶奶已经年龄很大了，高傲挑剔的她，洗净铅华回归于家庭，每日里绣绣花鞋、肚兜之类，打发寂寞时光，享受乡村的宁静。从城里回到农村的我，在她的精心梳妆打扮下，各类五颜六色的绣花包饰品挂件背一身，如花蝴蝶般花枝招展地飞到这儿飞到那儿。我脚上穿着各种绣花图案装饰的新布鞋一双接一双，接二连三走马灯似的不停地更换，羡煞了村里其他光脚的孩子们……

随着时间的流逝，奶奶终于变成了九斤老太，终日唠唠叨叨，冥顽不化，这不行、那不可，我和杠哥着实没少挨骂。

　　不知道为何杠哥一直长不胖，始终瘦骨伶仃的，牙齿暴凸，脸形瘦削，脑袋尖耸，相貌平平，甚至有些尖嘴猴腮。一副大烟架子一样，每日里匆匆忙忙，形销骨立地行走于村野。

　　杠哥是个杠头，横竖不讲理。若和村民抬起杠来，六亲不认，高门大嗓，怒目圆睁，脸红脖子粗，拗劲十足。不分个子丑寅卯，决不罢休。芝麻大的小事，他会认为比天大。他认定的死理，九头牛也拉不回来。别人为了安静，避免和其争吵抬杠，说话办事尽量都回避他。因此，杠哥也没有啥要好的朋友，每日里形单影只，独来独往，不过似乎他也习惯了，但也未能幸免挨奶奶骂。奶奶常常骂杠哥是流氓、地痞。当时我还太小，无法理解流氓的含义。

　　在我眼中，杠哥是个挺好的人，闲暇时间常陪我玩耍。可能杠哥也知道他在我家的身份地位，所以对我这个小主人照顾得尽心尽责，从未有过半点闪失。

　　白天他辛勤耕田种地，晚上独自一人上山照看属于我家的小山，以防村民偷伐林木。无论刮风下雨，冰雪风暴，黑夜如漆，雷打不动地上山居住。

　　我常想，杠哥一个人，夜晚不害怕吗？也不知道他遇到过偷伐的歹徒恶贼没有，也不知遇到过毒蛇猛兽没有？这么一想，我就觉得杠哥真是个英雄，是个威武的男子汉！

　　有时历史会和大家开一个不大不小的玩笑，老年的奶奶已完全变成了封建卫道士，忘记自己当年冒天下大不韪女扮男装走蚌埠的光辉历史。她要求晚辈遵从三从四德的标准，女子从小就不能到处游走，用她的话说"不能野惯了"。要安静地待在家里，养在深闺，如大家小姐一样，知书达礼。总之，这也不让我去，那也不让我去，常常骂我是野妮子、疯丫头。不过小孩子也没长记性，对她老人家的批评或是责骂，我根本就没有放在心上，只要瞅见她坐在椅子上打瞌睡，我就溜出来了，去找杠哥陪着我，无拘无束，自由自在地玩耍。

　　山路盘桓、崎岖坎坷，道路两侧到处长满毛竹，粗大的毛竹蓊蓊郁郁。春天里，尖嫩的毛笋漫山遍野，如子弹头一样，立在地上，参差不齐，纵横交错，如果不小心上山的时候，还会被它们绊倒。每次上山我都小心地避开。

　　时常我会偷偷地溜到杠哥的山上小屋，和他一块到处转悠，杠哥若发现竹园里有两棵竹笋生长得太近密挤了，就会舍一保一，挖去一棵。然后带下山交给奶奶做菜用。

杠哥还有门手艺，每年他都要选出一棵最粗壮的毛笋，然后用一个早已预备好的大缸，翻扣其上，缸底上面再压上一块大石头，然后竹笋就在里面盘环着生长，在不见阳光的情况下，毛笋长得鲜嫩无比，经过一段时间，杠哥估计长得差不多的时候，就将扣在其上的大缸移开去，将鲜嫩的竹笋挖回去，奶奶先将其去皮洗干净，切成条或片，用开水烫一烫，沥干，加点儿肉丝，炒给我们吃。在当时物资匮乏的年代，小孩子没有东西吃尤其嘴馋。每当吃上一顿这难得的鲜美的山珍，我总是高兴得如过年般欢天喜地。

若到了秋季，杠哥还常常捎些八月炸、毛栗之类的野果给我吃。八月炸是我最喜欢吃的一种野果。它成熟时比手掌还大，形状像炸开的榴梿，里面的瓤却柔软甘甜，气味芬芳，类似香蕉的滋味，但它比香蕉更柔软，而且甜中有酸，一口咬下去，放到嘴里还未来得及咀嚼，便立刻化开瓤了，味道那个美呀。我一次能吃好几枚，直到肚皮滚圆。下山归来，中午饭都不想吃，奶奶就会骂说，肚里大概吃饫了。可惜此种水果现在已绝少看到。不知道为何没有大力发展种植，我也想象回忆不出和今天哪种水果接近。刚回城时，不论是哪位叔叔或阿姨给我买的水果，我都觉得没有八月炸的味道好。甜中寓酸，酸中有甜。回味无穷，绵长甘甜。

杠哥带的毛栗子和柿子也好吃。秋天百花凋零，树叶枯落，杠哥就在山上扒枯草，堆放在篮子里踩紧，堆得高高的一垛，一趟趟背回给奶奶做饭用。在扒草时往往会在哪棵无人问津的树下拾到几颗毛栗子或者几个柿子。那些果实是经过自然成熟无人采摘而脱落在树下，又经过枯叶衰草的覆盖，经风化潮解数日之后，再被扒出来会特别的甘甜，是真正的"绿色食品"。

时光荏苒，岁月匆匆，一转眼，我回到奶奶身边已经两年了，这期间，我也懂事了许多。有一次，听说杠哥惹事了，将一粒花生米放入一个女人的耳朵里。这让我猜想了很久，也猜不出杠哥为何要把花生米放入女人的耳朵里，那个女人又是谁呢？她怎么就让杠哥放呢？不久我上山去找杠哥，看见他和一个女人正躺在床上，吓得我也没敢细看，匆忙跑下山去了。那个和他睡觉的女人，可能就是让杠哥把花生米放入耳朵的那个女人吧。自此以后，直到我离开回城，再也没有敢单独上山找杠哥玩了。

长大后，我才从大人们口中得知，杠哥当时是和一个有夫之妇偷情，

那个有夫之妇是出生在地主家庭的一个女人，面如满月，一笑露出俩酒窝，大眼大鼻子，按当时的审美来看是个标致美女。花生也是两个人玩时，杠哥不经意给放进她耳朵里去的，在世俗的眼光下这肯定是大逆不道的。两个不幸且苦命的人勇于追求爱情，本无可厚非。

让我想不通的是，为何奶奶始终未给杠哥娶一位媳妇。为此我也问了父亲，父亲解释说主要是由于家里后来在各种政治运动中均被批斗，家产被没收，一贫如洗。家道中落了，自然没人愿意再嫁给杠哥。

就这样，杠哥终究鳏居一生，待在山里，没有出过三门四户，想来实在是让人同情和伤心的事。

在要进老屋前，我站住了，想对屋子亲切地喊一句杠哥，就像小时候那样……

老苕

　　在多地方言里，"shao"是"傻"的意思。去年陈建斌导演的电影《一个勺子》，全片以新疆方言对话，而贯穿电影始终的"勺子"，其实就是新疆方言的"傻子"。在湖北方言里，"shao"写作"苕"，既指红薯，也有"傻、笨"之意。骂人愚蠢就说："像个苕！"我的老家在皖西地区，和湖北毗邻，把傻子亦称作"苕"，下文中"老苕"指的是我的傻子姨嫂。

　　姨嫂与姨哥本是表兄妹。姨嫂乃大姨娘家侄女，亲上加亲亦更亲，血浓于水。那时流行娃娃亲，姨哥姨嫂在孩童时代就被大人们指配为婚了。当时姨嫂娘家住在安徽金寨老区，封闭落后，山路崎岖、蜿蜒逶迤，荫翳蔽日，交通不便。两家人极少走动，姨哥对姨嫂的真实性格不甚了解，直到长大结婚后方才明了，原来姨嫂是个傻子。然而生米已成熟饭，姨哥家当时是所谓的地主成分，属于批斗对象，条件好的姑娘不愿意下嫁，姨哥也没有自由选择婚姻的余地，无奈只好屈就命运和姨嫂凑合着过。

　　好事不出门，坏事传千里。纸里终究包不住火，很快大家都知道了大姨家娶个傻儿媳妇。大家或多或少有一种不健康的，阴暗的，等着看笑话的幸灾乐祸心理。再经过一些好事者添油加醋，绘声绘色地传播，姨嫂的傻很快就在当地传开。于是，大家都"老苕""老苕"地叫她，叫顺口了，习惯了，众口铄金，姨嫂的真实姓名也就慢慢被人遗忘了。

　　老苕年轻时长得标致可人。瓜子脸，白皙秀气，明眸善睐，见人爱笑，一口整齐的小米白牙，配上清秀的五官非常雅致协调，仅从外形看，看不出丁点儿的傻。

　　记得当年她刚结婚回娘家时，途经我家住了一夜。那时我还小，约莫六七岁吧，懵懵懂懂，当时只觉得她长得挺好看，总是笑眯眯的。她和我玩了一会儿"扯郎郎，拜小姐，小姐穿个花油鞋"之类的游戏。当时主要是我母亲负责接待她和姨哥。小孩子贪玩，糊里糊涂的，也不关心大人的事。

只是她走后，听到我母亲反复小声说道，她竟然是个傻子，当时亦不了解其意。依稀记得姨哥对她好像不是太好，眼神像刀子，一下一下地剜她。现在想来当时姨哥已经知道她的精神不太正常，担心她说错话会露出破绽。不过当时新婚宴尔，娶个傻子新媳妇，姨哥碍于面子，也不好意思对外人说。

直到后来我长大了，才明白老苕不是一般的傻，她傻到连最基本的隐私都不懂。老苕自幼丧母，没有年长女性的呵护教诲，老苕不明白结婚是干吗的，亦不懂得结婚与没结婚的区别。关关雎鸠，在河之洲，窈窕淑女，君子好逑。一些需要保密的私房话她都不懂，还转述给别人听，实在是令人唏嘘感叹……其实，我母亲的姥爷即老苕的太爷即是私塾老先生。不知是因封建私塾教育太严格，还是山区水质缺碘，抑或遗传等原因，总之，山区的傻子特别多。我有一个小舅姥爷即老苕的小爷也有些傻。老苕小时候一直待在家里，不出三门四户，加之，山高、地广、人稀、交通闭塞，与外界交往甚少，一直不谙世事。

生活依旧，街市太平。无论如何日子还是要继续过下去的。老苕傻归傻，也有一把蠢力气。大姨家住在安徽六安霍邱县，属于平原丘陵地区。土地众多，需要劳动力，烦琐粗重之活都是她和姨哥做。做得多了她也会向婆婆闹事，怄气。老苕本来就有些好吃懒做，贪图安逸，闹罢工也是正常。为此，她没少挨姨哥的打。不过，老苕记吃不记打，抹两把眼泪，依然故我，该啥样还啥样。有时，老苕也会耍点小聪明，姨哥在家时她不敢偷懒耍滑，老实、本分、安静地待在家里做活；只要姨哥一走，她立马就变了，不仅懒惰不爱干活，还会把平时挨得打、受得气全撒在她婆婆身上。其实，她的婆婆，我的大姨，亦是她姑，平时对她疼爱有加，生活上没少照顾她。每次来我家，若我母亲给大姨买衣服，大姨总是说，给老苕买一件吧，不然她又会生气。大姨说她自己老了，不讲究了，不用买那么多了。

想想老苕也是挺幸福的，自己傻里傻气却有个婆婆知冷知热，无论是从物质上还是精神上都疼爱、照顾、怜惜她。难道不是挺幸福吗？但是老苕感觉不到这些。她终日身在福中不知福。她认为她打不过她男人，可以打得过她婆婆。于是，也学会了以其人之道，还治其人之身。大姨多次被老苕推倒在地上，腰被摔坏好几次。以至于后来我们只要听说大姨生病了，立刻就猜想是否是又被老苕打了。

吉人自有天相，傻人自有傻福。命运对每个人都是公平的。老苕嫁过来以后，接二连三生了两儿一女，个个聪明可爱，没有一个孩子智商像她。

尤其老苔的两个儿子是隔年童，年龄仅相差一岁。小时候看上去就像双胞胎，虎头虎脑，人见人爱。俩儿子都是她婆婆照顾喂养大的。据说老苔还爱生气，不要看她傻里巴叽的，以为她是糊涂人。老苔可不是这么简单，她经常莫名其妙地生气，而生气容易引起肝气郁结，哺乳期是忌讳生气的。老苔没有奶水，那时尚未有奶粉，老苔的两个儿子都是大姨负责日夜照看，亲自打米糊喂养大的。可能是由于老苔年轻时长相标致，姨哥身材魁梧高大，她的儿子们遗传了父母的优点，长得亦好看。尤其是小儿子长大后经我母亲帮助，在我们这里工作。没事时我领着他出去玩，人见人夸，都问这是哪里来的小帅哥。小伙子长得扁头扁脑，如香港影星周润发的模样，挺拔、伟岸、玉树临风。谁也想不到他会是个傻子的儿子。

后来小伙子外出创业，在上海、温州等地做皮革生意，专销皮具，生意做得风生水起，红红火火。办得有健身卡常年在健身房健身，肌肉练得棒棒的，完全变成了大城市里的帅小伙。

老苔始终没有什么情感表露，对儿子们也不甚疼爱。每当儿子们回家度假，奶奶总会做点好吃的给孙子们吃。老苔会因此生气，过几天就要赶儿子走。在她肤浅的意识里，认为别人抢了她碗里的肉蛋鱼虾美味佳肴。所以她的儿子们对她亦没啥感情，个个都和奶奶亲。老苔生了第三个，方是个女娃。也许是年纪大些了，明白了一点事理，或者是她婆婆经年调教的原因，老苔稍稍地有些母爱了，她自己亦学会打米糊等喂养女儿。所以后来也只有小闺女和她关系亲密一些。

邓小平南方谈话精神春风吹来满眼绿，市场经济活泛了。因为孩子多，迫于生计，姨哥开始行商坐贾，走南闯北地贩卖大米。辛苦付出，终有回报，日积月累，聚沙成塔，慢慢地姨哥家富裕起来。苟富贵勿相忘，仅是人们对美好生活的憧憬祝愿，嫌贫爱富心理作祟，一般人都是富贵思淫乐，相忘于江湖。姨哥本就看不起轻慢老苔，现在是越发憎恶了。姨哥无数次地和大姨说要离婚，赶老苔走。但是大姨不允许，大姨说，做人要讲良心，老苔是家里的功臣。来家里生了这么多可爱的娃，不能亏待了她。同时，老苔又是个傻子，没有亲人收留她。若是被遗弃离婚了，老苔就会流落街头，变得越来越傻的。我们也曾私下里问大姨，老苔是否是真傻。大姨说，老苔确实是傻子，每次挨了丈夫的打，一生气，老苔就会躲藏到附近的稻草堆里将自己埋在里面，如果大姨不带人找她，她会几天几夜不吃不喝，任凭蚊虫叮咬。大姨讲如果不找她，她会渴饿而死的。

　　如今想来，姨哥一生也是挺苦闷寂寞的，和一个连最起码的七情六欲人之常情的道理都不懂，榆木疙瘩似的人过了一辈子，个中辛苦唯有自知。

　　时光荏苒，我毕业后，要参加县直单位公开录用考试。大姨父是一名优秀数学老师，数学课教得顶呱呱的。数学又是我的弱项，假期里母亲安排我到大姨家去，请大姨父给我补补数学课，以便回来应试。

　　去之前母亲为老苔准备了一些新、旧衣物，以及一大包色香味俱佳的零食。开始几天，老苔表现得还可以，笑眯眯地回答我一些简单的诸如吃吃喝喝等问题。我跟着大姨父白天到学校去补课，和老苔直接接触得较少。但是过几天就感觉不对劲了，老苔看我的眼神有些凶巴巴的敌意。一问原因，原来她是愤恨大姨每天给我做好吃的，她吃少了。并且声称要赶我走，把我行李丢掉。我听了有些胆怯惊悚。老苔的坏脾气我是早有耳闻的。如今想来，可能老苔为此也付出了代价，可能又挨了姨哥的打，所以更增加了对我的怨怼。

　　福祸相依，今天看来是应该感激老苔的。因知道在大姨家不能待太长时间，故在那短暂的一个月时间内特别用功，抓紧分秒，认真聆听大姨父的讲解分析不敢有丝毫懈怠遗漏。回来后考了个满堂红，凭高分赢得一份好工作，受用一生。

　　如今弹指一挥间，我亦人到中年了，想来老苔也应是接近花甲之年了。我母亲家有长寿基因，故我母亲三姊妹均健在，大姨已经快九十岁了，依然健康地活着。

　　前次我和老公开车专程去看望大姨，时过境迁，祖国发展一日千里，连接田边地头的羊肠小道变成了通衢大道，高楼大厦代替了过去的茅舍草屋，寻寻觅觅，兜兜转转了半天方才找到。大姨现在和大孙子住在一起，她年纪大了经不起老苔打，不能再和老苔住了。这次我们仅仅见到了大姨，遗憾的是，据说老苔家离这儿还很远，大姨怕我们累着不让再去看老苔，她十分健康。天色向晚，我们也还有其他杂事亟待要赶回去处理，终究未见到老苔一面，未能深入了解老苔的近况，回来后常有愧意和缺憾……

　　每年春节，老苔的儿子们到我母亲家来拜年，我们亦常常问起老苔的近况。孩子们依然对她不甚感冒，总是敷衍地说，还行，还那样。

　　最近一次见到老苔，却是在大姨的葬礼上。灵堂设置得简朴，儿孙披麻戴孝，录音机里的灵歌缓缓演奏着，我们行完礼之后，在门边条凳上看到她。老苔明显老了，一脸皱纹，头发修剪得马马虎虎，完全是普通村妇的模样。在她婆婆的葬礼上，一片哀戚之中，她仍是痴痴地笑着，完全搞不清状况，似乎这么多人来家里她觉得很高兴。我不知道是不是错觉，我在和旁人谈论大姨去世前的点滴时，她脸色明显沉寂了一下。我问她的小女儿，老苕是否懂得婆婆去世了。小女儿苦笑，她也懂一点，知道婆婆没有了，也有点不高兴，但是似乎很快又忘了。

单纯的老苕——我的傻子姨嫂，她美丽却糊涂，不知礼数，不谙世事。一生虽享了福，但是不知福。这种"苕"的状态，令我感慨，平安度过一生，无忧无虑，不正是很多人追求的人生境界吗？但是作为平凡人，我又替她惋惜不已。她承受了旁人的嘲笑耳语，承受了丈夫的暴力，最大的痛苦莫过于孩子与自己的隔膜。所幸，我们眼中的她不懂这些痛苦，但是她真的不懂吗？她气愤的时候离家出走又因为什么呢？作为老苕，她活在众人的嗤笑中，没人探究她的内心世界，她没有朋友，也无法像正常妇女那样倾诉。这种无形的巨大的孤独笼罩了她的一生，大概她的痛苦，也只能通过暴力和出走来表达吧。

关注老苕，其实也是关注人类社会的失语者。他们因为先天弱势，没能享用社会资源启蒙、提升自己，更没有所谓的话语权。他们无辜承受了残障的痛苦，还被乡土社会排挤。如老苕这般有家人照料的幸运儿不多，更多的失语者，隐藏在街头乡间。来去匆匆的浮华人世，他们像是一道道灰影缩在边缘处。我能做的不多，只能记录下我们家老苕的点滴，呼吁更多家人关注她，呵护她，让她免于饥寒，少受白眼。

就如同大姨在世时一样。

老苔后记

　　七月流火，八月幽风，九月未央。高温酷暑，炎夏三伏，周遭如蒸笼，三伏不热亦淌汗！太阳刚一出来，地上就像下了火，火苗肆意妄为地炙烤着大地，花卉植物都蔫蔫地耷拉着脑袋，等待着人们去灌溉，浇水，施肥、滋润！

　　人们薄汗轻衣透，袜划金钗溜。心烦意乱，寝食难安，衣带渐宽人消瘦。无处躲藏，盘桓、流连、徘徊、彷徨、踟蹰于空调房间里，刷微博，上微信，聊QQ。

　　大家都在说，百无聊赖，诸事不想干，蹉跎岁月。行行复行行，明日复明日，明日何其多，我生待明日，万事成蹉跎……凄凄、惨惨、戚戚，闷热天气，最难将息。

　　以前孩子不在家时，家中的他亦公务身缠紧，经常出差。仅剩下我一人，无须做饭，即使做了，也没人吃。慢慢就习惯了不下厨房。如今，孩子刚从国外学习归来，久别重逢，为父母的，理应做些中餐犒劳。挥汗如雨的我，在厨房里，大干快上，手忙脚乱，挥刀动铲地忙碌着。

　　忽然，听到一阵比一阵紧的电话铃声，匆忙起身，拿起电话，一听是老母亲焦虑的声音。她急切地说："你大姨病危了。"问我是否能送她到安徽大姨家去，听后我毫不迟疑地答应了。

　　我认为，做人应秉承一个道理，即要博爱，有爱心。爱自己，爱亲人，爱朋友！古人说，修身齐家治国平天下。一屋不扫，何以扫天下？重视亲情，热爱自己及亲人朋友，拳拳爱心，汩汩滔滔；涓涓细流，汇聚成河；一方有难，八方支援。这是衡量一个有良知的人，乃至折射出的时代社会精神文明，最基本的道德标准。人非草木，孰能无情。一个人，假若连最基本的，血脉相连的，亲戚间发生啥事，他都漠然视之，冷酷无情，无动于衷，抱着事不关己，高高挂起，多一事不如少一事的态度，那么，只能说他是一个冷血动物！活在世上也是一具行尸走肉。正如诗人臧克家说：有的人活着，他已经死了；有的人死了；他还活着。

反之，假如人们像《让世界充满了爱》的歌词中唱的：轻轻地捧着你的脸，告诉我不再孤单，深深地凝望你的眼，祝愿你幸福平安……那么世界必将刮起一股和谐的风！花谢花开，春去秋来，自然而然，不曾因谁的执着而开谢，也不曾因谁的喜恶而滞留。生命的旅程也如四季，轮转世间，不同时日，不同滋味，人生恰似每一个路过，报以微笑，载满真诚，轻装上路。

我的大姨，即是我曾经写过的文章《老苔》中，老苔的婆婆。看过那篇文章的朋友，应该都还记得。大姨家过去因所谓的地主成分高，属于批斗对象，娶不到媳妇，只好娶了一个傻子儿媳老苔。从此，生性要强的大姨，在心里落下了一个结，怕人讥笑，忐忑不安，心里一直没有踏实过……

老苔是大姨的娘家侄女，也是她的儿媳。所以亦婆亦姑的大姨，对老苔既爱又恨，亲情血脉相连，大姨对老苔难以割舍。当年由于老苔痴傻，不明事理，甚至连男女结婚、夫妻情爱都不知道。每天晚上，她不允许姨哥到她房间里住。说是啥时回娘家后，若父亲知道了，她床上睡得有男人，父亲就会打死她云云。

诸多奇谈怪论，不胜枚举。她更不会懂得，所谓的夫妻伉俪情深，举案齐眉，红袖添香，乃至枕前发尽千般愿，要休且待青山烂，水面上秤砣浮，白日参辰见，直待黄河彻底枯……

这些爱情诗对老苔来说是对牛弹琴。她终日对丈夫所思所想，所闻所见，置若罔闻，不管不顾。不知道，更不懂得，去关爱丈夫。

老天是公平的，关起一扇门，就要开启一扇窗。老苔人虽傻，相貌可不丑。她，中等个子，不高不矮，眉清目秀，皮肤白皙。乍一看，人家纵然不是一顾倾人城，再顾倾人国，明眸善睐，秀外慧中，绝世而独立的女子，最起码也算是小家碧玉，惹人青睐型的美人坯。也许是因为老苔长得靓，大姨心地好，老天也眷顾她们家，以至于老苔生的三个孩子，都优势遗传，遗传了妈妈的貌美，遗传了父亲的聪明，没有一个痴傻，个个皆聪明，活泼，可爱，开朗……

人们常说，有些美女怕张口，一说话就漏了底。老苔自然就属此类。老苔终日懵懂无知，思维如同孩子般简单，好吃懒做。在她的心里，最大的事情就是关于吃喝。终日匪夷所思地研究吃喝拉撒睡。常常为一些鸡毛蒜皮，陈芝麻烂谷子的小事，咋咋呼呼同孩子们争吵。若大姨批评了她，

她就会生气，乱跑。经常跑到左邻右舍家，添油加醋，像煞有介事，不知深浅地把夫妻之间不足与外人道的私生活，也都统统一股脑儿如竹筒倒豆子般乱说一气。她这些莫名其妙、匪夷所思的举动，常令邻居忍俊不禁，口口相传，惟妙惟肖。讥讽取笑姨哥。时常让姨哥脸红，尴尬，颜面尽失。

人说，时间是感情的试金石。两情相悦，如鱼得水，男欢女爱，历久弥新，愈长愈浓。反之亦然，时间一长，嫌疑纵深，越发使得她的丈夫，即我的姨哥对老苕厌恶。

姨哥对她这些令人瞠目结舌的举动，忍无可忍，多次提出离婚，但均遭到大姨强烈地反对阻止。大姨说，善有善报，恶有恶报。做人要讲良心，看在老苕来家里，连续生了三个可爱孩子的分上，也不能同老苕离婚。

真的，说来蹊跷，老苕生的三个娃，个个皆可爱漂亮！尤其是老苕的二儿子，长得浓眉大眼，高大帅气，挺拔俊朗，玉树临风，人见人爱。我是他的小姑，以前来我家里，我带他出去，人见人夸，都问这孩子怎么生得如此漂亮，爹妈是干啥的……

如今，想来姨哥是孝顺的，他如巴金《家》中的大哥觉新一样，委曲求全，忍气吞声，忍辱负重地听从了大姨的意见，没有和老苕离婚，和老苕只有名存实亡的婚姻，凑合着过了一辈子。据说由于姨哥是老板，经常外出做生意，离开了大姨的视线，姨哥在外面亦有女人，只是由于大姨阻止，没能名正言顺地带回家，终究不了了之。这一次去，我又留意了一下他们家庭的住宅安排。依然是大姨生病前住在前面大门口的房间内，老苕住在后院子里的里间，姨哥住楼上，不知为何这样安排？妄加猜测，大姨是否是希望住在门口，把守着啥，不允许外人轻易进来……

幸福的家庭都相似，不幸的家庭各有各的不幸。好过也是一天，赖过也是一天。日子终究是要过下去的。

有时，姨哥被不明事理的老苕气急了，也会对她拳脚相加，挨了姨哥老拳后的老苕，会等待机会伺机报复。她等到姨哥走后，用同样的方式打她婆婆。因此，正如我前篇文章谈过，只要是大姨生病了，我们第一反应即是：是否又是被老苕打的？

大姨曾经多次被老苕推倒在地上，摔伤了腰椎等。有了前车之鉴，当这次我们又接到电话，听说大姨又摔倒了，而且已经重症昏迷了。我们不由得反复询问，是否又是老苕推倒的，大家证实不是的……经过一路奔驰，我们以最快速度赶到医院。大姨的病房里已挤满了人，医生护士白大褂也进进出出。皮包骨的大姨浑身插着管子，双目紧闭，躺在病床上，已不省人事。

大姨的儿孙后代，至爱亲朋，千里迢迢，赶到身边。个个泪如泉涌，低声呜咽啜泣，念叨着大姨的好处。我母亲反复再三地大姐长、大姐短殷殷地呼喊："大姐，你听到了吗？我们来看你了，你一定要挺过去呀！"

大姨似乎已沉沉睡去，一切惘然，人间的一切已与她无关。偶尔能"哼"一声，似乎听见了，似乎又没听见。不能睁眼，不能说话，更不能吃喝。气息奄奄，气若游丝，似乎死神正在向她招手，大姨正在缓步游弋向天堂迈进，呼天抢地，呜呼哀哉……

本是同根生，大姨和我母亲还有我姨是同父异母的三姐妹。大姨幼年丧母，她比我母亲大六岁，作为长女的她，过早地担起了照顾两个妹妹的重担。及至两个妹妹上了学读书，成为有知识、有文化的新女性，参加了工作，唯有大姨一人，因没有知识始终留在农村……

据我母亲讲，大姨小时候聪慧过人，长着一对会说话的大眼睛，梳着一对又黑又粗的大辫子。低头一个想法，抬头一个见识，任何人都哄骗不住她。无论是粗重农活，还是缝补浆洗，针织女红，样样精通，是方圆闻名遐迩的巧姑娘！

后来，她虽然自己没有工作，但是嫁了一个有文化的教书先生老公，也算是对她的一个慰藉；她对自己及老公前妻的子女，视如己出，相夫教子，家庭和睦。一切安好，皆是晴天！大姨闲暇时，还帮助我母亲和我姨家里做些事情，以便妹妹们能更好地投入工作。

忆往昔，岁月峥嵘，往事悠悠日月长。小时候我还在大姨家住过一段时间。我天生对数字、方位不敏感，糊里糊涂，数学课程学得差。大姨父是教数学的老师，母亲让大姨父为我补补数学课。

我初来乍到，怕不习惯，大姨对我关爱有加，每天都会给我做一些好吃的。为此，还引起了老苕的嫉妒。老苕和大姨说，要赶我走。为此，大姨也吵了老苕。只是不知道，当时老苕是否为此事挨过姨哥的打。

正如诗人艾青在《我爱这土地》中唱道：

> 假如我是一只鸟
> 我也应该用嘶哑的喉咙歌唱
> 为什么我的眼里常含泪水

因为我对这土地爱得深沉……

　　鞠躬而逝，向死而生。大姨是棵老树，我们在她的绿荫下成长，大姨看见了后辈们茁壮成长的微笑，也看见了自己枯萎的那一天，但大姨始终没有放弃关照我们。

　　大姨无论是对家人还是对亲戚朋友，都竭尽全力，力所能及，慰藉关怀，无私奉献。大姨记人长处、忘却短处的无私品质，也令我母亲倍加珍惜感动。母亲对大姨始终有一个情结，逢年过节，母亲都会叮嘱我们去看看大姨。由于我曾经在大姨家住过一段时间，乌鸦反哺，羊羔跪乳，对大姨感情尤深，常常主动想去看望……

　　年年岁岁花相似，岁岁年年人不同。时光飞逝，月华如水，斗转星移，白驹过隙，光阴似箭，大姨家娶了傻子老苕媳妇，老苕进家门以后，接二连三地生了三个可爱的孙子孙女，大姨的精力就主要用于照顾自己的家庭了。

　　随着年龄的增大，大姨的体力精力也大不如以前，到我们家来的次数愈来愈少，但是我们对她的思念，依然如故，与日俱增。闲暇时我们姊妹聚在一起，都经常谈起大姨。

　　去年年底我还跟老公专程去看望她，世易时移，沧桑巨变，祖国发展，日新月异，大姨家的道路什么的一切都变了，我们费了九牛二虎之力才找到。大姨见到我时，泪水湿润了眼睛，她反复地询问我家的一切。

　　我都事无巨细地一一作答。当她听说我的孩子都漂洋过海读研究生时，大姨连声感叹道：太快了，太快了……

　　送君千里，必有一别。当我们临走时，依依不舍的大姨不顾劝阻，步履蹒跚地送到大门外，向我们依依惜别。我答应大姨还会来看她。

　　没想时光蹉跎，一晃又是半年，俗事缠身，一直未能成行。而如今，大姨已不能言语……我们在医院里陪同大姨输液打针，想了半天我觉得少了点什么，猛然想起，缺了老苕，唯有老苕没来。问之答曰，不能让她来，来了她会大哭……

　　回想对老苕的感情，我决定去看看她。于是，我就同老苕的小儿子小毛，也就是我文中曾经提到的那个玉树临风的帅小伙，目前人家已经是成功人士，在温州经销皮革生意，生意做得风生水起，红红火火。

　　在他的带领下我们不一会儿就来到老苕新建的楼房家中，老苕正坐在院中择菜，看见我们她先是傻笑，大概对我似曾相识吧。等我们下车以后，她就开始向她儿子絮叨说，小毛，家里出事了，你奶奶死了。我们告诉她，没有死，还在医院里住院呢。她茫然地愣了一会儿，告诉我们，她的婆婆是在门前的台阶上头向后摔倒的。趁着小毛出去一会儿，她又告诉我说，小毛的爸爸经常打她。我说，你婆婆是否打你呢？她摇头说，不打。

时间紧迫，大姨医院那边有事催促，匆匆要告别了，我掏出一些钱给老苕，她坚决不要，撺到车里硬扔给我。车要发动了，她说，小毛，如果你奶奶死了，你让她回来一趟……

听到这些话，忽然，我心里一紧，如针扎般，难受辛酸，潸然泪下。是啊，人非草木，孰能无情？没想到傻子也是有感情的。时光岁月可以改变一切。赠人玫瑰，手留余香，在大姨苦口婆心，经年累月的教化下，老苕人虽老了，却变得明白事理了。

车子缓缓地启动了，老苕离我们越来越远，矮小的身影，越来越模糊……

冬日的村庄

　　北风呼啸南下，携着泥土，裹着水汽。老家地处大别山深处，不似北方飞雪漫天，12月还偶尔下起黏糊糊的冬雨。风起了，雨下了，在这样风雨交加的天气里，冷却了乡亲们外出或耕作的热情，连平日里最勤快的人也不想再忙活什么。

　　村庄迎来一年里最悠闲的日子，也是难得的说书季。历史典故、鬼神精怪从老人没牙的嘴里一丝丝泄露，听众或惊或叹，沉浸在曲折的情节里，忘记了时光的流逝。有老人在，屋内的炉火便不会断。熊熊火焰舔着冰冷的空气，毫不吝惜地散发着光和热，烘烤着乡居老屋，墙上的年画，矮凳上围坐的人。年年如此。枯枝残木历经了绿的盎然，或是果满枝头的辉煌，终是熬不过严冬的朔风，在某个风起的夜里坠落了，成了乡民顺手捡拾的柴火。常有蚂蚁之类的小动物躲藏在枯木中，原想在里面过个好冬的，不想枯木被捡做取暖的柴。火烧起来，热气逼人，不幸的蚂蚁慌了神，叼着白白的蚁卵四处乱窜，不时地，有些蚁如飞蛾般地扑入红红的火焰中，瞬间被烧得连灰迹也看不见了。柴火时而发出啪的一声闷响，火星四溅，呼呼地欢叫，识人性似的。老人家说那是火在笑，火一笑有客到。

　　烤着火，叙着话，年关将近，村庄渐渐热闹。腊月里的乡村，以过年为主题，从备年货到祭祀，有许多规程。吃是过年的重头戏，也是考验主妇是否合格。挨家挨户腊货袅袅炊烟从层层叠叠的青瓦缝隙中蹿出来，又被风搅和在一起，不断地升腾、漫延、消失。被烟火熏染了上百年，农人的房屋总是黑黝黝的，墙黑，门黑，梁黑，黑得有些锃亮。黑色是一个岁月的印记，是炊烟的年轮。伴随着烟味，四处飘散的还有香味。那从锅盖缝隙中偷跑出来的香雾，顽皮钻入我们的鼻孔。心痒痒，嘴巴更痒痒。暖暖的旋舞得正欢畅的灶膛焰火，暖意一直流淌到心窝。腊月二十三，送灶王爷上天。无论庄稼收了几粒，无论人走了几个，无论有多少苦楚和辛酸，过年的这几天，就都放下了。人们围在老锅的周围，该炸的炸，该蒸的蒸，该煮的煮。每一户人家的锅里，都在翻滚；每一户人家的锅下，都红彤彤亮堂堂的。绿豆丸子，猪肉丸子，在油锅里一滚，该有多么圆润多么香脆。

冬天里，田野一片荒芜，农人也懒得去关心。他们围在火的周围，似乎就能将田野的事情一目了然，不用过多的担心。待到正月过完，几道春雷劈下，田野自然会逐渐苏醒过来。该长野花的，依然开得星光灿烂；该翻的地依然松软的呈现，至于那些稻禾，头水浇下去，就齐刷刷地绿了，蓬勃了，呜呜哇哇闹着要长高。

在乡民的心中，腊月和正月，也许就是一盆冬天里不灭的炭火，燃烧着激情，点燃着希望，慰藉着心灵。在村庄浸润的童年，将在漫长的余生中怀念这盆火的温暖。不论身在何处，午夜梦回，总能踏上乡间的小路。路儿弯弯，就像随手撒出去的无数根瓜藤，落在山梁上，落在沟里头，在梦中曲曲折折，若隐若现。

冬日里，炉火旁，农人做着关于春天的梦。

冬日里，城市中，我做着关于童年村落的梦。

御寒

朔风自北向南呼啸而下，摧折萧萧草木。进入11月，再没见过雾空旭阳，天公虎着脸，要发作又不发作的样子，人人噤若寒蝉，团团白雾哈在口鼻之侧，有不真实的滑稽感。

没有暖气的南方，冬天尤其难熬。幼年居住乡间，尚可生起炭火，一家老小团坐取暖，吃饭叙话。火星子毕毕剥剥，映得人脸儿红红。最喜炭火里烧几个栗子，煨一截红芋，简直是无上美味。炭贵，舍不得烧太多，只是架起来做个引子，中途不停添些枯枝干叶充作燃料，以增火势。这些树枝树叶便是我和小哥劳动一个秋天的成果。

下午放学，见饭还没熟，自觉提着小筐小篮上山捡柴火。大别山秋天硕果累累，熟透的柿子栗子要么被农人打下，要么被小鸟啄了。也有极少数完好无损的自然掉落，埋进厚厚的枯叶堆，作为自然的馈赠静静等待拾柴的小朋友。用一根长棍子翻开落叶枯枝，晒干无水分的都捡到筐里，湿气尚重的摊开晾晒。秋阳下的旷野像一个小型的晒场，万物有灵，被来自宇宙的微弱却坚定的能量细细烘烤，水分悄无声息地散去，风干无时无刻都在进行。整座山沉浸在静谧而神圣的气氛里，竟透着一股英雄迟暮的壮烈。年幼的我尚读不懂这种秋意，只是踩着搭扣花布鞋，蹦跳着跃过石径小道，翻翻检检，希望能从一堆枯枝下寻到捉迷藏的红柿子、咧着嘴的胖板栗。苍山悠悠，慈祥地纵容儿童嬉戏，山下，炊烟袅袅，那是来自母亲的召唤。

积少成多，每天一筐半篮地攒到瑞雪初降，已成小小的柴山，堆在灶屋一角倒也蔚为可观。待到炭火架起，所燃的尽是我和小哥的劳动成果，长辈免不了夸赞几句。那时生活虽清苦，但劳动所带来的荣耀和幸福感却是后来丰裕物质生活无法比拟的。只有踏实干活，才有甜美的烤红芋、金黄的油板栗等着我。所谓天道酬勤，正是如此。

如今，久居城市，冬季取暖都是靠虚弱的空调，风虽暖，屋子却暖和不起来。习惯北方暖气的女儿放寒假回来总是受不了这种刮骨的冷。姑娘爱美，只穿一层绒裤袜，拒绝臃肿棉裤加身。我也没有办法，只能给她添点厚袜子。

　　天气实在是冷，简直迈不开腿。幸好巷子口有个移动的鞋袜摊，厚实的羊毛袜，样式虽朴实，却是一等一的保暖。摊主是个中年大姐，我只顾埋头挑选，结账时碰到她的手指，冰得我心里一惊。这才注意到那只手黝黑粗粝，布满一道道细口子，忍不住脱口而出："怎么不戴副手套，天这么冷。"

　　大姐似乎没想到我会和她聊天，一迭声地回道："没事没事，习惯了。"

　　我重新打量这个小摊，毛袜手套围巾应有尽有，分门别类整齐叠放在人力三轮上，全靠大姐一个人打理，而她，甚至没穿棉袄。我心里难受，不忍多看，更不愿意表露一副俯视苍生般的悲悯，只是低头又挑了几双毛袜，再次结账时随口道："还是早些回去多穿点，街上风大。""天冷了，生意好，晚一会儿回家也没事。"她回我一个大大的笑容，似是叫我放心。可怜身上衣正单，心忧炭贱愿天寒。

　　唉，冬天。

换季

　　古人真是大智慧，经天纬地地把二十四个节气满满当当地将一年分割好，农人只管掐着时令下田就好。

　　春为四季之首，万物生长之初，疏忽不得，怠慢不得，稍有差池，便要耽误一年吃穿用度。单从节气取名，便能体察到古人的良苦用心。春的六个节气名，暗含些提醒。立春、雨水、惊蛰、春分、清明、谷雨，短短十二个字，却如丰子恺漫画，生动洗练地勾勒出一幅完整的春耕图。一个"立"字，如正在擦拭闲置一冬农具的汉子，坚毅沉默，从无形中散发一股催促人的力量。几经绵密春雨，沉寂一冬的土地开始松动，渐放出舒活的气息。终于，春神驾着战车隆隆驶过天际，但见他羽衣广袖随意挥撒，数道惊雷便随地斩落，万物打着哈欠，捋捋须发，开始衣冠楚楚。惊蛰，轻雷隐，龙蛇出，草木舒，丁壮具在野，场圃从此开。这般不抬头的忙碌，停停走走，已过了春分。大概是雨量过于丰沛，清明，不仅名字含水，细细读来，似乎也夹杂了些湿漉漉的忧伤。先人的坟冢便在那松柏苍苍处，祭祖，是古人长期与生活抗争中萌发的对生命、对自然的敬畏。一副香烛，一打纸钱，一掬泪水，又涵盖了多少奔波劳碌的辛酸无奈。这情绪平时隐忍难言，但老祖宗是至亲之人，在坟头我们都成了豆大的孩童。受了委屈在老祖宗面前哭上一哭，有什么不妥呢。可伤心是暂时的，生活总要继续，这种悲天悯人的消沉会在谷雨时迅速消散，只那不事生产的小儿女，语慢歌缓，轻裘缓带，马蹄践踏起杨花纷如雪。陌道两侧，新移的秧苗在雨水的浸润下英姿勃发，牧童短笛，子规声声，途经的书生有感而发狼毫轻蘸，又挥就一曲千古绝唱。青斗笠，绿蓑衣，斜风细雨不须归的春却要落幕了。

　　立夏那日，扑面的风便挟了丝专属于夏的暴烈。酷暑三伏，间杂瓢泼暴雨，蚊蝇肆虐，蛙蝉鼓噪。世间万物都在骄阳烘烤下沾染上莫名的亢奋。若想片刻安宁，唯有月上中天，蒸腾一日的暑气消散，流萤轻舞，万籁俱寂，稻麦无声地拔节，风清，云舒，月朗，星稀，唯此时，桀骜不驯的夏方才难得显露些温柔，甚至犹如新嫁娘般的羞涩，留驻于夏夜的清凉。日出，再度骄阳似火！年少时，我极不喜欢夏，换季的苦恼总要在这时节复发。再加上些为赋新词强说愁的少年通病，一见林花谢了春红，便慨叹光阴易逝，无计留春住。年岁渐长，经了事，便晓得愁苦也是枉然，万物生发自有时，人力无法变更，唯有顺时而为，顺势而行，才能在方寸之间留有一份不足为人道的自得。

　　春有春的好，百花齐放，莺燕缭绕，你只需抓紧时节勤奋耕种，便能长出满眼绿油油的希望。人生，也并非永远那般饱满丰润，一望坦途。总有些事，有些难处，将人困囿其间，好比夏日的炎炎暑气，好比在夜间森林里迷路。当喧嚣沉寂，黑暗扑面，习惯了朗朗春韵的人难免迷惘焦灼，扰困于心而不得解。于是，生出不甘、愤懑，由此一叶障目而不见清风明月。可不管你怎么急，春总要过去。所以，要静，要等，等春天芳华落尽，稻麦经受过了夏日骄阳暴雨的轮番洗礼，才会从容，才会坦然，才会站在夜凉如水的夏夜里微微一笑。想起一路走来的历历往事，那些不期而遇的温暖和感动，以及大起大落后的豁达和笃定，交织在一起，才能汇成生生不息的希望和力量，才会有继续前行的勇气。而到此，路的尽头，已可见风姿摇曳的累累秋实。

　　如此，便不虚此行，不枉此生。

我的老父母

　　我的父亲出生于1930年，即民国十九年，那一年适逢动乱饥荒，全家都逃荒要饭在外。等到他7岁入学，正赶上全面抗战。日机常来轰炸、民不聊生。学校也无法正常上课，校长当机立断，采取机动式教育。避开大白天，仅在空袭较少的早晚上课，还挑在大树底下露天授课，即便空袭来了也方便四下散开。在校长感染下，学校里的爱国青年教师未因条件严苛而放弃教学，他们四处联络教材纸笔，实在联系不到就自己编写。

　　中学时有了校舍，为了安全，学校设在大别山深处，可耕地面积不多。吃的菜一律由学生在开学时从家里带来的够半年吃的咸菜，一天三顿，顿顿皆是。学校离家140里，山路崎岖，野兽出没。故而中途不能歇息。必需赶在太阳落山之前走完。最难熬的是放寒假回家，北风呼啸，冰天雪地，几乎冻成了冰人，腿脚手脸，无处不是伤痕累累。每次到家都要大病几天。待精神恢复稍好一点时，正月十五又到开学时间了，又得整装上路。

　　长期营养不良，师生皆面黄肌瘦。苦熬到1946年冬，敌机还是搜索到这所藏于深山的中学，毫不犹豫地炸掉了。学生们只能四处流亡。父亲由江北流浪到江南，由江南又流浪到大西南；到过贵州的茅台古镇，在贵州的一苗族同学家待了一年多。父亲从小天赋异禀，尤善书法绘画，临摹的人物栩栩如生。靠着这门画人物肖像的技艺，他换得斗升米的报酬，在苗族同学家借住也不讨人嫌。

　　苗族人能歌善舞，生活习俗与汉族人大不同。如苗族姑娘出嫁时，有哭嫁的传统，而且是全村的姑娘都过来陪着哭几天。姑娘哭嫁时，会把平时在家中受到的一切待遇好歹恩怨，皆以歌的形式唱出来。如"柑子好吃要剥皮，姊妹虽好要分离，哥哭一声亲骨肉，嫂哭一声是外人"。吃饭时，大家围饭桌而坐，桌上摆着平时不舍得吃的佳肴。其中一盘腊肥肉是满桌菜肴的重点。开饭前依旧还是哭，姑娘们依次将一块大肥肉夹放在口鼻处闻一闻，抹一下，并不吃，然后把粘上鼻涕眼泪的肉又放回盘中，依次如斯，往下进行，所有姑娘皆夹起那块肥肉在口鼻处抹一下。离开家人的不舍难过都在出嫁那一日宣泄完毕，而后开开心心嫁入夫家，开启新生活。

后来父亲又流浪到了四川古蔺县城，直到泸州师范学校。适逢军区政治部文工团在这个学校里招生，父亲浓眉大眼，高挑俊朗，顺利被选入文工团。有了工作和学习的机会。中华人民共和国成立后才到河南大学，那时叫开封师院系统地进修了一年时间。直到1950年大学毕业才回到家乡参加了工作。

老母亲出生在封建私塾家庭，她的父亲是当地的士绅。母亲从小就长得胖，是当地有名的胖女子。在那个以胖为美的年代，母亲是当地有名的大美人。因她姥爷是私塾老先生，饱受诗书熏陶。除了工作，经年都待在家里做家务。为人比较低调，不喜与别人争高低。她的低调平和，是那个特殊年代的生存智慧。

1957年的那场运动中，父亲被错划为右派分子。迫于政治气氛高压，母亲在学校更是谨言慎行，步步小心。若想自保，离婚是最有效的办法。离婚是同所谓的右派分子划清界限，是向组织靠拢的标志。迫于形势，千千万万个家庭破碎了。当时的组织领导多次找母亲谈话，劝她认清形势，服从大局。来谈话的领导换了一批又一批，任凭对方说破口舌，母亲似是聋了一般，不点头，也不摇头，久久沉默。

君当作磐石，妾当如蒲苇。蒲苇韧如丝，磐石无转移。

在那个特殊年代，对抗有话语权的人，沉默是最好的武器。母亲以柔韧的姿态保全了家庭完整。顶着"右派分子家属"的帽子，母亲忍受一切政治上的歧视。为了工作上争口气，别人做一份，她要做两份。兼顾着两个班级的教学和日常管理，等她把作业批完，教室、办公室卫生打扫完，家里各项家务做完、孩子安顿好，端着煤油灯去休息的时候，学校的起床铃声已响起。

母亲有惊人的牺牲精神，她的至理名言是"把最好用、最好吃的东西都留给别人"。她的无私在困难年代难能可贵，所有的略有价值的东西似乎都只在我家里歇歇脚，随即便转赠他人。直至今天，母亲工作过的村镇，乡亲们还常来看望她。

如今，父母都是八十多岁的耄耋老人。常年压抑的生活使母亲长期失眠，她心肺功能不好，又具有高度政治敏感性。看时政新闻，一丝风吹草

动都会令她警惕。我们总宽慰她，没事的，天高皇帝远，自有能人顶着，您自管享清福便好。

平时，老母亲喜欢研究养生保健，并常有高论。比如她喜静不喜动，她的理论是龟鹤喜静能活千年，鹿跑得快只能活十来岁。老母亲从来不出门锻炼，不仅自己不去。偶尔发现我去健身了还批评我，说这样不行，不懂得休生养息会累出病的。她的这番理论还颇具信服力，我大哥也赞同，说他单位的老头老太太们天天去锻炼。结果人数越来越稀，慢慢地都去世了。还是多静少动为宜。

与母亲不同，父亲很喜欢户外走动。他爱好广泛，除了书法绘画，还喜欢写诗词。常常为一句诗或词的平仄押韵冥思苦想，如韩愈、贾岛般推推敲敲。大有一种衣带渐宽终不悔，为伊消得人憔悴的钻研精神。天道酬勤，父亲常有些作品见诸报端，聊以自娱。

父亲性格单纯，与世无争，终日活在自己的精神世界里。天天忙于书法、绘画、写作，自然无暇顾及其他。家里的内务外交，大事小情都是老母亲自操持。母亲一辈子亲力亲为，殚精竭虑，操劳过度，父亲也不太懂得关怀照顾，又不擅言辞表达爱意，免不了会受到母亲一番奚落。

前次母亲向我们说了个笑话。老父亲上街去买早点，平时一元钱买两根油条即是他俩的早餐。偏偏那天油条卖完了，剩下的只有绿豆丸子。父亲便用一元钱买了九个绿豆丸子回来。

我错愕不已，绿豆丸子是我们这里的特产，只有汤圆那么大，原料成分主要是绿豆面粉。可以汤烩，水煮也可以直接干吃。若直接干吃，一个人可以吃一二十个。偏偏老父迂腐，似乎早餐费只限制在一块钱，九个丸子够谁吃呢？我听后忍俊不禁地问，九个绿豆丸子你俩是如何分配的呢？老母亲说，她自己吃了八个丸子，只给老爸留一个丸子。目的是为了惩罚父亲。可怜的老爸，老实、木讷、迂腐，不会办事，不懂生活，常常会办一些让人啼笑皆非的事情，自然会挨批……

每次老爸挨了批评之后，也自认理亏，默默忍受不再抗议，否则，就有强词夺理之嫌。于是，不超过半天老妈也多云转晴，他们又和好如初了。我常常忍俊不禁，暗自想笑，觉得这对耄耋之年的老人就是老小孩，一会儿风雨大作，乌云满天，一会儿又雨过天晴，丽日朗朗。他们不会在儿女面前说些绵绵情话，温情软语，相反经常会听到他们在絮絮叨叨的争吵，但是吵着吵着又云开雾散，呵呵笑了，猜想也许这就是他们彼此互相包容对方的特别之爱吧！

还有一次，看到老妈闷闷不乐，好像又在生气，问其缘故。老妈气哼哼地说，没有见过像你父亲这么没用的人，整天迷迷糊糊的，啥都不懂。

原来保姆家中有事，请假回去了。母亲正在生病，不能下厨房，平时不常帮厨的父亲，只好笨手拙脚地自己生火做饭。不想保姆临走前放在锅灶上一小盆淘米水，不知是干啥用的，被父亲误以为是汤，加热后喝了。事后父亲向母亲抱怨唠叨说，保姆走时也没有把汤放到冰箱里冷藏保存起来。结果天热，汤都有些变质、变酸了，他也没舍得丢，忍耐着趁热给喝完了。

听完这些我哭笑不得，简直是无语了。愣神想了半天才想起一段较为合适安抚母亲的语言。于是，我就故作轻松地说，父亲不是说过，以前在苗族生活时，人家就是把一碗米汤啥的专门存放在锅灶上，等到慢慢地遇热变酸再喝吗？大概类似我们现在的酸奶益生菌的道理吧！喝下去可能也没啥事的。兴许对身体还有益处呢！母亲听后可能觉得也颇有些道理，默然不作声了。父亲就是这样，常常犯些小错误。不过，他似乎认为自己是正确的，也不在意别人的评价。

其实母亲对于父亲的批评也仅仅是生活小节上的一小部分。父亲有许多让母亲称道、敬佩、骄傲和自豪的地方。父亲的书法和绘画，尤其让母亲青睐有加。母亲八十大寿时，哥哥姐姐们匆匆忙忙从天南地北赶回来，在酒店为其祝寿。

人过七十古来稀。八十大寿可喜可贺。按说老母亲应该高兴得眉开眼笑才对，但不知为何母亲始终情绪不佳。对大家孝敬的礼物，也不感兴趣，反复推辞，让大家把买的东西都各自带回去，送回到商店退了。大家面面相觑，纷纷劝说，这些东西都是子女们孝敬父母的心意。好不容易买好后千里迢迢的带回来，如何能再带走退了呢？

吃饭时，小辈重孙们在大人的鼓励下咿咿呀呀、含糊不清地"太太长、太太短"的纷纷跑来敬酒祝寿，蹒跚学步，趔趔趄趄，憨态可掬。老太太似乎开心了些。酒过三巡，父亲慢慢地展开一幅画，这是他精心为母亲绘制的生日礼物——松鹤图，直到这时候，老母亲紧绷着的面容才彻底舒展开了，她架上老花镜，凑到画前细细欣赏，谦虚得像个小学生，问来问去的。这一只鹤为何久立在树下？那一处留白又是什么意思？有松竹梅岁寒三友之说，松鹤有延年益寿之意吧！趣味盎然地说了半天。我们也顺着她的心情，陪着她研究了半天的画的意境……

　　回家后立刻挂在墙上展示。家里若是来客人了，母亲会骄傲地指着画让人家看，并向来人细细赘述，画的内容及来龙去脉。母亲常常向我们似乎在批评，实乃炫耀地说，你父亲的手里拿啥子东西都拿不住，易丢、易掉，为何拿笔不掉呢？可以画出那么多人物、鸟兽、山形的画。这时我们都会附和着说，是啊！老爸有才，大手笔，懂得多，此时老母亲就会露出笑色……

　　其实，父母老了就是老小孩，有时即使你花费再多的钱财购物，也不能让他们高兴，愉悦。你只需揣测他们的心事，说话办事即可。父亲的这些让老母亲愤懑，爱意，自豪的性格、情趣，时常让我等小辈忍俊不禁。家有老人是个宝。老父母健康长寿是儿女们的福气。老两口在日常生活中这些小情小趣，我们司空见惯，久而久之，我们也见怪不怪，习以为常，只要他们自己觉得快乐即可。

　　老父母属于老夫老妻了，批评也好，惩罚也罢，均是关爱。是他们特殊的爱意彰显。他们不会像年轻人那样四处秀恩爱，但是，他们也有他们的爱意表达方式，他们殷殷的目光，时时为对方所吸引。他们口中念念有词，即便是抱怨也是爱意关怀的彰显。他们三句话不离开对方的一言一行，举手投足，都表明他们深深地关爱着对方。他们能在人生之路上死生契阔，与子成说，执子之手，与子偕老，朝朝暮暮，风雨同舟地度过人生六十余年的岁月，实乃令人钦佩！

和父亲的二三事

中学时代，我的语文课是在老父亲亲自教授下完成的。父亲一辈子耕耘在三尺讲坛育人无数。教师、军人、公务员桃李满天下。父亲有着旧式书生文人的嗜好，小时在私塾养成背诵习惯。平时性格虽好，但是教学时很严厉，不允许学生苟且偷奸耍滑，要求学生必须起早贪黑下苦功夫背诵古文，学子们叫苦不迭，吃尽苦头，但是如今回首却受益终身，分布在各行各业的学生无论是领导还是做文字工作均得心应手。父亲是个老夫子，一辈子清静无为，淡泊名利，唯喜欢诗词书法绘画。如今他已是耄耋之年的老人，中秋节的书画展，还展出了老人家的画作。

由此发生了一件趣事。中秋节上午，父亲要求我开车陪他去观展，由于我的虚无杂事多，一直忙到中午方抽出时间陪父亲一起赶到展馆。中秋节是我们中华民族万家团圆的传统节日，家家户户皆须团圆，馆员在关门准备上锁之际，看到老先生来了，被其矍铄精神打动，又特地开门让其观看一会儿。

待回到家时，满足了心愿的父亲兴致勃勃情绪饱满高涨，激动地向纷纷从异地百里、千里赶回来过节的儿孙介绍展出盛况，诸如他画的内容是一树蓬勃怒放盛开的红梅，千朵万朵复瓣重叠、馨香馥郁枝头紧密围绕主干枝权纵横，旁逸斜出，花团锦簇，表明五十六个民族团结友善和睦相处，国家蒸蒸日上的大好局面。被放在进门入口不远处显著醒目位置。听完介绍，大家嘻嘻哈哈，七嘴八舌笑着打趣说，做得不错，孝心可嘉，圆了老父亲的一个梦。但是美中不足的是还少做了一件事，我听后惊诧莫名等待。他们说，父亲一辈子热爱书画，视书画为第二生命。应该给父亲站在他自己的画作前拍一张照片，以便留存纪念。听后不禁觉得心里一紧，感觉言之有理。是啊，父亲近九十岁的高龄之年了，也许能够参加画展的机会已日渐稀少，期待未来还有机会参展仅仅只是我们善意的假想。其实就是没

有也许了。这么难得的机会为何自己没有抓住为父亲在画展拍照呢？哪怕抓住稍纵即逝仅需几秒钟宝贵时间拍几张也好啊！

"人生一世，草木一秋"，步履匆匆，转眼就是百年。我们总是期待希翼来日方长，可是风云难测谁也无法预知究竟明天会发生什么事情？中国是个儒家社会，我们对外都是讲究仁、义、礼、智、信，满腹经纶谦谦君子张弛有度，常常回到家立刻脱去伪善的外衣，一言不合就会剑拔弩张，龇牙咧嘴咆哮如雷地露出自己狰狞面目，常常忽视的就是对自己至爱亲人的尊重。我们常常沾沾自喜倚仗自己年轻气盛，精力充沛，扬扬自得，夸夸其谈自己为亲人父辈做的点滴琐屑之事，忘却了父母养育之恩。

由此，我想起曾经在电视上看过一个画面广告镜头，一位耄耋之年的老父亲老到有些蹒跚糊涂不清晰，一次儿子请他外出吃饭，端上一盘饺子，大家还未开始吃，一桌子人众目睽睽，父亲竟然用纸包了几个饺子攥在手里，嘴里呜呜噜噜含混不清念念有词，儿子颇为尴尬，问父亲在干吗？父亲一愣神竟然清晰地告诉大家，我儿子爱吃饺子，带回去给儿子吃。刚刚还交头接耳的一桌的人瞬间沉默。是的，作为小辈我们回报父亲的恩情永远是少之又少，甚至勉强做一点点，还"色难"父辈，这样想着不禁为自己的疏漏遗憾脸红……

还有一件事，父母家种有一棵桃树。父亲一辈子桃李满天下，所谓"桃李不言，下自成蹊"。不知为何桃树始终结的果实稀少。我们笑说，父亲老了清瘦一生，晚年种植的果木也如父亲，年轻不再，年长色衰，不再孕育繁衍子女，不结果的桃树枝干倒挺茂盛葳蕤，一树绿叶迎风招展，一阵风吹来，噼噼啪啪似在跳舞拍手唱歌。路过的行人常常不忘掐一枝，说是拿回家桃条有辟邪功能。

今年五月正是桃子成熟的季节，有天晚上我去父亲家看望老人，竟然发现近九十岁的父亲正在艰难地往外搬动梯子，吓得我问他干吗？因为他们这么大年纪了，为了防止意外，一般我们不允许他们干重活。父亲告诉我说，听一个眼睛亮、善观察的小学生汇报说，树冠顶部竟然稀罕地长有几枚大桃子。母亲说我是桃子季节出生的，有桃子情结，故而喜欢吃桃子。其实，我是怕甜，喜欢吃甜酸型水果。父亲准备搬梯子上树去摘桃子留给我吃。听得我面红耳赤，汗直冒，头发蒙，实在太令我无地自容了。我都这么大年纪了父母还把我当作黄口小儿，还要顾及我喜欢吃什么，舍命去攀摘以便留给我吃，实在是太令人羞惭感动了，正所谓感天动地之恩。铁石心肠也会动容。吓得我手忙脚乱，赶忙阻止，若是出啥意外我可担当不起，也于心不安啊。真的，不是我大惊小怪耸人听闻，近九十岁的老人要上树去摘桃子，无论如何听起来都是天方夜谭，但这确实又是刚刚上演的一幕真实发生的故事，没有杜撰成分，故事就发生在我老父亲身上。我想这是一种什么样的伟大的爱子女的力量冲动，促使他们不顾一切去这样做。他们想到那万一不测的后果了吗？不知道，不明白，这个命题的答案除了对子女深深的爱，大概没有其他回答。

"解铃还须系铃人"，事情因我而起，解救方法还是由我来解决。我咬着牙战战兢兢往梯子上爬，此时此刻我已了无吃桃子的情趣。是的，纵然有王母娘娘设宴众神的"蟠桃会"神都爱吃桃子，况人乎？但是我此刻兴趣缺缺，怀揣着负罪感，手脚并用慢慢地往上攀援。迫使自己重温小时候恣意攀爬上树捉鸟的行当。

小时候胡乱攀爬是自愿行为，那时物质匮乏，趁着大人外出上班家里无人，我们可以悄悄地踩着板凳摞板凳爬到高处偷取父母藏的一点好吃的。同时，为了防止兄妹合作"分赃不均"告密叛变，往往需要单独行动。由于慌张，担心盯梢及父母回来挨打，人小力薄，从高高的凳子上摔下来磕破头及身体是常事。小孩子心智也是很成熟的，若是惹事闯了祸后也懂得保护自己，隐瞒事实真相，无论再痛也只有打落牙齿和血吞，装作若无其事的样子极力掩饰。其实，凭良心说，每次父母发现点心没有了，多数已经明白八八九九是我干的，一般不再追问。哥哥姐姐们礼拜天要帮助家里分担困难负责外出拾柴干活，唯有我一人留在家里。因在家里面排行最小，俗称是父母的"老疙瘩"或者说是父母结的"秋葫芦"。

"秋葫芦"泛指秋天结的葫芦，因为秋季阳光已没有夏季暴烈，植物禾苗花卉光合作用达不到标准，勉强结出的瓜果也歪三扭四，即歪瓜瘪枣，品相不好，乃无用之果。同样地，父母工作繁忙人到中年，家中子女多负担重，精力衰减。这时孕育分娩的最小子女往往是家中体质最差的一位，有的严重些还患有先天残疾，造成家庭永远的缺憾，成为父母心中永远的痛。

作为家中的"秋葫芦"，我先天营养不良消瘦羸弱尤其易生病，和小伙伴玩着玩着就会倒地昏迷，晕死过去好长时间，任父母千呼万唤啥都不知道。不知原因为何小时长得头大体轻，有些失重，尤其是一次意外绊倒，不慎从高处跌落摔下，留下严重的后遗症，一遇到考试等紧张情况就发烧，

且右手颤抖握不住笔等毛病，多次考到中途一半就坚持不下来被送回来休息。后经过部队医生专家鉴定大概是因那次摔倒造成小脑神经受了一点伤的缘故，患上一种叫"小儿舞蹈病"也称"风湿性舞蹈病"，不多见的怪病。医生说，让我多休息静养，避免在外蹦跳过分运动受刺激，长大后随着大脑发育完整自然就会痊愈。果真如此，如今已彻底康复。

其实，小时候父母说是让我独自在家里"看家"，实则是怜惜疼爱让我多休息。偶尔父母心情好的时候，看着我脸上抑或腿上、胳膊上的青紫伤痕也会怜惜地问为何又摔倒了，要注意云云。此刻我就会羞惭得低下头，担心他们追问跌倒原因。父母就是父母，他们永远如一棵大树为孩子遮风挡雨。他们明白孩子心中藏的小秘密。然后就不再追问为何又摔倒的原因，给我留一点小小的自尊。小孩子也虚荣讲面子爱排场。同时也免得再引起风波。兄弟姊妹多，孩子们单纯，眼里揉不得沙子，一点点的特殊权力都会引起矛盾忌恨内讧争吵械斗。

那时候，孩子们攀缘爬高，是有目的地攫取自己渴盼已久的利益——好吃的果子总是长在高处。这是一种人类自身为利益而战的冲动本能，无论前方囧途凶险乖舛，只要有一点甜头，天生贼大胆的孩子们都会勇往直前义无反顾，真的是"明知山有虎，偏向虎山行"。如今物质条件丰沛到任何物品都可以随心所欲买到，一切皆不稀罕，我们那代人所受的苦，如今的小胖墩们是无法体会的。

时移世易，如今再让我穿着江南丝绸旗袍步履维艰小心翼翼爬梯子上树摘桃子，实在有些勉为其难。但是"父皇有旨"不可违逆，只好期冀借助手中竹竿打几个桃子。桃子如调皮的孩子不听使唤，始终和我捉迷藏，躲在树叶下，透过斑驳的阳光反射灼灼闪闪，绿叶掩护着，根本看不清面目。加之，合梯的老迈破旧摇摆不定，人在上面如漂浮在水面，找不到重心支撑站立不稳，树顶冠部几个桃子我实在难以够到，我无奈提出抗议，想要放弃。父亲听后在树下急得直跺脚大吼，让我赶紧下来换他上去。我一听心想简直开国际玩笑吧，无论如何也不能让父亲上去。为了息事宁人，我使出吃奶的力气趴在树上，用竹竿一阵猛击，终于几个大桃子稀里哗啦掉在地上，东倒西歪，摔得鼻青脸肿、花容失色的桃子被父亲逐一拾起，抹干净放篮子里也足有半小筐呢。父亲摸着桃子如对待孩子一样心疼地说，"可惜了，应该我上去……"

父亲一辈子只知道教书育人，不懂得攀龙附凤，经营仕途，比较单纯，不太热衷于教学之外的事情。但是一直教学认真执着，呕心沥血。教书育人精益求精，严格要求学子们学过的古文必须背诵得滚瓜烂熟。尤其是父亲在教授我们学习时，每篇古文教完后，过几天就让我在课堂上率先垂范起立背诵给大家听。这是项苦差事，更是项硬任务，丝毫马虎偷懒不得。否则磕磕巴巴丢丑回家会挨板子，受皮肉之苦。迫使小小年纪的我，必须每天早早起床晨背。

当时亦有诸多怨气委屈，感觉苦不堪言，回家后多次梨花带雨地向母亲哭诉告状投诉父亲，母亲是中学校长，威仪、明达、睿智，我企图取得母亲的支持，帮我一起声讨父亲，每次母亲听完我的哭诉总是漠然不理不睬。也许是父亲早已和母亲沟通，母亲感觉父亲做法是正确的。多次抗议无果，知道不可违拗。只能服从，忍气吞声，每日早起背诵。少年不知父母苦心，长大后才意识到，这些扎实的古文基本功开启了我的文学道路，使我受益终身。

眼看着父亲日益衰老，我这个"秋葫芦"人到中年，越发感到自己成为了家中的顶梁柱。摘桃儿、看展，这些点滴小事看似普通到琐碎，才最能组成日常生活。比起穿金戴银，尊老爱老，更重要的是陪伴。我珍惜父母健在的时光，陪着他们度过人生最后的岁月，是我的福气，是一段悠长又圆满的人生。

龙子九样

　　"龙生九子，九子九样"，原指龙的九个儿子。即老大囚牛，喜音乐蹲立于琴头；老二睚眦，嗜杀喜斗刻镂于刀环、剑柄吞口；老三狴犴，形似虎有威力，生平好讼，常见于古代牢门之上，震慑囚犯；老四狻猊，形如狮喜烟好坐，倚立于香炉足上随之吞烟吐雾；老五饕餮，嘴馋身懒好吃好喝……老九貔貅，生性凶猛，专吞金银肚大无肛，只进不出，既能招财又能守护财。各位龙子虽系一母所生同胞兄弟，但有的贪吃，有的喜登高，秉性各异，在这里，借指我的两位舅姥爷。

　　母亲一共有四位舅舅，前两位去世得早，模糊不清，印象较深的有两位，即三舅姥爷和小舅姥爷。两位舅姥爷虽是一母同胞，但其长相性格迥异。三舅姥爷浓眉大眼、仪表堂堂，戎马倥偬曾任国民党团长，后随汤恩伯军队做了一名起义人员。军人出身的他仪表堂堂，言语规范，行走坐立，有模有样，曾是母亲的骄傲。

　　母亲小时候，她的三舅还带领部队来母亲家乡打过仗，即豫皖交界武汉保卫战，外围狙击日军的富金山战役。富金山据说原名叫傅家山，即老傅家的山。后来被人们错读为"富金山"。慢慢地越传越离谱，变成了"狐狸打猎人"远扬到日本。

　　日本人愤懑不平，他们国家的那个富士山，既不出金，也不出银，只不过是山顶上常年有积雪，而中国居然有个产金子的富金山。于是，悍然发动了一场打了九天九夜掠夺富金山的战役。炸毁了山上大庙，烧了整座山，不放过一个死角。结果一粒金子也未找到，死伤无数，尸横遍野血流成河。人们说，富金山有灵气，山上有座大庙，庙里供奉的神仙大少奶奶法力无边，威震四海，日本鬼子落荒而逃。当然这些都是民间附会牵强的神话传说……

　　当时山上炮声隆隆，火光硝烟弥漫冲天，血流成河，敌军飞机大炮轮番轰炸，富金山顶部几乎被炮弹炸毁削掉一层皮。国共两党军人联手浴血拼死抵抗，奋战九天九夜。外围百姓在后方筹款筹物，有钱的出钱，有力的出力，给予大力支援。前后方同仇敌忾形成战无不胜的坚守同盟，据说宋美玲女士于战争关键时刻在将士的护送下，亲自到前线督战慰问，士气倍增。此次阻击战，有效地遏制了日军侵华的进程……

部队驻扎间隙，三舅姥爷偷闲带着卫兵来我母亲家一趟看望亲人。他骑着一匹枣红色的高头骏马，本就威风挺拔的他，在骏马的映衬下更显得玉树临风，英武潇洒干练。

马就拴在他们下榻的我母亲家庭院外，生长于水圩子边那棵歪脖柿子树下。柿子树常年生长于潮湿的水域边缘，生于斯、长于斯，饱受水患寒暑侵袭，难以成材，生长慢，浑身疤癫。加之，本来品相就不好，终究成不了大器的一棵歪脖柿子树，更是常年凄苦哀怨，立于水边无人问津。

古人说，路边多而无人采摘的李子，必是苦李；路边大而无用的树即是散木。歪脖子柿子树平时蜗居在水边，长相丑陋，年长色衰已如风中残荷，随风摇摆，枯萎凋零。又如一位年长色衰，贫困潦倒的老妇人过了蓬勃茂盛，饱满的繁殖生育的高峰，挂着两个干瘪的乳房，蓬头垢面无人青睐。柿子树早已不太结实，稀疏的几枚青柿子挂在树梢，风一吹摇头晃脑，叶子簌簌作响，似怨妇的眼泪，幽咽凄苦，无处倾诉。那天柿子树因两位英武军人的到来，军人的马缰绳拴在柿子树身上，柿子树也年轻精神抖擞了许多。

细心的三舅姥爷，赠予他的外甥女一把日本生产制造的水果削皮套刀。在那个物资匮乏的年代，那把刀可是个稀罕物，是个"洋货"，这让小小年纪的母亲，虚荣心得到极大的满足。她每天拿着果皮刀，骄傲得像个翘尾巴的小孔雀，咯咯叫着展翅开屏与人媲美争艳，飞向邻里周边小朋友家，四处显摆炫耀。

三舅姥爷还带来了他美丽的小妾田小姐。田小姐举止优雅，长相标致，皮肤白皙，大大的眼睛，长长的睫毛，自然往上卷；笑时明亮的眼睛如星星般一闪一闪地会说话；蛾眉轻扫如弯月，明眸皓齿，五官精致匀称；身材娇小玲珑，身着紧身旗袍凹凸有致；一招一式，举手投足摄人心魄；手腕和脚脖上带有金镯，锃亮富贵。

当时母亲及姥姥，都因有这位能带兵打仗的亲人，而倍感骄傲自豪。以至几十年之后，每当母亲提起那次难忘的会面，还依然会笑靥如花无上

荣光……

除了这位英武气派的三舅，母亲还有一位小舅，即我的小舅姥爷。小舅姥爷的长相和英俊潇洒的哥哥相比大相径庭，非但不帅还颇有些猥琐。眼小脸长似乎如刀斜挂在脸上，俗称斜八字脸也叫不对称的驴脸，牙齿脱落，说话还有点不关风淌口水。怪异的长相及秉性，让人极不舒服。

母亲的老家在皖南山区一个叫熊家河的地方，那里地处偏远，山高人稀，崇山峻岭，悬崖峭壁，九曲回肠，古木参天，荫翳蔽日，野兽出没。山民常年多不与外界来往，大多较孤陋寡闻。因此，那里的傻子比较多，小舅姥爷智商或多或少有些毛病，起码情商不高，头脑不太灵光。他性格自私，好逸恶劳。常常做些令人忍俊不禁，颇有些二百五的举动。犹如鲁迅笔下阿Q一般，让人哀其不幸，怒其不争。每次，他到我姥姥家也即他姐姐家，不是中规中矩去看看、走亲戚，而是总要顺手牵羊地拿走一些东西。

姥姥没有儿子，即没有所谓男丁继承人。重男轻女的他，认为姥姥家的财产，理所当然应该由他这个娘家兄弟继承。每次来，吃的、穿的，啥都要带走。甚至把他姐姐的女式衣服，也穿在里面带回。他走后，姥姥收拾东西总会有少的，姥姥立刻猜测出，又是她宝贝的娘家胞弟偷走了。于是，无奈的姥姥都会气得痛哭一场。姥姥常常懊恼地说，人家兄弟都知道心疼姐姐，不知家里作了哪辈子的孽，竟生出这样一个异于别人的败类……

后来，我们逐渐长大，小舅姥爷年纪渐长，依然恶习不改。甚至更明显。小舅姥爷恰恰是老来多忘事，唯不忘，喋喋不休，向别人要东西。姥姥去世后，他又到我母亲家来要东西。每次吃饱喝足之后，就开始张口要这、要那。物品无论大小贵贱，桌椅板凳，衣帽鞋袜，见啥要啥，颇令人反感。

他的经典口头禅就是：就这一个亲娘舅，不给我吃给谁吃。

时光荏苒，月华如水，再后来，我亦长大，嫁为人妇。老态龙钟的他，腿脚不灵便，牙齿摇晃脱落，时常干瘪着他那没牙，咀嚼吞咽困难不利索，说话不关风的嘴巴，踟躇、蹒跚地来到我母亲家，依然是梦呓般嘟嘟囔囔地说个不停。因其不受人尊重，也没人理会他要表达的主旨意图。不过从他一贯作风，自私自利本性难改来说，他依然还是想要东西。本来就头脑不灵光的他，老年痴呆症加剧，摇摇晃晃越发显得颓唐猥琐。

其实，一辈子蜗居山间，习惯行走在逼仄狭仄的山道的他，飞速发展的现代城市生活，通衢宽广的马路，飞驰而过赤橙黄橘绿大小贵贱不等的各种类型的车辆，行人脚步行色匆匆急促。城市里喧嚣的灯火，与小舅姥爷寂寥宁静的乡间生活相距甚远。他已经退化到每次来到城里，都需要男士负责搀扶照顾，每到一处都需要别人指点迷津，否则他不懂得如何前行。他已经被时代淘汰落伍，完全不适应现代喧嚣的城市生活。

但是，诸君且莫以为，小舅姥爷已经到了耳顺之年，心态平和，安守乡村，颐养天年，那样就太小看了他。潇潇雨歇抬望眼，烈士暮年，壮心不已。一切困难都打消不了他占便宜的初心。他依然自私自利由着自己的性子，从不反思换位思考，替别人考虑。他不请自来，颠三倒四蹒跚趔趄，打乱了人家正常的生活，出门处处需要关照又给别人带来无尽的麻烦。他一切皆不理会，依然我行我素，进城如履平地，常来常往。

也许是近墨者黑吧，每次舅姥爷的到来，抖落下许多包袱段子经典语录，我老公慢慢地浸染熏陶逐渐入心，并陶醉其中。随着接待的次数的增多，我老公竟然也逐步学会了舅姥爷那句经典口头禅：不给我吃给谁吃。竟然依葫芦画瓢淋漓尽致不打迟钝毫不羞惭地说，"孩子姥姥、姥爷，就我这一个小女婿，不给我吃给谁吃？"并时常把这句口头禅，挂在嘴边作为打趣我的理由。我惊讶于时间的魔力，竟能将一个诚恳的老好人迅速观念扭曲，走向偏颇……

其实，老公是一位法律工作者，讲究职业操守的他，性格与他的职业一样严谨。在处理公事的时候都是不徇私情，从不染指别人的利益。不知道小舅姥爷的特殊性格，触动了他哪根神经，平时少言寡语，禀赋聪明，不苟言笑的他，一提起小舅姥爷，就忍俊不禁惟妙惟肖坏笑打趣一通，如"我不下地狱谁下地狱""为何书香世家竟然出来了一个傻子……"当然，这些都是老公和我哂笑打趣，恣意玩笑话儿，外人不足当真。

高大挺拔的三舅姥爷，中华人民共和国成立后被定为投诚人员，遭到严厉的游街批斗，被关进了监狱。田小姐失去了三舅姥爷这棵大树庇护的肥沃土壤，娇艳鲜活的面容，日渐枯萎凋零。如西风凋碧花树独上高楼望尽天涯路，日子窘迫难过。为了维系生活，田小姐把以前收纳的值钱东西都拿到当铺贱卖，金镯之类的贵重物品早已荡然无存。三舅姥爷的子女失去了乘凉大树作鸟兽散，曾经热闹奢华的大家族顷刻间似大厦倾倒分崩离析。

聪慧灵巧的田小姐为了生存洗去铅华。所有的旗袍绫罗绸缎锦衣玉食都如挽歌清唱悄悄地挥手作别西天的云彩，十指不沾阳春水的她亲自挽起袖子挣钱养家。跟随丈夫走南闯北见过大世面的她，默默学会了编织毛衣

的手艺活。中华人民共和国成立初期这可是个时髦的技艺，当时大多数妇女只会静静地坐在手摇纺车前用事先搓好的棉条纺纱织布，然后做些蜡染蒸煮织布之类的活计。手指头缠绕毛线针头，如蝴蝶翅膀上下翻飞织出如云锦锻般毛衣，尤其田小姐还会编织出一些当时唯有风姿绰约的电影女明星穿的时髦的、错落疏密有致、鱼网花型、多彩颜色的毛线混搭织就的毛衣。那可真是不得了，用现代流行语说就是"亮瞎了眼！"

一时间街谈巷议，人们口耳相传，纷纷买来红红绿绿的毛线找她编织成各种款式毛衣，田小姐日夜加工赶制几天即可织成一件毛衣交付于大家。别致的花型、栩栩如生的图案如今天的时装款式，美体合身地穿在姑娘小伙身上，人们纷纷夸赞田小姐心灵手巧，她靓丽却苦涩的脸上挤出些许久违酸楚的笑容。无数个幽静漆黑的夜晚，伴着飞蛾虫鸣，田小姐都是一个人安静地坐在煤油灯下借着如豆的灯光飞速地编制着毛衣花型，彼时她在想什么？是在天愿作比翼鸟，在地愿为连理枝？还是驿外断桥边，寂寞开无主。无人知晓，应该是在想牢狱中关押的曾经英俊潇洒风流倜傥的丈夫，不知此时此刻在干吗。还是想自己如花的年纪却过早的凋零，独自品尝生活的艰辛不易？前路漫漫唯有她独饮这杯人生的苦酒。一切皆无从得知，唯有知道她急需借此苟且为生吧。

田有一个小闺女，可能是遗传父母帅哥美女基因吧，长得特别出众，漂亮别致，高挑个儿浓眉大眼皮肤白皙一笑两个酒窝。活脱脱的一个画上美人，聪明伶俐人见人夸。后来随她母亲到了外地，嫁与一个职业医生始终再未见到回故乡来。当然，这是后话了。

那个时候，有多余钱财编织毛衣的人毕竟是少数，田小姐如秋风落叶散乱飘零。越来越艰难靠四处奔波借贷过日子，那时人们普遍清贫哪有余钱借给别人，尤其还是一个牢狱之人的家属，人们更是避之不及。势利弱肉强食是人的本性。田吃了上顿没有下顿，到了捉襟见肘举步维艰的地步。

丈夫进了监狱，生活已经没有退路。被逼无奈的她只好委屈地和一个渔夫苟且搭伙过了一段日子。日子是如何过下来的不得而知，猜想是反差对比太大很不如意吧！

也许是当惯了国民党高官太太，享受过荣华富贵穿金戴银的生活，终究不甘心过贫穷日子，不能如劳动人民固守清贫；抑或是其他什么原因，总之后来她不声不响远走私奔了。这一次她嫁得很远，杳无音信。

大家后来才得知，由于她把身份藏匿得紧，得失福报的田又遇到好人了，再嫁一个离休的老红军，一扫过去的阴霾，常年住在干休所里颐养精神，凝眸皓齿的田小姐一直到老了还风韵犹存。曾经消失的荣光慢慢回到她的身上。上天眷顾天生丽质的她永远惹人青睐，风光惬意度过了下半辈子。

沧桑巨变，十年弹指一挥间。后来三舅姥爷服刑期满释放，不计前嫌地几次亲自去接田小姐，但是田去意已决。虽然也不舍地挽留三舅姥爷在她家里住几天叙叙旧情，为三舅姥爷定制几身新衣服，把曾经的老公从头到脚打扮簇新，自己却再也不愿意跟随回来过日子了。是啊，错错错，莫莫莫，时移世易一切皆是过去时。人家已经开启了新的生活，又一轮红日冉冉升起。三舅姥爷寻寻觅觅了好长时间，终究没有找寻到如田小姐一样俏丽容颜的意中人，最终高的娶不到低的看不上，鳏居了后半生。

迫于生计，三舅姥爷后来做起了小货郎生意，每天挑着个装满货物的担子游走于乡间四野，卖些针头线脑、小糖小饼之类的小东西，赚点蝇头小利，维系最基本的日常生活。但三舅姥爷依然是有傲骨的，他拥有自尊。那时候大家要和所谓的反革命分子"划清界限"，三舅姥爷为了不连累别人，轻易不到任何亲戚家走动。

我母亲当时已经当上中学校长，三舅姥爷偶尔途经我们学校卖点东西，总是戴顶旧草帽，帽檐压得低低的让人看不清容颜，从不主动与我们搭讪。但他应该是认识我的，每次来到学校卖东西，我只要看到他，总会飞快地跑去花点小钱，买点小糖、小饼之类的，一是解馋，二是朦胧之中出于好奇。总想了解这个既给母亲带来无上荣耀骄傲自豪，同时又带来无穷隐忧的三舅姥爷，到底是个啥样人？

纵然彼时他认识我，只是当我们在他身边叽叽喳喳的时候，他除了说些生意上的事，从不多问、多说一句话。所以每当我嚼着从他的小货郎担上买的糖块时，总是有种说不出的滋味，苦辣酸甜涌上心头……

春风吹来满眼绿。后来三舅姥爷获得摘帽平反。母亲也调到县城工作，我也出嫁了。一天忽然接到通知说，家里来客人了，我们纷纷问是谁呀。小舅姥爷和三舅姥爷一起来了！哇，我们倍感惊讶，纷纷往家赶。

果然见到母亲家的沙发上并排坐着两位老人。这一次三舅姥爷笔直地坐在沙发上，披一件长大衣，再也不见小时候低头压草帽的样子。仔细看三舅姥爷，依然五官端正高大俊朗，纵然历经岁月沧桑磨砺，双眼依然炯炯有神，只听他神采飞扬地说，没想到老了还赶上好时代，真是不知今夕何夕，天翻地覆人生如梦啊！

　　以前不愿意到来主要是害怕给外女一家惹麻烦，如今惠民政策好了，才放心大胆地邀约弟弟专程来看望你们一家，同时也顺便查查自己的病。也是此次我才知道三舅姥爷在历经多次战斗中身上负有七处伤。看来三舅姥爷真是我们的抗日英雄啊！母亲在两个舅舅面前似乎也年轻了不少，前后左右跑动脚不迭地忙这忙那，高兴得合不拢嘴。

　　那时刚刚改革开放，街上还没有多少家饭店，不时兴到饭店吃饭。亲朋好友聚会一律在家里做饭。我们被母亲呼来唤去，杀鸡宰鸭烹炸烧煮忙得不亦乐乎！不久，一桌热气腾腾的饭菜端上桌，多年珍藏的老酒父亲也给启封了。父亲说这样的重大喜事还不舍得喝还待到何时，有何作用？端起碰杯，祝福声声，酒过三巡，菜过五味，酒酣耳热之际，三舅姥爷还即兴哼起京剧《苏三起解》。

　　所有亲情间的嫌隙，瞬间都冰释融化了。唯有可爱的小舅姥爷，还依然是那样歪斜地坐在那里，醉醺醺地，似睡非睡，嘴里不停地咕哝着：就这两个亲娘舅，不给我们吃给谁吃……

　　随即老公附在我耳边悄悄地说：就这一个小女婿，不给我吃给谁吃？

　　呵呵！终于被我老公学会了！

家教与自信

中国文人历来崇尚以春秋时期著名的思想家教育家孔子所创立的儒家思想为指导的儒家文化，强调仁、义、礼、智、信、忠、孝、廉，实现自我和社会的和谐，讲究"克己复礼""三省吾身"等中庸思想。尤其如我等老父母，饱读四书五经思想尤其保守，管教严厉。对子女期望值甚高。殊不知过犹不及，反思多了，人易变得敏感多疑、胆怯心虚、畏首畏尾，总感觉锋芒在背，目及之处，刀光剑影暗藏玄机周遭危机四伏，忐忑惶恐易患上被迫害妄想症。一味贬低自己，抬高别人。

自高自大或是自我贬低均是错误的，是心智不成熟的表现。终日戚戚然，惴惴不安，难以望其项背。要求自己沉默寡言，谦虚忍让"三思而后行"不和别人发生摩擦口角纷争，及至长大后，有相当长一段时间，不敢以平和心态面对人生，处理问题时优柔寡断、拘谨胆怯。

我们小时候成长经历一个特殊年代，我父亲因为某种原因曾遭到游街批斗，母亲终日惶惶不安担心全家受株连变得异常敏感谨慎怕事，担心隔墙有耳祸从口出。这些谨小慎微的作风，影响了她的一生。由于母亲话语少、低调、勤勉、谨慎、不妄议始终未被人抓到把柄，扩大迫害，从而保全了全家。母亲的严格自律波及对子女的要求。终日要求子女这不行、那不可，裹足不前瞻前顾后生怕踩死了蚂蚁。

母亲年轻时个子高且胖，参加会议时不像其他个子矮小的同志，溜出去一会儿，闪的空隙小，领导台上看不见。而她个子高，稍微一动身就特别引人注目立马会被发现。不知是否由此延伸她不喜欢女孩儿家个子高，而我恰恰继承了她的身高，母亲没有因为自己的身形血脉得到亲人复制延续而高兴，反而再三告诫我，你个子高，不要随意乱穿衣服；你个子高开会时不要随意走动。久之，我误以为高个子是缺点，不敢贸然穿高跟鞋。人前亦自卑，不敢挺胸站立。

第一辑 凡尘清唱

我的亲姐姐恰恰极符合传统女性审美。用西方话说，她出生时一定被天使亲吻过。姐姐集父母的优点于一身，肤白貌美窈窕俊秀，是方圆有名的美女。瓜子脸蛾眉如黛，眼睛大而亮，看人时亮晶晶，水汪汪的，忽闪忽闪地眨巴着，似乎向你倾述着自己的心事。姐姐大眼睛不似有些人眼睛外凸，俗称金鱼眼、眼神凶。姐姐如西方美女眼睛向里凹陷，皮肤白皙，一笑，露出满口雪白整齐的小米牙。尤其是个子高矮适中，袅袅婷婷，风姿绰约，穿上高跟鞋刚刚 1.65 米。神韵有点像日本影星山口百惠，但是比山口百惠的眼睛更好看。

真是"北方有佳人，绝世而独立。一顾倾人城，再顾倾人国"；吾家有女初长成，刚刚十七八岁，提亲说媒的便纷至沓来。凤兮凰兮，关关雎鸠，一家有女百家求，更何况是家中有一标致的小美女，更是天生丽质，惹人青睐，千挑万选，终被一大户人家选中，嫁了个如意郎君。姐夫高大俊朗，挺拔健壮，郎才女貌，金玉良缘。

姐姐结婚时，仪式盛大，气派。婆家派一辆越野吉普车来迎娶，轰动一时，街谈巷议，满条街巷的人都来围观，窃窃私语，啧啧感叹，看人家姑娘多威风气派。要知道那时家里有辆飞鸽、永久牌自行车，都骄傲得不行呢，姑娘们以坐在男士自行车后座上兜风览市容为自豪，至于坐吉普车，大家连想都不敢想。

想来吉普车当时属于顶级奢侈品，姐夫的父亲时任某地的一位大领导，配备上下班用的。那时中央已经实行职级待遇了，但是尚未出台八项规定，公车私用管理得没有如今严格。当时小车对于乡下人太稀罕了，平时，出行主要是凭着一双大脚量天涯。偶尔，能够坐一次敞篷货车就稀罕得了不得。坐小车委实是天方夜谭，多数人都不敢想呢！

一大早，院子里法国梧桐树上的花喜鹊就醒了，在树上来来回回，上上下下地跳，院里院外地飞，看到有人进出，喜鹊就喳喳叫个不停。母亲笑着说，不要叫了，消停点，知道有好事儿。随即亲朋好友，相继鱼贯而入，家里陆续来了一屋子人，熙熙攘攘，水泄不通。七姑娘、八妗子或蹲或站随意在厨房与主房的过道上，边剥葱择蒜，帮助干一些粗杂活计，边唠嗑儿家里的琐事儿。

女人本来话就多，正如西方谚语所说，一个女人顶上三只鸭子。过去交通和经济条件差，一年中大家难得聚上几次。往往也就是哪家有婚丧嫁娶，红白喜事，才可以为大家提供一次聚会的机会。大家七嘴八舌地絮叨，家里那个死鬼，如何平庸无能，懒惰不务正业，只喜吃喝打牌。一个人开了头，其余人立马跟上，话题不断翻新，反复咏叹造化弄人，哀叹自己命苦多舛嫁错郎，投错行……

母亲一直在屋内屋外，进进出出，马不停蹄，忙这忙那，统筹安排，指挥若定，不亦乐乎。父亲不知是否躲到哪里写字画画去了，抑或是被母亲派去干啥了，反正一直未见到。后来，在一篇文章中看到季羡林嫁闺女时，他也未参加，据说是因为迷路了，他找了半天喜宴地点结果未找到，又沿途返回了。看来，知识分子都有些荒诞迂腐。好在，我们年幼，不太关心父亲在干啥，我们热衷关心的是院里的热闹景象。

姐姐比我大一旬还多，正是二十出头的花样年华，当时七八岁的我，不知为何竟然也染上了一点虚荣心，小孩本来就不宁静喜爱喧嚣浮华热闹，嗅觉灵敏的孩子早已嗅出家中异味，纵然尚不理解姐姐结婚的含义，但是，懵懵懂懂中，感到家里有了大好事儿。平时，大家都是各自看大人书，小人书，互不影响，安静得地上掉一根针都可以听到，从来没有今天如此喧嚣盛大热烈，一定有了大好事儿，这大好事儿的源头在哪里，就是因为姐姐结婚吗？结婚到底是干吗的，家里竟然来了这么多，平时难得一见的头头脑脑的尊贵客人。小小年纪的我，不知为何忽然莫名地感到头上如五彩祥云般朵朵飘浮，骄傲得像个翘尾巴的小公鸡，抖动着尚未丰满的羽翼，咯咯地叫着院里院外地乱转，激动嬉笑，穿梭游弋，不停地在人群中飞奔，鱼一般的滑行。如今想起自己的幼稚行为，不禁哑然失笑，也许是被家长长期压抑管制，忽然放松，有点找不到北的结果吧。

至于姐姐当时在忙啥，家里如何为姐姐准备的嫁妆之类，我竟然一无所知，没有来得及细看呢，直忙着自己嗨瑟，似乎看到一个场景，姐姐穿着红色的新衣服，被人扶着出门时，母亲交给她一个玉镯，就是那件平时轻易不许我们看，家中的最贵重的宝贝呢，淡绿色的周身通透，有一处还泛有红色光亮。据说姥爷过去是大地主，家传留下的宝贝。平时，母亲担心我们摔碎了，轻易不许我们触摸，仅仅是偶尔地，她用手拿着给我们远距离地看看而已。平时被高高地放置在一个据说是母亲教学先进获奖得的28元奖金买的皮箱里。母亲当时一个月的工资是38元，所以花28元买一个布皮箱，可见箱子是何等贵重，里面包藏的玉，更不用说是何等贵重喽。

记得那个箱子是粉红色的，两个黄铜扣，长方形的很别致，箱内壁有几个挂袋，袋内藏放一些家里不常用的高级物品。如那只镯子，还有几块

银圆都是母亲当年陪嫁品，是轻易不拿下来展示的。只有当我们生病肚子痛时，母亲才把银圆取出，然后包着煮熟的热鸡蛋，解开我们上衣反复滚动。据说银圆可以治疗小孩子受凉、嗝气、厌食等病症。银圆放在我们肚子上反复揉搓，慢慢地感觉肚子就舒服一些。小时候我顽皮多动，瘦弱如黄豆芽，一个大头顶着一根茎，又人小鬼大，心眼儿多，事儿多，爱生气，爱哭，不按时认真吃饭，所以易惊厥、受凉、犯感冒发烧咳嗽等病。每次生病后，母亲就怜悯蹙起眉头用银圆包裹着鸡蛋反复盘滚，久而久之，银圆被滚得光亮照人，这些情景，直到如今仍然记得清楚。

是啊，母亲那时年轻，工作忙，孩子多，负担重，心理压力大，奔波劳累一天，本想回来休息一会儿，不想孩子又生病，可以想见母亲是如何烦躁焦虑。每次银圆用过之后，立刻用布再包裹好，放在一只高高盛放的皮箱里束之高阁。

母亲告诫说，这些东西，都是家里的传家宝，不许乱动，谁碰坏了，等长大了结婚时没有陪嫁品。结婚，陪嫁品，这些如天方夜谭般遥远的词儿，如天上明月宫中嫦娥那么神秘姣美，炫目幻彩。那将是一场多么盛大而美好的时刻啊。到底是啥样，为何母亲要准备送给我们如此重要礼物？令小孩子幼稚单纯肤浅的我，无数次遐思悠远，我们到那时会有新衣服穿着去结婚吗？结婚后会有好吃的吗？结婚后母亲还打我们吗？结婚这个词儿无数次如缤纷异彩，熠熠生辉耀眼的花环在我的眼前晃动，在我的脑海里，炫目幻彩盘桓流连，只是终究不解其意。

不想，如今通透美丽、炫目幻彩、令我们情牵梦萦的镯子，却被母亲给了姐姐，我心里莫名有些愠怒，自然也略略地懂得一点礼仪修养，人前收敛自己的性格。告诫自己，人多不可妄言呀，未敢吭声。继续观察，看到姐姐接过镯子流泪了，母亲也流泪了。我没有流泪，颇不解其意。心想，大人真是事多，姐姐结婚这么威武排场的大好事儿，哭个啥，啥时候我也可以赶上这等好事啊，到时候我一定不哭，我们小孩儿感到高兴还来不及呢。于是，就这么糊涂地傻傻地乐呵着，也夹杂着生一点小气，度过一个上午。后来一次，听姐姐回来时告诉母亲说，那只镯子被姐姐洗衣服时不慎碰撞到石头搓板上，击打碎了。心里一紧，猜想，出了这么大的事，姐姐这次肯定要挨打。这样想着，竟然生出一些坏坏的心理，有些偷偷地乐呢。

我们那一代兄弟姊妹多，父母终日疲于奔命，奔波劳碌，无暇顾及我们，家家惯例执行的都是老大负责代行家长制。平时，老大在家里地位稳固，撼不动摇，有至高无上的权威，是二家长，代行家长职责。姐姐作为家里的老大，有主见，帮助母亲管理训导我们。姐姐一直颇得母亲宠爱，母亲轻易不训斥她，她有时还喜欢向母亲告状，汇报夸大述说我们种种顽劣行为，往往害得我们在挨了她的揍之后，还要被下班回来的母亲，再训斥一顿。因此，我心里一直有些畏惧她，在父母上班走后，若是我不小心闯了啥祸，惹她生气了，姐姐常常会学着母亲的样子，狠狠地在我的腚部拍几巴掌。母亲只听她恶人先告状，不太理会我们的委屈，似乎我们在撒谎，不足信。

如今听到姐姐把传家宝打碎了，这可是个不得了的大错误，小小的我，不禁心中有点幸灾乐祸的窃喜，似乎期盼已久的希望母亲呵斥乃至打姐姐几下，以解我多年的块垒郁结，那是我多么想及早看到的啊。似乎一场大戏锣鼓小镲擂得山响马上就要开始，没有想到却如断电一般戛然而止。只听母亲轻轻地叹了一口气说，"哦，没事，玉与人有缘，如果碎了，是为人避难的。如果没有碎，说明玉与你结了善缘。"玉碎，没有碎，皆有理。善缘，哦，小小的我，惊得合不拢嘴。

姐姐及其婆家如一棵大树，葳蕤华盖，茂盛树荫，眷顾佑护着我家，大家不同程度地受到了荣光。不过及至我长大时，老人已经离休，人走茶凉，时过境迁，逼得我只好埋首苦读，凭真本事硬考，才赢得一杯羹，挣得一碗饭吃。自然也让自己的青春苍白得如一张白纸，没有一点浪漫的故事，日子在水瘦山寒中悄然翻过。

那时凡是提及姐姐，我们即感到荣光，每次姐姐回来，她的婆婆，一位在单位里担任人事处长，骄傲、善良、细心的马列主义老太太，一定会为姐姐、姐夫准备诸多的上等烟酒，以及好汤好茶等贵重礼品捎来，气派富丽，充足实惠，人皆有份。我等欢天喜地早早出去迎接，小孩子的虚荣心作祟，感觉谁先接到谁就荣耀自豪。

家里盛况空前。我母亲会高兴地说，我们家元春回来省亲了。姐姐可能因相貌好，路途顺，长期受人青睐，养成自己尤其自信满满。她说，她年轻时出差，无论走到哪里，都有男士自愿上前帮助提皮箱，热情免费服务，为其鞍前马后的效劳，乐得姐姐咯咯合不拢嘴。姐姐一直风光到老。如今退休了，住在京城闺女家，陪伴外孙女，说得一口呱呱京腔，周遭邻国都走遍，依然时髦美丽潇洒。京城车展，车模美女多，人家依旧敢随意上前与美女合影，这种超强的自信，是我始终所缺乏的。

小时候，每逢放暑假，炎炎高温，知了趴在树上热啊、热啊地叫得揪心。

大人们摇着蒲扇到树下聚会纳凉聊天，小孩子不怕热，依然周遭四处掏麻雀捉小鸟，把小麻雀捉到院子里用绳子拴上，看到小麻雀的父母焦急得围着小麻雀，团团转，大叫，企图救走儿女，我们会高兴得开怀大笑。孩子们缺少大爱情怀，不懂得悲悯动物的生命，就是感觉好玩儿。玩藏猫猫游戏时，我们会躲到树荫草丛里，任凭蚊叮虫咬也感觉不到疼痛。

母亲可能是出于关爱，担心小姑娘在乡下野惯了，被乡下同质化，希望我们到大城市去见见外面喧嚣缤纷的世界，开开眼界，往往给我准备许多礼品，让小哥和我一起到千里之外的姐姐工作的地方去度假。血浓于水，妹妹来了姐姐肯定尽职呵护，细心地请人为我做了件花裙子，把我打扮得花蝴蝶一般。两只蝴蝶，翩翩齐飞，煞是好看，她领着我们城南城北到处游玩。偶尔遇到她的熟人同事朋友会惊讶地说，"这是你妹妹呀，长得不太像呢？"她总是不以为然地眯着大眼睛睥睨着回答，"我妹妹长得像我妈妈。"我立刻会心虚羞红脸，心说，"哎，无非是没有明说，无非我是丑小鸭，姐姐是白天鹅，相形见绌呗。"其实，如今想来，真的是杞人忧天。环肥燕瘦尽妩媚，完全不必要死磕一个模子，更何况女大十八变，那时我还没有彻底长大，心理负担作祟罢了。

姐姐的美丽带来的压力，这一点不仅我有深刻体会，其实，凡是和她一起出行的人都有切身感受。当年她闺女考上大学时，姑娘十七八岁，往往是发育的高峰，身材皆易走样发胖。姐姐去大学看望闺女，闺女的闺密们一群叽叽喳喳的喜鹊八哥似的纷纷议论，惊诧姐姐如此的漂亮，同时，也感叹为何同学不像妈妈，闺女亦尴尬被动，嘀咕唠叨和美丽常青树的老妈站在一起，有压力哦，不再期盼她到学校去了。

随着年纪长大，我的自卑心越发严重，幽幽地怨天尤人，叹老天不公平，好事几乎全落在姐姐头上，长相好、工作好、嫁得好。我一件没有。长相不出众罢了，且身材还不秀气，遗传母亲大个子，心情郁郁的。工作单位领导个子亦矮，每次遇到领导，我竭力回避，迫不得已必须向领导汇报工作，我就会拘谨紧张，惶惶然手脚无措，尴尬被动，甚至把桌上水杯都碰泼。

有一次我忍不住在柜台前久久站立，垂青于一双高跟鞋形姿之美，因为鞋店的镜子只照下肢小腿部及脚的位置，不照其他部位，感觉蛮好。加之，营业员促销目的，如簧口舌鼓动，怦然心动贸然买下了一双高跟鞋，担心被老母亲发现后遭到训斥，偷偷地藏掖着拿回去，试了几次，依然心虚不敢穿，感觉自己穿上后，立马又高了不少。晾放了几天瞅着鞋发愁，鞋好像也如一个可怜的犯错的孩子，低着头向隅而泣。那时工资少，不舍得丢弃，思虑无奈，还是选了下策，请修鞋匠把鞋跟截去一半。这一截，鞋的尺寸比例变了，鞋上脚几天后立马就变了形。

生活中委屈一下，权且罢了，但在选择对象时，我可没有退让，一定要选一个高个子的男生。天遂人愿，夫君是个浓眉大眼，高大俊朗健壮的青年，积极开朗阳光向上。他的父辈做生意，没有太多时间批评约束他，在他眼中，高个子是美是优点，应当骄傲才是，为何要自卑呢？身体发肤，受之父母，个子高矮，自己不能掌控，何故要背负那么多心灵枷锁。在夫君的引导下，我逐渐克服了自卑心理，走出心理阴影，变得落落大方，而且接受并喜欢上了高跟鞋。

如今回头看年轻时的心路历程，一切皆是自己不正确的心理作祟，所谓的个子高矮，自己觉得好即是好。因此做父母的，在教育子女时，一定考虑孩子们的心理成长。我母亲是在私塾家庭成长起来的，传统教育根深蒂固。我兄姊四人，有三位在外地工作，对母亲的教育听得自然少一些，唯有我在她身边工作，终日被耳提面命；如果两三天见不到我，就要打电话四处找我，刨根问底，询问我在干吗。问得多了，我也颇不耐烦，感觉自己老大不小的，还如孩子般天天被老母亲盯着，一五一十汇报行踪挨训，一点都不自由洒脱。于是我颇委屈地告诉她，其他兄姊们半年不回来一次，为何不多管教一下？他们个个生活都滋润得很，没事时潇洒快活自由自在，国内、国外，天南地北到处飞。劳驾您也给他们打一个电话，让他们也经常沐浴一下您的恩泽雨露！她默然不吭声，假装没听见。

母亲对其他几位在外地工作的子女尤为亲切客气，大概是因为她把他们当作客人。每逢年节，各位回来了，母亲必定杀鸡宰鸭倾力而为，珍稀佳酿，山珍海味，堆桌满盘，我自然也被呼来唤去，忙得团团转。彼时家里热闹喧嚣，大家难得相聚，家国情怀，高谈阔论，兴致勃勃，笑语生喧，讨论热烈时我也从厨房里跑出来聊天。不想适逢母亲发现，锅灶上水开了，立刻蹙着眉头露出愠怒之色，把我喊到厨房训斥道，为何说话声音那么大，可以听得二里路远。我无语了，其实大家比我声音大多了。

每次诸位临走时，老母亲会给他们大包小包，杯满钵满的，个个都欢天喜地兴高采烈地走了，自然临走时大家都不忘记拍拍我，亲切地不知是真心还是假意地说，"天天在家里陪护老妈辛苦了啊，我们一致认为，你最模范，最优秀，勤快、孝顺，有爱心，做得最好，哥姐们惭愧离得远，

无法做到啊，你是大家学习的榜样啊，大家心里都有数，都感激你。你是老幺，是老妈的断肠女，老妈也最疼爱你，离不开你，我们接父母，他俩都不去。老妈喜欢你，不舍得离开你啊……"这一顿夸奖表扬得我忐忑惶恐，不知如何是好。只好谦虚地说，哪里，哪里，我做得很不够，以后还应该多努力呢。勉强而又尴尬地接受了。

母亲年轻时是一所中学的校长，属于当时的文化人，处处受人尊敬。她为人谦和，对外人尤其大方，人缘好，备受赞誉，这些好品格，让我们受益终身。母亲当时在那个山清水秀的乡村中学里，可谓一言九鼎。直至今天，依然颇为自负。她为人师表，率先垂范，要求严格，必然延及于我，对我的一举一动，一颦一笑，都有严格要求：不能爆粗口，不能大嗓门，即使自己不说粗话，别人讲了也不许听！耳濡目染，如今我对别人饭桌子上讲黄段子，乃至和我开荤一点的玩笑，还是接受不了，总会尴尬地做出愠怒之色，别人也不尴不尬的收场，误以为我是小资，虚伪，假清高。

母亲已然耄耋之年，眼睛视力亦不太好。但我每次买了新衣服，她总能看得清楚。这也许是女性爱美之心使然，女性无论年长年幼，对美的眷恋惠顾倾倒追求如红酒历久弥香。一次她竟然不急不缓地幽幽地说，你今年买了两件绿色上衣，一深一浅，一长一短。于无声处听惊雷，我惊诧于母亲火眼金睛的洞察力。我在她眼里是澄澈透明的，凡事细枝末节皆隐瞒不了她。母亲受到鼓励，接着就开始评头论足，你瘦穿绿色衣服不好看，显得气色差，脸黑，人也显得蔫蔫的，不精神。绿色适宜肤白而胖的人穿上，可以衬托她，视觉立体显得瘦一点。你身材好，适宜穿浅色系列的长款衣服，那样会显得飘逸潇洒。啧啧，不想老妈谈起美学原理，一套一套的，不减当年校长的气派，听得我直咂舌，身材好，我窃喜，天啊，谢天谢地，活了半辈子了，老妈终于对我的身材首肯了，没有再说个子高不好云云。

由此可见，父母不经意的一句褒奖话语，对于长期受批评而得不到肯定的子女心灵慰藉，是何等重要。我震惊于八十多岁的老妈对美学理念研究如此透彻。在浓浓的夜色中我如吃了饕餮盛宴，脱口夸到老妈这么雅致精到懂得色彩搭配，当初应该教美术课。老妈听后颇自得，滔滔不绝地开始演讲唠叨这件衣服长了，那件衣服短了；花了，素了均不好。其实，万变不离其宗，依然是她节约，过惯了苦日子，怕花钱。不喜欢年轻人恣意置新衣，觉得钱财汪洋流水浪费可惜。希望子女学会储蓄，以防后患。至于透、露、低胸、短裙等，她绝不容忍，百般挑剔。这些理念，如今想想都是对的。只是我们当时稚嫩年轻，听不进去而已。

想想自己以前在老母亲的敦促严格教育下，终日衣服古旧，保守灰暗，好端端一个温婉女子，却打扮得如太婆般外套扣严，毛衣高领，严实密不透气，一本正经，不苟言笑。若发现别人看我，立刻会不自然地下意识地低头看自己领口，是否扣严实，担心春光乍泄。好在俱往矣。

曾经看过一个小故事，说是一个小猴子，肚皮被树枝划伤了，他见一个人哭诉一遍，咨询如何治。结果每个人皆给出不同的方子，可怜的小猴子最后被治死了。老猴子说小猴子是自己治死的。因为伤口每治疗一次，就掀开一次，撕裂一次，自是永远无法治愈。

用这个故事做例子比喻家教可能不太恰当，但我还是以为，家庭教育是应该的，必不可少的。家庭教育的缺失应该是人生一大遗憾。说得严重点可能会影响他一生对人生价值观的把握考量，人生的天平可能倾斜。因为一个人来到社会上犹如小树幼苗，浑身是刺，抑或枝丫横生很难长成葳蕤茂密的大树，自然就难以成材。同样，家长"望子成龙"的心理不能太重，应该给孩子一个宽宥舒适的成长环境，让孩子的心智健康快乐地成长。小孩子应该教育，但不应过分批评。清规戒律，条条框框太多，往往会成为小孩子的心理负担，影响一生，及至长大了，也瞻前顾后，畏首畏尾，心里不阳光，缺少一种勇往直前的闯劲儿！感谢我的母亲在暮年终极人生来临之际，终于顿悟认识到了这一点。

现代社会，既需要中规中矩的性格，也需要大开大合的生猛。大众创业，万众创新，如果每个家庭的孩子都谨小慎微，还何谈面向未来的开拓、进取、自立和突破！因此培养一个健康心智的孩子，才是最重要的。一定不再重蹈龚自珍在《病梅馆记》批评的那样"梅以曲为美"。让孩子快乐成长，长成一个积极向上，阳光充沛，豁达大度，身心健康的人才最重要。

我想等我有孙儿辈的时候，我确定，一定仅仅是委婉地提一点建议，给予他一定的空间，让他吸纳天地自然日月精华，阳光挺拔向上，我在一旁只会心幸福地、微笑看着他。

扫墓忆昔

又到了2015年清明节了。

农历二月十一日，我随父母亲到陈淋子凉亭西部墓地，为姥爷、姥姥扫墓。为他们的坟重装修了碑楼，清一色的大理石，豪华、气派、壮观。并在墓地四周铺了水泥地坪，加砌了拜台，与以前种植的如今已碗口粗的柏树相互映衬，整个墓地显得庄严肃穆……

扫墓归来的路上，听母亲慢慢谈起了姥爷家的情况。姥爷李佑堂，1906年出生，堂兄弟5人，他排行老大，家有田地860余亩，庄房3座，大部分土地在安徽省霍邱县叶集镇北部东庄。姥爷父母早逝，他自己挑起家庭重担，深知自己肩上的分量，每天早起晚睡，有条不紊地料理家务，除了搞好田地经营，还开设了酒坊、肉案，生意做得风生水起，红红火火。其中最主要的住宅集中在他本人居住的李家楼，占地约400平方米，四周带水圩子，安有吊桥、响铃门，比较安全。

姥爷李佑堂家学渊源，饱读四书五经，相貌堂堂，气派精神。进了家门，立刻换上便装，腰上系根腰带，背上一支步枪，到宅子外四周巡视一遍，然后回来。进了响铃门，便把吊桥给吊上去，这时这座水圩子便与外界切断了联系，宅子变成了一座独立王国！姥姥和姥爷是表亲，亲上加亲，所以更亲。姥姥勤劳朴实，端庄大方，嫁到李家后，操持家务，相夫教子，深得李家上下尊重，家庭和谐美满。姥爷平时不苟言笑，严肃庄重，但是与姥姥感情甚好。据传说长矛捻军首领李昭寿，在未发迹以前就是姥爷李佑堂家帮工的，头上长着一头赖哈利秃斑，家贫，相貌丑陋，讨不到老婆。后来偷了姥爷的羊皮袄逃走了，外出闯荡，组织长矛捻军，后成为称霸一方的捻军首领。

姥爷家在当时家大业大，光凭姥爷一人操持委实不易。后来，抗日战争爆发，历经十四年抗战。抗日胜利后，蒋介石又悍然发动了内战，日子不得安宁，地方上土匪四起，杀人越货不断发生，像李家这样富有的大家庭随时都有可能发生意外。据说我母亲十几岁的时候，拖着一条大辫子，出脱成一个远近闻名的大美女。有一天晚上土匪趁姥爷外出做生意，来到她家抢劫，姥姥把我母亲藏起来了，母亲听到土匪到处在找着说："那个大辫子呢？据说下午还看到她。"土匪用木枪托把姥姥头也打流血了，反复追问母亲在哪里，姥姥说走了……

外面世界越来越乱，姥爷经过三思，为了不引起他人的注意，把家分了，土地卖掉一部分，远的送给别人一部分，剩下的财产兄弟五人一人一份，各自耕种经营，家业就小些了，相对平安一些。

正因为家分得早，到了1949年中华人民共和国成立时，李家已基本是中农小土地出租户，家里只剩下姥姥领着几个闺女，经济十分困窘。据说当地农民社员劳动锄地间隙经常可以挖到元宝之类的金银玉器等贵重物品，都说是李家大财主过去留下的财产。听我母亲讲，她小时候家里有一袋子金银玉器，里面有包括皇帝射箭用的玉扳指等贵重物品。后来由于姥姥去世仓促，母亲忙于料理姥姥的后事，不知道这一袋子金银玉器弄到哪里去了，估计还是被族人偷去了。

姥爷去世时年仅32岁，对于一个家庭来说，不啻为晴天霹雳。姥姥哭干了眼泪，眼睛都哭瞎了，成了半透明状态，长期抑郁，怒火伤心肝，姥姥的肝脏也不好，厌油。她是名门女子，饱读诗书，痛定思痛，不受干扰，不走不嫁。她把丈夫留下的房子租给一个本家的私塾老先生教学，顺便让自己的三个闺女也都跟着饱读四书五经，独自一人把三个女儿培养成才。那时候因为识字的女子不多，而我的母亲和姨因为有文化，均踏上了工作岗位。

姥姥于1966年去世，安葬在墓地。每年清明节，我母亲即率领我们兄妹几人，来到姥姥的墓前，焚香扫墓寄哀思。我母亲看见姥姥的墓碑有些破败，回来后就和我姨商量，重新为姥姥选了一块大理石碑，重新装上。大家看到这个新碑，一致认为精美大气壮观，简直是这一带的标志建筑物。

正当大家观赏饶有兴致时，忽然听到不远处来人唱道："一条龙脉驮曲梁，巽水乾山岁月长。含笑母亲安乐睡，子孙万代也辉煌。"大家举目一看，原来是姥姥生前抚养成才的其他的侄辈的内外孙们，清明都纷纷来扫墓。他们个个相貌堂堂，衣着光鲜，有公务人员，有老板商人，趁着清明假日，从四面八方赶来祭拜扫墓。

纸钱烧着了，纸灰飞扬，盘旋空中，像朵朵祥云普照大地。长长的鞭炮响的噼里啪啦，震响整个山湾，好像在为亲人祝福，为后代平安！

老约的九条命

老约是我养的一只猫。

那时我家住在一座水库的岸边。库区风景如画，但水边老鼠较多，家中必须饲养猫、狗等动物。家里曾经也养了几只其他的猫，皆因娇气、虚弱无力等无疾而终。有一年老公下派驻村工作时，用一把香蕉从农家讨要回来一只小花猫。不同于之前的几只，这只小猫咪，出生低贱，皮糙肉厚，不畏水边严寒酷暑，易喂易养，从不生病。终日如同小老虎一般，器宇轩昂，无所畏惧，恪尽职守，确保四方不受鼠害。由于它太活泼，太神气，我们为它取名叫"老约"，乃作约之意。作约，是我们当地方言，即逞能、爱显摆之意。

老约很快长得膀大腰圆，健硕无比，身手敏捷，且极为聪明。时常下水库，用尾巴在水里垂钓，并叼一些鱼类回来。叼回来以后也不忙着吃，反复徘徊、踯躅于庭树下，炫耀地望着我们，似在讨要奖赏。观其矫健身姿，起初我们都以为是莽汉。

不久，老约恋爱了。猫科类动物恋爱是神秘的，悄悄的，不知不觉的。不像狗类谈恋爱，呼朋唤友，风风火火，大张旗鼓，摇旗呐喊。所有的朋友都赶来助兴，能参战的参战，不能参战的旁观，都希翼获得战利品，品尝爱情的甜蜜，抑或是分一杯残羹冷炙。一场恋爱以厮杀拼搏开始，地动山摇，血风腥雨结束。动物的秉性不同，也许是因为猫比狗娇小，性格稍温驯，猫的爱情也谈得低调、平缓一些。除却孤独的某只夜间哭号几声，大部分时间，猫儿们的地下恋情均不为人知，我们始终未看到老约的夫君是谁，老约就悄悄地怀孕了。直至后来老约怀胎大肚，即将临盆产崽，我方恍然大悟，才知其是小妇人。

老约眼光一定高，不要看它其貌不扬，如男人般五大三粗的，但是人家挑老公可不含糊。种豆得豆，种瓜得瓜。猜测可能是因为父亲长得高大挺拔，伟岸俊朗，基因优势遗传吧，老约的猫崽儿女个个长得帅气、漂亮，男有男样，女有女样。一窝小猫崽，或婉约秀气，或虎头虎脑，个个惹人怜爱。

老约生育力旺盛，那时尚未实行猫科计划生育，老约可以率性而为，尽情施展其超强的生育能力，一窝能生五六只。生了之后，尽心尽力，悉心抚养。老约本来就能吃，身体好食量大，生了幼崽后，越发胃口好。

人常说，喂孩子婆，能吃一稻谷箩。老约能吃，奶水足，猫崽个个长得圆滚滚，胖嘟嘟，煞是可爱。一群猫崽，颜色黑白黄灰参差不一，在阳光的照射下，发出耀眼的，迷人的光芒。跑起来如流水的线，五彩斑斓，颇为壮观。老约也颇为自得，经常在小崽们吃饱之后，骄傲地半眯着眼睛，慵懒地斜躺在阳光下，有一下，无一下，左一摇，右一摆，缓缓地、悠闲地，转动着尾巴，教小猫崽们捉老鼠。尽情地享受着猫家族的天伦之乐。

终究猫闺女大了要嫁人。否则，一屋子猫，四处乱窜，终不像回事。物以稀为贵。遗憾的是，彼时我们当地，猫儿繁殖过度，几近泛滥，家家几乎饲养的都有猫，有的家庭是讨要回来的，有的则是自己跑来的，猫已不稀罕，无论品相如何可爱的小猫，亦无人问津。无奈我只好煽动不烂之舌四处游说，为小猫找婆家。

有时，午饭后阳光下小憩，看着一群无辜的小猫瞪着蓝色或黄色的大眼睛，在脚边滚做一团恣意嬉闹，憨态可掬，既怜爱又无奈，感觉自己如日本电影《望乡》中的阿琦婆，为了打发寂寞时光，阿琦婆养了一屋子猫……

偶尔若是遇到谁家来讨要小猫，我定会高兴得欢天喜地，嫁闺女般亲力亲为。唯恐小猫离开妈妈伤心，为每只送走的小猫都准备丰厚的嫁妆——一大包酥炸小鱼猫食。

新生命固然可喜，可是烦恼总比喜悦多。

老约太能生养了。而且出于动物的本能吧，老约总是可以躲藏到家中隐秘柔软的地方产崽。且打一枪换一个地方，均是些蹊跷令人难以发现的地方。第一次生崽，老约躲到我存放被子的衣柜里，被子沾染的都是血污，腥味逼人，棉被不能过分的清洗，否则被子易发硬不暖和。看到血污一片的棉被，我急得欲哭无泪。真是，豆腐掉到草木灰里，拍不能拍，打不能打。

本来我自己是父母的小幺女。从小在家就宝贝，是个娇小姐，体弱多病。结婚前，几乎十指不沾阳春水。婚后被夫家改造得稍微好一点，但挑剔敏感秉性难改。老约可把我害苦了，那种猫腥味儿，实在是忍受的极限，我被熏得想吐，急得没法。那些被污染的被子衣物如鸡肋般弃之可惜，用

着恶心。如今，已时隔多年，忘记了那些衣被最后是如何解决的，是洗了还是扔了。

这是老约第一次产崽。

叫我吃惊的是，第一批猫崽送走没多久，春情勃发的老约不知啥时又怀上了，每日里，大腹便便地在我眼前晃来晃去。不过，老约捉老鼠依旧干净利落。人家鼠多为患，老鼠肆意猖獗，践踏粮食，我们家从未发现老鼠的踪影。凡事看优点，看主流，不能一叶障目，老约对我们家的贡献大大的，功大于过。老约已成为我们家庭一分子，不可或缺。

老约似乎也自鸣得意，每天惬意地四处晃晃悠悠，寻寻觅觅，悠闲自得地边工作，边等待着产崽。看着即将又要产崽的老约，我终日忐忑不安，提心吊胆，担心老约又会出其不意产在何地。每天临上班时，我都要将柜门反复检查一遍，看是否关严实了，以防再出意外。

然而防不胜防，这次老约依然是神不知，鬼不觉。趁我上班时，躲在家里喜得贵子。猫丁兴旺，男男女女又生了一大窝。

下班回家，一进屋我就闻到一股陌生又熟悉的异味，顿时了悟，一定是老约又躲在屋里某地产崽了。仔细检查一遍，柜门皆严实合缝。顺着腥味儿一直找到门廊处专门存放我孩子衣服的布衣柜，翻开布帘，果然是老约，可能是产崽的疲累，老约浑身湿漉漉的不知是血还是汗，许是我咆哮夸张的表情惊动了老约，老约惊恐地望着我，眼神里充满了恐惧，紧紧地护住幼崽。记得当时适逢我母亲也来我家了，母亲怜悯地说了句，算了，看样子也受了不少罪。我欲言又止，怒发冲冠。心想第一次在被上产崽我已容忍，这次在我孩子的衣服上产崽，简直是冒天下之大不韪。可是母亲来了，又在替她说话，我只得再次咽下了这口怒气。

我们这一代人正赶上国家计划生育高潮，干部职工服从国家大局，只生一个娃。我身体不好，本被诊断为不能生育的，结婚三年不怀孕，后来遍访名医，才生下一个宝贝闺女。双方老人，喜出望外，含在口里，捧在手上。大概是遗传我的基因，妞妞身体也十分羸弱，大病三六九，小病时常有，三天两头去医院。孩子体弱多病，自然更需注意方方面面卫生常识，衣服专门存放在门廊上，一个容易吸纳阳光的布衣柜里，拉链故意不拉严实，便于日照杀菌消毒。万没想到，居然又被老约钻了空子，溜进去产崽。看着一柜血污，我头都大了，恨得牙痒，一时冲动，真想把衣服和老约一起扔进水库……

工薪阶层并不富裕，谁也不舍得把孩子春、夏、秋、冬四季衣物全部扔了。更况扔了孩子穿啥？左思右想，无可奈何，只得将衣服全部消毒漂洗，然后再用开水烫，之后在阳光下反复翻晒杀菌。几经折腾，我四脚朝天，忙碌一个礼拜，累得腰酸背痛，方清理出子丑寅卯。暗暗发誓，屡屡犯错，一定择机把老约扔了！这个固执闯祸的生命，不要也罢！

　　虽然咬牙切齿，可是，每当看到她心满意足地舔着幼崽，眼睛还没睁开的小奶猫在她肚子上拱来拱去，洋洋可爱。总也下不了狠心抛弃这一家老小，犹犹豫豫，过一段时间，心也慢慢软了。暗暗开解自己，老约聪明伶俐，安分守家，没有功劳也有苦劳，大人不记小人过。一堆劝解自己的话，既然火也发了，气也出了，遗弃她们的念头也就不了了之。

　　老约用她的第一条命博得了我的原谅。老约拖儿带女，实在可怜。生命是平等的，动物的生命也应尊重。哪里忍心说丢就丢？于是，你好，我好，大家好，陟罚臧否，不宜异同。和气一团，只念其功，不念其过。我对老约的怨怼消散，又和好如初。

　　白驹过隙，转眼冬去春来，由于单位将搬迁至新城区，我们居住的家属院，连同旧办公楼一起卖给开发商。给我们按平方测量，分配新房。真是利莫大焉！不用操心就可以住新房了。大家每天都在激动地谈论着，憧憬着，对新生活无限地向往着，自然对老约的关注也少了。

　　就在这时，老约用完了她的第二条命。

　　一天忽然听说水库一钓鱼者，发现一只猫被夹住了腿，我一惊打了个激灵，猜想是否是我家的老约？奔过去一看，果然如斯，老约簌簌发抖，毛发被水侵透，浑身湿漉漉的宛若秋风残荷，战战兢兢，一触即破。又如一个破布袋，被人如垃圾般随意地丢在地上。尤其触目惊心的是，还被人用一根网线拉着。一只腿倒挂金钟似的，牢牢地被夹在一只铁夹板上，凄惨地"嗷嗷"叫着，颜面扫地，狼狈不堪，完全失去了昔日母仪天下的威风！只有一双大眼睛见到我后，立刻如遇到救星般，焕发出些许有神的光芒，看得我揪心地痛。竟慌乱得不知如何是好……

　　可怜的老约每天守家护院，四处转悠，恪尽职守，不小心踩中了哪个偷猫贼下的夹板了。不幸中的万幸，老约命大，没有被夹中要害，仅夹住一条腿。更幸运的是偷猫贼还未来得及收网绳，否则，不知是否已被轰鸣的列车运到南方，成为猫肉拥趸者的下酒菜了！叹息过后，我想，既然老约福大命大造化大，未被夹死，我只有把老约用布包袋装好提回来，每天

做些好吃好喝的伺候她！

开始时老约只能卧在窝里，不能动弹，慢慢地老约的伤好一些，又有些精气神。老约本来就泼皮，小疼小痒的也难不住她。很快就尝试着，拖着病残腿到处跳，由于她腿伤未痊愈，跳到哪里，哪里都会血迹斑斑，沙发上，被子上，垫子上到处都是，我又重蹈覆辙，天天清洗。

大概是与老约相处时间长了吧，这种血污洗礼年年都有，我竟然适应了。这次生病，我没有像以前那样嫌弃她。岁月不饶人，历经沧桑，人的性格也有所改变，彼时我已慢慢地成长为一名成熟稳重的中年知识女性了，再也不是当年的布尔乔亚小姐了。由于心理接受，不再排斥生厌，不知不觉老约的伤就好了，老约又恢复了往日的威仪，四处巡逻，守家护院！

老约的第三条命是搬家风波中消磨掉的。开发商要开始置地建设，因为孩子要中考，我们临时搬到父母亲家去住，父母亲都是老教师，退休前在我们当地最好的一所中学任教。这样我孩子以后可以就近上学。

启程的日子很快来临，择了吉日搬家。来帮忙的人很多，有些忙乱。但我还是想起了老约，找到了躲在厨房旮旯里的老约，我反复征询，和她说话间她是否想走，老约皆一脸茫然。低着头不闻不问。临走时我强行把老约搂上车，老约还是挣脱我逃走了……

大概她骨子里还是守旧的妇人，留恋故土，不愿离开。我无可奈何，只能安慰自己，老约生存能力强，应该能活得很好。

在母亲家住了些日子，我总感觉好像少了点啥！可能是对老屋的眷恋，也可能是因为老约没有被带走，我常常有些魂不守舍，无数次梦中遇见老约孤独的在外游荡，每次梦醒之后，第二天我总要回到老屋去看看。

老屋已今非昔比，面目全非。到处都是隆隆的机器声，新的建筑工程正在刻不容缓地进行。国家发展变化一日千里，日新月异，到处都在摧枯拉朽的拆建。机器轰鸣喧嚣替代了往日的宁静，周遭哪里还有老约的影子。

春去夏来，夏去秋来，叶子青了又黄，岁月枯荣。数次往返故地寻觅，每次都是怀着期翼美好而来，伤心窘迫失望而归。老约始终杳无音信。我心戚戚，每隔一段时间，依然还会去找寻。似乎冥冥中老约在暗示召唤我，她藏在某处。最后一次是黄昏时分，夕阳西下，落日余晖映照在水面，水天一色，成群野鸭水鸟，徜徉在水面浮游，安详地享受着兴尽归家时黄昏落日余晖的宁静。

我看着这些有家可归的水鸟怔怔出神，忽然一条麻黄色的猫倏忽跳入我的视线。我定睛一看，老约，是我的老约，我脱口而出！

老约先是一惊，准备逃走，听到我"老约、老约"地在急切地呼唤，她又停下了脚步，慢慢地，她终于认清我了。于是，由紧张到安静，我也呼唤着来到老约身旁，拍拍老约的头，发现老约已形销骨立，憔悴得不成样子，瘦得皮包骨头了。比之前的她缩小了一半！

震惊之余，我才发现，由于原住民大多迁徙，故园已十分荒凉，觅食大概也困难至极。若是我再晚一点来，或许再也见不到她了。她的第四条命，用来对抗饥寒交迫，流离失所。

我的心情复杂，惊喜，悲悯，忐忑，担心老约再次逃走，我蹲下身和老约说了好长时间的话，问她这次是否愿意和我走！这次老约似乎听懂了，可能她也是无数次地来寻找我们，冥冥中似乎预见我们会去找她。老约乖乖地蹲在我的电动车踏板上，让我带到姥姥家。重新开始了新的生活。

在姥姥家，老约很快和大家都熟悉了，老约依然恪尽职守，把老鼠捉得干干净净，身体也很快就恢复得健壮如初，尤其传奇的是老约又怀孕了。我们在惊奇的同时只有接受。老约的第五条命，在平凡生活中弹指而过。

日子很快又过了三年，孩子已考上高中。公务缠身，我们夫妇几乎没有准确时间接送孩子。姥姥家离高中特别远，权衡利弊，只能搬到离高中近一点的地方住。这次搬家我做了万全准备，提前安抚好老约的情绪，然后装入盒子带到新家。新家是借亲戚的一套旧房子，房子面积小，人口密集。孩子成群地在院中嬉戏玩耍，闹哄哄的，老约可能是没有见过这阵势，也可能是受到惊吓，或是留恋故土。总之，刚把她从车里抱下来，她又慌乱地逃走了！无论我如何喊也喊不应，我几乎能看到她的第六条命，在我眼前越来越小，消失得无影无踪。

与之前不一样，这次是新地方，人生地不熟，她之前从没来过。一旦走错便很难找回来。和老母亲聊到此事，老母亲也痛心地说，可惜了，老约这次可能真的丢了。因为地方陌生，家家楼房又都相似，老约一定迷失在城市的水泥森林里。

经历了这么多次坎坷，我与老约之间，已经建立起了一种默契的相惜。我佩服她顽强的生命力，对故主的忠诚不贰。这种忠贞和坚毅，人都很难做到，何况一只小小的土猫。再次丢失老约，我怅然若失，每每走到路旁街边僻静处，看到路边逡巡觅食的野猫，我都要仔细看看是否是我家的老约。流浪在外，老约是否饱受欺凌？车水马龙，万一被撞伤或是误食毒物，

可怜的她又能剩几条命来挣扎？

日子过得飞快，一晃搬新家又一个多月了。一天我正在开窗打扫卫生，忽然听到熟悉的"喵喵"的叫声，我打了一个激灵，不错，老约，是我家的老约，正趴在我的窗前朝屋里面望呢！

老约用她的第七条命来找寻旧主，不知受了多少白眼和欺凌，这样探头探脑地寻找了多少扇窗户，才蹒跚地找到老东家。我心疼又感动，连忙把老约抱进屋，开心地给她找东西吃，并和她说了许多话。问她这么长时间都到哪里了？老约只顾自己埋头吃食，不闻不顾，我的忧虑和思念也不知道她到底听懂没有。

回家没多久，这位生命力强悍的土猫居然又有喜了，每天拖着个大肚子，在我面前骄傲地晃来晃去的，我真是哭笑不得。我窃想我家的老约真是特殊材料做成的猫。按人类年纪换算，老约应该年逾花甲，可是为何她丝毫未显疲态，简直是英雄母亲。

美人易逝，可是老约可不是啥美人，出生粗鄙乡野，没有显赫家世。看来娶老婆当娶我家老约这样皮实的，耐击耐打。老约属于猫类奇葩，永远年轻。也许是老约也赶上了太平盛世，人杰地灵，不甘寂寞，抓住青春的尾巴大生特生。

楼房饲养动物进出皆不方便，我母亲说，这次老约若在楼房生崽如何才能喂养呢？楼房进出不自由，小猫没法自由生活。正在思考解决问题的对策，一天孩子放学归来，老约正在吃鱼，孩子蹦蹦跳跳跺着脚如一阵风般进来了，老约猝不及防，一块鱼骨卡在喉咙里，当时就吐，两只前爪直对嘴里挠，反复卡呕，顺嘴淌口水。望着老约难受的样子，我心如刀绞……

慌忙将送老约到兽医院，不巧那间医务室正好有条狗在看病，猫狗历来是冤家，狗见到猫就开始竖起毛发汪汪直叫。老约见势不好，箭一般地逃走了，消失在茫茫路的尽头。

我怀着无限惆怅的心情，回到母亲家，向母亲述说了此事。母亲听后也默然了好长时间，感叹老约一生历尽劫难，命运多舛，怀着身孕，还鱼骨卡喉。纵然她生命力顽强，这次也实在难挺过去，恐怕要暴尸荒野了。回忆起她传奇的一生，我和母亲唏嘘感叹了好长时间……

老约的第八条命应该就这么没了吧。

直到有一天，母亲打电话说，你家的老约又挺着大肚子回来了。我一听立刻惊叫，不可能！肯定是你们没看清楚搞错了！母亲说，一点不假，千真万确，就是你家老约。

我简直是蒙了，如坠雾里，老约从未到过那家兽医院，陌生街道，她是凭什么线索找到姥姥家的？可想她曾经走了多少冤枉路，敲错过多少家的门，望穿秋水，方找到归家之路。可是别忘了，当时她还被那根致命的鱼骨卡着，鱼骨又如何掉的呢？不知道，不了解，不可思议……

我不敢相信，飞快地赶往母亲家。不错，真的是老约，她再一次，安然无恙地荣归故里。传奇的是，她的猫崽还好好地揣在肚里。我又惊又喜，母亲说，这一次再也不许把老约带走了，就留在她家里喂养。母亲家住的是两层楼房，面积大，饲养动物方便。为了老约的安全，我只好忍痛割爱。

经历这些波折，我更加思念她，疼爱她。为了弥补她之前受到的折磨，我经常送鱼给她补补身体。那时候，老约已经将近八岁了，肚子大得快垂地，身手也不再矫健。更多时候如慈祥的妇人一般，安安静静坐在门口晒太阳。阳光斜照，她的剪影线条如行云流水干脆利落，只是那身麻黄皮毛却不复年轻时的水润。

我们心知肚明，她老了。

看着她圆鼓鼓的肚子，我想，这很可能是她生命中最后一次生产。我更加勤快地去送鱼给老约加强营养，唯恐亏待了历尽劫难的老约！

本以为老约这次可以颐养天年。然而，命比戏更戏。

那一天，我又去给老约送鱼。母亲缓缓地说，老约已经死了，怕你难过没敢和你讲。

大约一个礼拜前，父亲起床后在院子里散步，忽然看到一团身躯。她倒在一棵树下，嘴边吐了一堆食物。身体还残留些温热，只是眼睛已紧紧闭上，再无声响。肚子里崽还在轻微蠕动，不知道是误食毒物抑或是难产，她就这么悄悄地走了。

我呆立当场，半晌无言。

谁能想到数次从死神面前逃走的老约，最后竟是这样无声无息地倒下了。神气的老约，聪明的老约，顽强的老约，忠诚的老约。她的一生宛如一部波澜壮阔的传奇，她则是那个载誉归来的英雄，同命运殊死搏斗，凭她不屈不挠的韧劲赢得了我们全家族的信赖和尊重！

但无论如何，她不该是这样的结局！

人们都说，猫有九条命，或许，老约在之前与生活的抗争中已经用完了她的九条命。这次中毒或是难产，她再无多余的生命与苦难抗衡吧！

泪眼婆娑，我难以自持。

从此，我再没养过猫。

小狗旺旺祭

旺旺是父母家中饲养的宠物小狗。抱来家里时不过两个多月，胖乎乎的一团，比巴掌大不了多少，人见人爱。父母老了，身边无他，儿孙重辈们均在外地工作、学习、生活。平时，大家各自有一大摊子事情要做，双方距离遥远，不方便常回家看看。父母寂寞，养只小狗，如对待孙子辈一般，千般疼，万般爱，呵护倍至。希图旺旺能够陪伴老人颐养天年。旺旺俨然是家中不可或缺的一员了。

平时，早晚去看望老父母时，父母每每提起旺旺，立刻话匣子打开，滔滔不绝，如数家珍。如同喝了蜜，高兴得眉开眼笑，合不拢嘴。看到父母开心的模样，我由衷地感到幸福。父母他们那一辈子的人，历经的磨难，走过的路，经历的事情，远比我们想象的要繁复得多。看到小旺可以为父母带来那么多的快乐，父母苍老的容颜变得越来越舒朗，眉眼间流露出的笑容愈来愈多，我着实打心眼里高兴。受父母感染，我也开始越来越疼爱小旺了。

每次去和父母一起说话聊天，有很大一部分都是关于小旺的内容。如小旺又会表演啥节目了，会和大人握手了，更能领会听懂大人讲话了，挨批评时头会低下来，害羞、不好意思等，均是父母想象中的一些拟人化的褒奖。小旺也乖巧，每次都静静地待在我们身边，像煞有介事地抬头望着我们，瞪着一双亮晶晶的大眼睛，似懂非懂地眨几下，似乎在认真倾听，及时领会父母亲的意图。有时，似乎他听烦了，抑或是发现外面有啥风吹草动，都会惹得他骚动不安。立刻会起身出去转悠，院里、院外，东张西望，逡巡、观察、审视一会儿。小小年纪的他，即会认真履行职责，为爷奶家站岗放哨看家护院了……

旺旺通体雪白，四肢肥硕，唯有头部有几根杂色毛好似骏马鬃毛，奔驰跳跃，高高竖立着，迎风飘扬、招展飞舞，更增添了他的另类霸气。旺

旺的小脸胖嘟嘟的，看人时喜欢昂着头，用他的大眼睛睨视你。小尾巴左右摇得欢，跑起来敦厚肥硕的小屁股一摇三颠，憨态可掬。身体摇摆游弋，穿梭在人前，着实惹人怜爱。父母倾注了许多情感。拟人化地称呼他为旺旺，取其谐音意为兴旺发达之意。父母还说，我是旺旺的小姑。时常我捎去的食物，父母都不舍得吃，说啥他们老了，不能吃太多了。多数都进入旺旺的胃里。

每次去父亲都会对他说，看，小姑又来送好吃的了。它似乎也懂事，大眼睛一眨一眨地，骨碌碌转，摇着小尾巴，颠颠地跑过来接我。

旺旺大约在四个月大的时候，已经极聪明伶俐了。平时，身强体健的他喜欢吃肉。见到我放的肉块，一次嘴里可以衔三块，实在含不下了，丢下一块，又去衔另一块，以致左右皆无法兼顾，张着嘴哈喇子流出来了，急得团团转，东瞅瞅、西望望求助。一副猴急猴跳可爱的贪吃相，时常会逗得我们忍俊不禁，哈哈大笑。

不过，有时旺旺的脾气也挺大，易动怒、发火。若发现鸡或者猫之类和他争夺食物的时候，他会发怒得汪汪大叫扑向他们。一旦发现斗不过，飞快扭头跑到大人跟前，似在请你帮忙，赶走敌人。看到他那操吴戈兮披犀甲，车错毂兮短兵接，怒发冲冠，大发雷霆的模样，每每令我们忍俊不禁开怀大笑，立即停止手中一切活计，去帮助他战胜敌人。

可不要小瞧他个子小，人家可是人小鬼大，能着呢！旺旺会表演节目。吃饱喝足，兴致高时，喜欢把他的小手伸过来，和你亲热、发嗲，撒娇，握手，让人不得不疼爱他。

旺旺小时候，见到我，还害羞，匆忙地躲起来，藏在疼爱他的爷爷奶奶的身后，偷眼窥视观看。后来，由于我每次去，都给他带一些好吃的，终于和他改善了关系。只要见到我，旺旺就亲热地迅速跑过来，先闻闻嗅嗅我手里的袋子。然后，欢快地跟在我后面，跑进屋子里。悄悄地望着你，等待着你给他掏出好吃的。看到他，那么小，眼巴巴的，忙前忙后。每次去他们家，除了给老父母准备礼品外，我还会特意为小旺准备一份美食，假若哪次是下班顺路过去，没有给小旺带吃的，我都会歉疚得不敢看他那如孩童般，眼巴巴望着自己的眼神……

旺旺出生时，是一母多胞，兄妹五六个。因如今狗儿太多，养狗为患，小狗四处送不掉。我曾经作打油诗调侃，戏称如今狗主人是：当年万里觅封侯，如今牵狗下扬州，四处为狗找婆家，羞羞羞。

时光荏苒，旺旺也一岁半了。生发出勃勃生机，担负起了动物男子汉们繁衍子孙的天职，开始踏上了寻觅爱情的脚步了。春天是万物勃发生长的季节。风含情，水含笑。动物们也开始了轰轰烈烈、大张旗鼓的恋爱。动物们的恋爱，主要靠大自然的风来作为传情物。风，传递着春的讯息。旺旺也加入了狗狗们爱情的角逐竞争，他彼君子兮，砍砍伐檀兮，不稼不穑，四处奔波游荡，万物皆有情，人间处处春。旺旺的个子小，猜想在这场弱肉强食，全凭体魄决定胜负的动物们争夺情爱的厮杀、呐喊、争斗取乐中，旺旺娇小的身体很难赢取胜利。不知道旺旺，到底是否真正地品尝到了爱情的甜蜜，和心上人近距离的接触了吗？是否受到人家青睐？猜想应该是没有受到垂青，抑或是由于个子小，望尘莫及，没能够竞争到前排一线行列，狗汉子们太多，个个雄姿英发，羽扇纶巾，如狼似虎，跃跃欲试。终究，因僧多粥少，旺旺没能分到一杯羹，未能品尝到情窦初开的爱情的甜蜜，最后以失败而告终……

一次旺旺又离家出走好几天。没想到，傍晚时，我们在一家超市门前似乎看见了白绒绒的旺旺，看到他独自一个在超市门前停留的汽车旁边逡巡。我本不敢确定，后来走近细瞧，就是他！可是无论我们如何努力招呼他，喊他名字，他皆置之不理，掉头就跑，很快就消失在我们的视野里。之后，爷爷奶奶焦虑不安地等待了一个礼拜，旺旺才回来。平时，聪明的旺旺有一个特点，会敲门，每次他从外面回来，即会抬起前腿咚咚地敲门。爷爷奶奶听到响声，即会去开门放其进来。可是，这次他没有敲门，只是无力地瘫睡在门外面，不知道睡有多长时间，后来还是爷爷开门时，方才发现旺旺躺在门边，放他进来。

进来后，旺旺如生了大病一样，几乎是憨睡，不太愿意吃饭。母亲讲旺旺几乎也不大小便。几天都不太能站立，绵软地躺在那里。走近唤他时，他慵懒地睁开眼，平时灵动的大眼睛也失去了光彩，充满了怨艾！

此后，旺旺一直在生病，腿软、腿痛，站不起来。吃药、打针送医院，均是我陪着老父亲往来穿梭，不停地折腾。也许是疼痛难忍吧，发病时旺旺日夜凄厉鸣叫、呜咽。吵得周遭邻居不得安寝。邻居们早晨起床时都聚集在老父母院中，探究旺旺的病因。人多嘴杂，七嘴八舌，说旺旺得了狂犬病，应该迅速处理掉……

老父母忐忑不安，急电唤我回去寻找良策。我明白，疼痛在旺旺身上，焦虑在老父母心上。父母张罗着让我去为旺旺看病。医生说，患旺旺这种

病的狗狗很多，属于普通型犬类疾病，不是狂犬病。医生为旺旺打了疫苗，开了一些药品，嘱咐我们带回去给旺旺按时服用。

其实，狗儿看病比猫容易。狗儿一般来说都很听话，懂事、乖巧，任人摆布，但是，猫儿不行。曾经我也为自己家饲养的宠物猫儿看过病，猫儿不仅仅是体积小，同时，胆儿也小。生病时不听从大人照顾，拼命抓扯、撕咬，企图逃跑，让人无法接近。当时我戴着厚厚的棉手套还差点被咬穿。大概是动物们的秉性也有差异吧！

当时，医生还为旺旺洗了澡，旺旺被收拾得干净、整洁、漂亮地回家了。我告知老母亲，不要恐慌，不传染，无大碍。经过一番打针、吃药、梳理、安抚，不知道旺旺是累了、疲惫了，还是服药打针起了作用，旺旺似乎病痛减轻了许多，安静乖巧地卧在那里听我们说话……大家皆松了一口气，祈祷旺旺能够闯过这一劫。而我，也像是放下一块胸中大石。

我最害怕接到老父母的电话。他们均已进入耄耋之年，我的哥哥姐姐们皆定居在外地，唯有我一家陪伴在他们身旁。父母在，不远游。古训在耳，不敢懈怠。我早晚尽量抽时间去看看父母亲，然后才放心安神。工作一辈子的老父母也豁达大度，理解子女们为五斗米的辛劳。平时，若没有特殊情况，父母担心叨扰我们，轻易不给我们打电话。只要他们自己力所能及能够解决的问题，一定会自己解决。

然而天不遂人愿，刚放松神经，屋内的电话再次急促响起来。像是有预感似的，我下意识地心中一紧，匆忙跑至房内，听筒里传来父亲苍老沙哑的声音，说他家的小狗旺旺一早病亡了，吩咐我抓紧时间过去，一起处理掩埋旺旺后事。我心里如针刺一般的痛。似乎看到旺旺临死前求救的凄凉、哀鸣的眼神……

父亲说，旺旺昨天晚上腿痛病又犯了，发作得很厉害，凄厉、哀鸣了一夜。老母亲不忍直视旺旺的痛苦，半夜起床，为旺旺喂药，并把旺旺抱在怀里安抚了一会儿，皆无用。天亮时，旺旺还是走了……

春去秋来，雁群阵阵，就在旺旺即将迎来人生第二春，英姿勃发，准备再次初试牛刀的时候，不想发生了这场劫难！呜呼哀哉！不胜其悲！可怜动物终究是动物，没有人去细心体会他们的内心世界。他们比人忘却烦恼的过程到底是快一点，还是慢一点，无从得知。不过，他们似乎没有像人一样，为爱情寻死觅活的。也许，我们不能懂得他们的内心深处到底是如何想的，从外观看，他们一般独自疗伤一段时间，很快又恢复了精气神。

于是就想当然以为他们好了。没承想，一个漂亮的翩翩少年犬就这样哀痛离去。实在是可怜、可悲、可叹……

离离原上草，一岁一枯荣。我本不是一个望月落泪，见花伤心的人。但是，旺旺的仓促离去，还是触动了我心里最柔软的部分，我掩埋了旺旺后，好长时间不能平复自己的心情，时常会想起旺旺，想起旺旺平时生活中的种种姿态，似乎在心里面默默地期待旺旺的归来。时不我待，收拾心情，仍需前行。

啥时，有合适的小狗，再为老父母讨一只，以期陪伴父母寂寞的晚年。

归来故乡

行行复行行，无论行走多远，每次回望故乡那水那山那人总会引发无限感慨，那里的山水景物如云霞浮灭跳跃闪动踟蹰而坐。儿时故乡种种温馨甜美的镜头在脑海里挥之不去，许多有趣的故事反复在眼前蹀躞浮现，那里的一山风景实令我梦绕情牵。

今年，我作为驻村扶贫工作队员归来故乡，和村民一起吃住，重温了童年记忆中的乡村生活。

一

故乡名叫红花村，仅从字面理解就令人遐思。红花，红色的花，到底是哪种花开得那么娇艳？那么热烈？是殷红的杜鹃抑或是娇艳的玫瑰不得而知。红色无论是代表荣光还是爱情都令人神往，想想一场盛大的花事，一山怒放的红花该是多么诗意，多么美好！美，来源于生活，生活时时处处展现美，只需一双发现美的眼睛。

红花村有山有水，宜人宜居，如诗如画。

河水如带，群山环绕，茂林修竹，落英缤纷，茶香宜人。村里许多逸闻趣事，道不尽说不完。村里有条河俗称长江河。其实它是大别山麓下的一条支脉，河流如带，蜿蜒曲折迂回湍急。发源于安徽省金寨县皂靴河上游的燕子河，由于流程长、形似长江故而得名。

长江河经年流淌在崇山峻岭间，河里的卵石冲刷堆积，澄澈透明。数亿年前的地壳运动，岩溶迸发岩浆冷却而成。河里的卵石长得圆溜光滑，有红色、黄色、青色、褐色；石头大小形状迥异，有长方形、矩形、菱形；大的状如石磙，小的如鸡蛋、乒乓球那么大。葳蕤璀璨，大珠小珠落玉盘般令初次见到者，感叹大自然造化的奇崛鬼斧神工。

石头无论大小皆质地温润细腻光滑，无有毛糙棘手之感，让人怜惜爱不释手。老人们时常用石头的圆滑来教育后生，人的性格如长江河里的石头，开始时都是有棱有角，经过无数次碰撞击打棱角渐渐磨平。等到暮年锐气减退，桀骜不驯的性格才逐渐变得温顺、中庸、平和。

二

小时放学后，我们几个小伙伴几乎天天在河里玩耍，翻开一块又一块石头，是画面奇石还是普通庸石，一目了然。小鱼虾都躲藏在石头底下，翻开石头，只要眼疾手快，立马就能捉住。运气好的时候，也可以捉到几十只河虾，把这筐满满的收获带回去，油炸蒸煮均好吃，也算是改善生活呢！事后大人也不忘夸我们几句。河之性情的乖张平和，生活在河岸旁的人们自然是了如指掌。遇上天阴下雨抑或河水上涨，大人们担心有危险意外，就不准我们下河里去玩了。

下河时需要脱鞋，在物资匮乏的年代，一双鞋有多重要，重要到小孩子家也懂得珍惜。毕竟，相当多的孩子穿的是妈妈夜晚煤油灯下做的布鞋。那时布鞋农村妈妈都会做，夜晚家家户户灯下的女性都在"哗啦、哗啦"地纳鞋底。一针一线，灯下细细纳好，这双鞋一穿就是四五年，脚趾破了，鞋底儿穿了，打上补丁，填上稻草，缝缝补补又是一年。那个年代，布鞋如路边的野花野草，太普通了。若是能买一双鞋，塑料底儿、灯芯绒鞋面抑或格子鞋面的鞋子，这样穿出去才够洋气、够前卫、够时髦。还有些困难家庭的孩子，根本就没有鞋子，只能打赤脚上学。所以，鞋子可不能轻易丢失，否则等着回去挨揍。

父母工作忙，学习任务重，孩子又多，七八个人等着吃饭穿衣，担子压在心头喘不过气。大人的抑郁焦虑可想而知，如果哪个孩子敢于寻衅滋事、胡作非为，稍有不慎挨揍是家常便饭。我们家秉承"食不言，寝不语"的古训，吃饭时如果谁话多不自觉唾沫星子乱飞即会被大人随手飞来一筷子。那时母亲年轻有力气，喜欢将筷子倒攥在手中用筷子大头部分击打我们的头部，竹筷子击在脑门上真的蛮痛，至今想起来印象颇深心里还发怵。小孩子的我们吃饭时往往会因一点小事，兴奋得忘乎所以，自觉自己上知天文，下知地理，兴致勃勃，口若悬河。忽然，猝不及防"啪嗒"筷头如离弦之箭飞来，一不留神往往被打得一个趔趄、一个激灵，立刻大梦初醒，一身的表演细胞皆灰飞烟灭，木木愣愣地埋首吃饭，再也不敢多言语。否则，还会飞来一筷头。那时的筷头如匕首、投枪、子弹，打得我们无处躲藏。

因家里无人照顾，我大哥便在奶奶家里住了一段时间，回来后有许多生活习惯动作和我们不太一样。也许是不经意吧，他吃饭时，右手拿筷子的胳膊喜欢架得高高的，似乎这样可以让他很舒服。不过，这种怪异姿势可不被老妈容纳，只要被她看到，就会出其不意随手给他一筷头。大哥头大，筷头在他头上受力面积也大，时常打得他直发愣。那时家家孩子多，相对命贱不金贵，父母们更不晓得如今的科学育儿经验。大家普遍思想简单，都是在这种糊里糊涂的情景下生活，以树大自然直之势蓊蓊郁郁茂盛成长着。

令人忍俊不禁的是，我们也都生得五官端正，眉眼开阔、俊朗，外形靓丽，虎虎生风的。甚至还因祸得福，因我们小时没有太多高粱肥厚好东西吃，未造成营养过剩，脂肪堆积，故而我们个个身材挺拔，玉树临风，比现在的独生子女小皇帝胖墩们健康多了。祸兮福之所倚，少年时常挨揍需要时刻提防警觉的记忆画面时常在脑海浮现，促使我们时刻谨言慎行。

小哥比我大三岁，哥哥姐姐间我和小哥年纪差距小，一起长大的我俩感情也最好。上面还有两位大哥大姐都比我大十来岁，且他们俩分别在姥姥和奶奶家长大。长到十几岁才回来，因此和我们小兄妹俩有些生疏距离。同时，大姐、大哥他俩年纪相仿都有离开父母的感受，相对他俩有共同语言一些。这样玩时自然就分成两个小帮派。

小哥从小就老实忠厚，不知是缺少营养还是其他啥原因，父亲、母亲及我们全家人都是大个子，唯有小哥一个人个子矮。我1.67米，系女性中的高个子。小哥1.72米外观看始终和我差不多高，个子矮，胆子小，口才也不太好，话语不多，多数都是听我在啪啦啪啦说，他只是静静地听，外人分不清往往以为我是姐姐。他遗传了父亲绘画书法的特长，很小的时候就表现了其天赋，可以将花鸟山形临摹得有模有样，因而，也颇受父母长辈的喜爱。他的好性格能包容我这个小妹，我也愿意跟着他一起玩。

趁着天气好，小伙伴们约着一起下河玩。下河之前，我们得把鞋子埋在河砂滩里，悄悄在上面压上一块与众不同的斑斓石头作为标记。为了防止别人或者是同伴捣乱、使坏将鞋子偷走，放鞋行动是悄悄的、躲得远远的，不为人觉察。两双鞋子放在一起掩埋目标大容易暴露，每次必须分开放置藏匿。鞋子藏好后尽情玩耍，临回家时再循着记忆找到标记，挖出自己的鞋子。我属于"机灵鬼"，人小心多不惹事，凡事善观察，在家里是妈妈树立的模范标兵，挨揍的概率少，更不会丢失东西。每次玩耍时，我的鞋子藏匿地点都能记得清清楚楚。

小哥就不一样了。有一次，他带我下河。一时粗心，他忘记鞋子标记做在哪里，四处寻觅找不到鞋子。天色向晚，成群的野鸟携雏带子归来，游弋在河面。无论如何不情愿，夜幕即将按部就班缓缓拉上，黑夜即将来临，如不及时找到标记地点，再过一会儿就要天黑，黑暗可以掩盖一切，两个幼童的殷殷期望看似马上就要破灭。

天色向晚，河边的人越来越少，小哥急得泪眼婆娑，和我商量该咋办……这可是不得了的大祸，我意识到事态的严重性，也紧张得手脚发凉、心惊胆战，似乎看到妈妈筷头正在高高举起。我也赶紧陪他四处寻找，安慰他千万不要惊慌，再冷静地回忆一下，自己做过记号的石头到底长什么样？

苦心人天不负，老天大概也怜悯两个在萧瑟秋水边缩成两团的可怜孩子，小哥终于想起埋鞋子的石头标记，似乎是很大的淡绿色菱形状，石头上放有一截带有柳树叶的柳树棍，有了目标就好寻找！再一次低头看时发现鞋子的石头标记就在我们脚边，真是踏破铁鞋无觅处，得来全不费工夫！扒开石头沙土，小哥的鞋子安然无恙酣睡在里面，鞋子如一个调皮的孩子在和两个小兄妹捉迷藏呢！天啊，归去来兮，兄妹俩相拥喜极而泣，赶紧认真穿上鞋子归家。

回去后，我们兄妹俩面对大人威仪的询问为何回来晚了，虽小小年纪，我俩已学会察言观色自我保护，早在回家的路上已经统一口径，守口如瓶，一字不提鞋子丢失之事，嗯嗯啊啊敷衍应付，诸如放学晚了扫地云云。避免再雪上加霜大人以粗心等理由一场皮肉之苦。

我还记得，那天晚上吃的是玉米糊糊配着咸鸭蛋。那天的咸鸭蛋格外大，绿莹莹的一枚，像极了恐龙蛋。饭桌上，父亲给我们说了一个小故事。古代一位迂腐的老先生，别人给他几枚咸鸭蛋，他不舍得一次性吃完，小心翼翼地把鸭蛋绑在房梁上希望来日慢咀嚼细品味。每日独酌时，对着咸鸭蛋的方向指一下，似乎就可以感受鸭蛋的美味，以望梅止渴的方式喝两杯，日子也过得恬淡舒朗有滋有味。

人说"螳螂捕蝉，黄雀在后"，不想老先生每日的怪异之举，某天被一位放牛娃不经意间撞见。此后连续几日，观察老先生每到吃饭时即对着房梁的东南方向犄角旮旯指指点点，放牛娃颇费解，房梁上有啥东西能够让老先生这么感兴趣。年轻人多动，好奇心使然，他决计趁老先生外出时

偷偷爬上房梁，探察究竟是何物令老先生如此痴迷。不看不要紧，一看吓一跳，房梁上横着一个布袋，打开一看，里头卧着几枚鸭蛋，大珠小珠落玉盘般赫然躺在房梁上。鸭蛋呈现淡绿色，白中透青似几枚美玉石稳稳躺在那里，聪明的放牛娃立刻明白鸭蛋是老先生藏匿的下酒物。在物资匮乏的年代，咸鸭蛋可是个稀罕物，是普通百姓人家唯有来贵宾时方才品尝到的上品美味佳肴。放牛娃眼放精光，鹰爪利手电光石火间取下鸭蛋，以飓风的速度剥开蛋壳，大快朵颐一扫而光，吃后伸出舌头舔舔咸咸的嘴巴，真是意犹未尽。

可怜某日老先生忽然醒悟，蹒跚吃力地爬上房梁，颤抖着双手掀开鸭蛋裹布，鸭蛋已如黄鹤一去了无踪迹。老先生摸不着头脑，竟然迂腐糊涂地说，"哎，指也伤啊。"自然这是一个笑话，父亲以这个小段子辛辣地讽刺了旧式文人的迂腐酸涩，同时告诫我们做事情要脚踏实地，不可凭空臆想、坐而论道。

三

时光穿越千年，庄生晓梦，蝴蝶翩跹，鲲鹏展翅，击水三千。同样，石头可以激起老师才情千丈，美文四处传扬，令无数追随仰慕者到访咨询，石头又被老师回馈赠送给文友们。老师对石头痴迷钟情比老婆还甚，自然惹得老婆嫉妒吃醋，时常奚落他说，既然你那么喜欢石头，干脆和石头结婚过日子吧。

傍晚，斜阳偏西，霞光晚照，白天玩累的野鸭水鸟游弋徜徉河面上成群结队归家。村民笑语声喧，肩挑手扛，满载着收获的喜悦归家。石头已成为当地村民致富的渠道之一，几乎家家都有一些珍稀斑斓彩石。有些村民砌猪圈的石头如今也被奇石爱好收藏者寻觅发现，要求拆除高价收购。

如今，红花村长江河里的某些石头经机器切开打磨后如和田玉般地温润细腻。拥有者昂其值，奇货可居，或将其制作成价值不菲的玉石挂件，把手，摆件，一些热衷者趋之若鹜。有些石头呈现黑色，也叫玄色，火辣辣的暑热三伏，黑石可以降温安神。许多人购买回家后佩戴在家中姑娘、媳妇的脖颈上。十八姑娘一朵花，洁白如玉的脖子配上一条长长的黑色挂件，胸口宛如趴了只黑色蝴蝶，衬托得姑娘亭亭玉立，婉约可人。

追溯源头，这些奇石到底是从哪里来的，自然衍生抑或从上游顺水流淌而下，无人考证。听上一代或两代的老人们说，石头自古皆有。只是过去无人收购炒作，不热闹。

石头的价值都是人为炒出来的，石头本身并无用处，果真如此吗？我想起曾经看到一则关于奇石的故事。一位奇石收藏者反复请专家鉴定自己宝贝，鉴定机构使用的射线仪器无论如何也鉴定不出来这块石头的成分，专家们也不敢贸然断定这是庸石。兜兜转转，收藏者并未放弃，专门到南京紫金山天文台鉴定，经过专家精心调试，终于，那条承载着希望之光的射线，在众人殷殷期待的目光中缓缓射出，石头的真面目被徐徐揭开。专家终于给出了结论，这是一块罕见的陨石，是陨石中的钻石，无价之宝。

面对着节目组的镜头，记者反复追溯这块天石的来由，收藏者沉默了几秒喘了口气，仿佛经历了一个世纪的漫长等待，才如撕开自己早已结痂的心灵伤疤痛苦一般慢慢道来。

那是距今半个世纪的某个月黑风高夜，当时还是二十来岁的年轻人的他，为了生计奔波在蒙古大地上。适逢腊月，天寒地冻，北方的天，犹如孩子的脸说变就变。刚刚还在晴好，一会儿工夫便狂风肆虐，飞沙走石风雨裹挟大片雪花吹在脸上刀割般生痛。他在草原上体验"漫天雪花大如席""狂风吹得石乱走"的真实意境。所谓草原湛蓝天空，白云悠悠，牛马羊群恣意游牧，姑娘小伙纵情歌舞都是诗人的语言。真实的草原脾气瞬息万变，昼夜温差大。发怒时飞沙走石面目狰狞，年轻人脚步似千斤重趔趄前行，使尽力气依然步履维艰。出于强烈的求生意识，他必须前行，否则夜晚漆黑气温继续下降，一旦冻僵迷路必死无疑。正当他一步一挪，趔趔趄趄前行时，忽然，听到路边气息游丝，似乎有人在呻吟。

此刻天寒地冻，除了野狼嚎叫，哪里会有他人出现。他壮着胆子走近细瞧，一位已分不清是人还是一堆雪里覆盖物下发出游丝哼声。救还是不救？年轻人的腿在抽搐，心在战抖，最终他鼓起勇气，弯下腰扒拉开积雪，一位气息奄奄的老妇人出现在眼前。年轻人掏出自己的救命干粮，一块烤白薯给了老人，老人吃了两口，似乎有了一点力气，眼皮慢慢地颤抖着睁开了。见是这位年轻人救了自己，老太太从怀中艰难地掏出一个小首饰盒，告诉他这是自己先祖在皇宫里当差时皇帝赏赐的，塞给年轻人催促他快速离开，否则月黑风高夜必冻死无疑。

鉴于当时漫天风雪，前不着村后不着店的恶劣天气。老人背不动，挪不走，与其两人一起冻死不如舍二保一。年轻人权衡再三只好一步三回首，对着老人叩拜了三个响头，请老人原谅他的无能，才依依不舍地离开。前

方路漫漫，自己生死未卜，生命已把他推到风口浪尖已无退路可走唯有默默前行。后来不知走了多远旅程，遇到一个蒙古包，仿佛灵光一现。生命再次伸出橄榄枝，向他招手致意，他明白自己有救了。而那位老人，却永远沉睡在冰天雪地的蒙古大地上。

后来这个首饰盒成为他的心结藏匿心间不想触碰，每次想起总是心痛颤抖，始终不想打开。直到如今他亦老迈，作为世纪老人，步履蹒跚站立时摇晃不稳。拿东西手哆嗦得厉害，落下了严重的帕金森症。他明白再不鉴定当年馈赠的盒中宝贝恐怕就没有机会来揭开这个世纪之谜了。

得知鉴定结果，这竟是稀世珍宝，陨石中的钻石。他不禁悲喜交集，躺在雪地的老人恍若浮现眼前，他不禁浑身颤抖抽搐。感恩、谢罪，拳拳之心百感交集，不知如何是好。也许遇见的那位老人就是上帝怜恤他德行善孝，秉性忠厚善良，无恶意歹心安排馈赠给他的最好的礼物。也许这个故事是"舍得"现实版的延续，是对"舍得"的最好诠释及升华……

四

此次驻村，免不了听到一些乡村逸事。据说有家村民在外打工，娶回一名颇艳丽的媳妇。男人外出务工，女子在家留守照顾老人孩子。男人不在家，总会有许多男人盘桓踯躅其门前，怀有觊觎颓荡之心。几位男子暗中博弈献媚讨好女子，有的发挥捡奇石本事，没事在河里捡块宝贝送去，斑斓奇石形状各异，瑰丽幻化无穷，孕育无限潜力希望；有的发挥会逮鱼摸虾捉黄鳝手艺，没事时送一点鱼虾河鲜去改善生活，企图暧昧留宿一晚，享受一下温情脉脉鱼水之欢的快乐。

要想人不知，除非己莫为。妻子行踪诡秘、有些不光彩行为的风言风语早传到丈夫的耳朵里了。某日他悄悄归家潜伏在距家不远处柴草垛后面等待捉奸。可怜的前往送黄鳝者手捧鲜活的黄鳝，看到黄鳝在手中扭头摆腰，忽然，归家的丈夫出其不意地出现在道边，捕鱼人自然吓得魂不附体，撒腿就跑。

捉贼捉赃，捉奸捉双。可以想象，女人将面临一场严酷的审讯，丈夫一顿痛打，要求她解释众人的闲言碎语。女人明白如果交代了自己今后根本无颜面对丈夫继续生活，不如留着一层薄面纱遮掩一下空白为好。反正是无论如何今晚过不去关，绕不开丈夫的心结还是不说更好。保持缄默才是保护自己唯一的方式，她咬紧牙关，矢口否认那些传闻。

可怜的女人为此次颓荡也付出血的代价，头上被男人打开了一条长长的伤口，用手捂着到村部医疗室包扎，顺着指头缝汩汩流淌的鲜血似蚰蜒扒在额头上往下滴。设备简陋的医疗室和村支部房屋是一条脊梁，心乱如麻的女人在医疗室简单处理包扎一下伤口之后，顾不上疼痛，抬腿就拐到隔壁的村支部，向村支书述说委屈。村支部书记方脸大耳，经验丰富，几十年在村里仄身行走，家乡的山山水水沟沟坎坎，一片树叶，一缕阳光，一声鸟鸣都能激起他的感叹。外面窸窸窣窣急促的脚步声，狂乱的狗吠，早已打破了山村的宁静。他披衣起床，打着手电筒查看周遭情况，恰逢刚从医疗室出来头上缠着绷带的女人，没说上三言两语，书记即明了真相实情。随后那个送黄鳝的男人也跟踪尾随来到村部。人非草木，孰能无情？一直忐忑不安心中有愧的捕鱼男人，一晚上心里一直如十五只吊桶打水七上八下，根本就没有敢径直回家，而是早已折身返回埋伏女人家墙角偷偷窥视观察屋内动向，每一声耳光"啪、啪"的响声，女人凄厉的哭喊似乎都如万剑刀戟斧钺直刺心间，使他天旋地转，不知如何为好。面对自己心爱的手无寸铁女人正在经受丈夫的暴烈毒打，他自知理亏找不到救人的由头，只能默默饮泣。

村支书为了息事宁人，对双方进行调解安抚。先借了两千元钱给捕鱼男人作为送给受伤女人的安抚费用，然后又劝解女人先回四川老家避开一段时间，缓解剑拔弩张的局面。

老辈人流传有"老不走广，少不走川"的说法。不知是否正确。一夜的乌云密布，天麻麻亮，女子悄悄起身趁着周遭寂静，搭上去城里第一班大巴车走了。其实女子有备无患，人家在四川还有一个前任丈夫在翘首等待她早日归家呢。

黄鳝男也是有家室的人，他老婆在南京开洗车行，收入颇丰，留下黄鳝男在家里陪护两个成绩优秀的女儿，幸福的家庭温馨惬意，他根本不会动真格去离婚。唯留下那个暴烈蠢笨的丈夫，丢人出丑、女人出走，他独自在家里嗟叹。近期大家劝他及早赶往四川接回老婆，长草短草一把窝倒。否则夜长梦多，人心思故变，长了老婆变心真成为别人的老婆，悔之晚矣。

这个故事不是茶余饭后的小段子，而是发生在基层的难堪真实事件。基层干部如何念好"心经"不当"歪嘴和尚"，妥善解决百万外出民工留守家庭的家庭问题，如何从人性化的角度审视"不越道德雷池一步"的传统观点，是当前农村比较尖锐的矛盾之一。乡规民约逐渐瓦解的现代，道

德约束是否能有效避免擦枪走火，无人能知。

相比于迷茫的现代人，古代人的道德感和智慧又要高明许多。在西递、宏村，古徽商常年行贾在外，家中留守着女人孩子。男女授受不亲，怎样避免尴尬？每家每户的桌子摆放在正对门的大厅正中央，或是放在最显眼的天井下面。圆桌一分为二，可以灵活合上，也能分离拆开。如果男主人在家，桌子就插上闩合起来成为圆形，表明这个家庭和和美美男女团聚。如果男人外出未归，桌子就分开两个半月状，表明家中男性在外，外人不要越雷池一步。

说完这几个小故事，暮色四合，又到了离开的时候。回首故乡，又是怅惘。种种忧思，扯不断，理还乱，都是异乡游子情，召唤着远方的人归来。

我的名字叫87号

从门到窗子是七步，从窗子到门是七步。

每天我在医院的病房里慢慢地踱着步，每每总会想起这两句话。

"87号"，我的名字。自从住进了医院，我的名字，就叫作了"87号"。每天听到医护人员"87号""87号"地叫，我就会静静思考人生的价值，拷问人活着的意义。

上班，下班，每天紧张而忙碌，不知不觉，日子如潺潺流水，缓缓流淌。年复一年，我们在慢慢长大、成熟、变老。身体也如机器设备，经年磨损，年久失修，零件逐步损坏。

平时我轻易不去医院检查身体，因我老父母都是耄耋老人了，皆身体健康，生活能够自理。追溯上几代也有长寿老人，属于标准的长寿家族。所以，我一直以为自己有长寿遗传基因，无须锻炼。平时身体素质好，没啥大毛病。身材尚可，属于高挑型。高血压、冠心病等中老年常见的慢性疾病皆没有。精神状态俱佳。去年参加单位体检，各项指标均达标。医生看着我端详一会儿问道，你身体各项指标都正常，其他方面感觉如何，做过手术吗？没有。人到中年了身体还能这么好，实属难得。医生也许是例行公事，随口夸奖，我竟信以为真，终日美滋滋、乐陶陶的。

人说，祸福相依。我正沉浸在歌舞升平，一派祥和之中，岂知隐藏的病魔正露出狰狞的面孔，张牙舞爪地向我袭来，而我却浑然不知。

今年入秋以来，莫名地消瘦乏力，身体的各项机能衰退。家人看在眼里，急在心上，反复催促去医院检查，我也反复思考，感觉身体与往常不同，极为不适。但是，我仅仅以为是太累，休息一下即可缓解。依然抱着侥幸心理，认为自己身体无大碍，自欺欺人地忙碌。

正值年末，检查总结日程满，又接到去省里学习的通知，看病只好一推再推。一周的课程结束，准备踏上归途。不想孩子得知后，感觉是个看

第一辑 凡尘清唱

081

病的好时机，专门从京城赶来，在火车站等着，告诉我无论如何，必须去看病，检查身体。

其实，在一个月之前，她已在北京301医院为我挂了号，而我在检查前夕，因单位通知有事急需赶回而借故脱逃。因此，她对我百般不放心。这次她专门从北京赶过来，监督我去检查。孩子一路牵着我，到医院门口，我又接到几个朋友电话，要为我接风洗尘。我本来就讳疾忌医，不想去检查，似乎又找到了由头，蠢蠢欲动想再次逃走。孩子却不予理睬，挎紧我的胳膊，不了解情况的误以为是母女俩亲密无间，闲情逸致地逛街遛弯呢。实际上，我被铁掌紧紧挟持着，逃脱不得，动弹不得，就这样被女儿一步步拖到医院。

排队，挂号，拍片检查，娘俩马不停蹄地楼上、楼下，忙了两天。检查结果出来了，身体有严重问题，可怕的阴影，赫然出现在影像中。主任医师不容迟疑地说，立刻住院吧，需要马上手术，然后切片化验是良性还是恶性……

我打了一个寒战，桌上，冰冷的诊断书好似苍白的恶魔，冷冷地嘲笑我之前对身体的轻慢。人生一世，坐卧行走，奋力拼搏，皆是以损伤气血为代价。不知疲倦地过度损耗，长此以往，身体必然发出警戒。和健康相比，所谓的名利浮华，不过是过眼烟云。面对着医生和诊断书，我觉得自己已如病虎跳涧，恨别惊鸟，进退维谷，只好勉力打起精神，朝向未卜的前路走去。

手术刻不容缓，未及爱人赶到，医生已让孩子代替签了字。第一次手术时医生采取的是半麻，手术全程我始终是清醒的。医护人员的每句话我都听得清楚明白。听她们轻声交谈，需要换手术刀，有一个根子切不动。心里忐忑不安猜想不知病灶有多大。根子，不是树的专指吗？为何长在我身上？哪怕是腹内草莽，潦倒不通事务，也不应该长什么根子吧！

头上，手术间的无影灯锃亮，我思绪纷乱，竟把短短几十年人生反复回忆了几遍。小时顽皮，稍大一点便辛苦求学，工作后勉力进取，人生的每一步路自己都扎实地走过来，丝毫不敢懈怠。人到中年，上有老下有小，整个家都压在我脊梁上，正挺直了腰奋力前行时，自己身体却出了问题。只能暗叹朝花夕拾，人生苦短，生之不易。

心情不佳带动负面情绪，我本来就疼痛难耐，此刻愈加痛苦不堪，浑身抽搐。每个人对疼痛承受力是不一样的。有的人耐受力尤其好，一切疼痛在他身上都似乎云淡风轻感受不到。而我对疼痛尤其敏感，痛到厉害就会呕吐。出于小知识分子爱面子的虚荣心，无论如何痛，都不好意思地大声呻吟，只能咬紧牙关硬挺着，实在忍不住，蚊子般低声地呻吟几声。刚下手术台，我吐得一塌糊涂。在临时病床上躺着休息了好一会儿，孩子才搀扶着赢弱不堪的我，蹒跚前行。

疼痛瓦解了一切意志，恍惚中感觉死神已在向我招手。我万念俱灰，跟女儿交代，若是恶性肿瘤，干脆打一针安乐，眼一闭，了结一生。

经历了度日如年的等待，检验病理结果出来了。一个好消息，一个坏消息。好消息是肿瘤为良性，坏消息是，阴影没能彻底切除，还有一个根子未切干净。需要再进行一次大手术，方能根除。

没来得及为好消息多开心一秒，一听到坏消息，我几乎要晕倒。实在是太疼了，无法忍受。感叹命运多舛，我愁了半晌才细如蚊蚋的挤出几个字，要求再做第二次手术必须全麻。医生答应了我的要求。同时也向我提出一个条件，让家属无论如何工作忙，必须亲自赶来签字，院方才愿意做手术。手术的风险不言而喻，生死未卜之际，老公终于风尘仆仆地赶来了，由于单位年底事多，他向医生请求，能否尽量把手术时间提前，以便早日出院。于是和善的医生们商量，紧急为我安排在周五下班时又加了一台手术。两天后，我第二次被推进了手术室。

手术室门开了又合，由于上一台手术尚未做完，我只能在无菌室外等待，似乎经过了一个世纪，才被推入里间的手术台。第一眼，我看到是个男医生，心里直打鼓，听他说，给她盖上被子，让她休息一会儿。一张呼吸面罩扣在我的脸上，我立刻昏昏入睡，之后的手术过程便都处于深度睡眠状态，丝毫感受不到痛苦，似乎没睡几分钟就隐约感觉有人推我，喊我不要再睡了，手术结束了，可是一转眼我又睡着了。后来我才知道，那场手术持续了近两个小时，而在麻醉剂的作用下，我毫无知觉。女儿和老公协助护士把我从手术台送回到十九楼病房，连翻身都需要外人来帮助。

术后的第一次清醒是在凌晨两点，黑暗的病房只有门缝泻出一丝亮，走廊偶尔有人走过，静悄悄的脚步由远及近，再慢慢远去，万籁俱寂，只有液体的滴答声，氧气呼吸机在呼呼地响着，不知名的液体一瓶接一瓶地输，当夜就输了十瓶药水，直到天明。我才真正意识到，手术结束了。

住院后，病患都抹去了姓名，以编号称呼。我的床号是87，每天医生查房换药，都是"87号""87号"地唤我。由冰冷的数字来代表我的名字，开始不太适应，听着有些发愣，听多了就习惯了，一喊"87号"我立刻条

件反射地答应，在！

　　现在医生至少是博士研究生，有几位年长的主任医师都是博士生导师，有修养，医术好，水平高，待人和蔼可亲，大家亲如姐妹，每天主任带队进病房巡视，87号、32号等逐床询问，开药用药。两天后结果出来了，再次确认是良性。绷紧的神经才稍稍松弛。不过医生强调说，为了避免复发，要服用两个月的激素药，大家听后打趣说，那样我将会迅速胖成一个粽子。孩子鼓励我说，不要紧，病好了后，你还可以通过锻炼身体，恢复身材。我说，我不在意，所有的胖瘦美丑，若和生命比起来都是小事。

　　医院里每天病人一个个地进来，然后每天又一个个康复出院，医生如人间的天使用她们渊博的知识，灵巧的双手为病人解除痛苦。真是白衣天使，妙手回春。

　　除了医生让我感动，还有我的临床一位朴实无华和我年龄相仿的农村姐妹，她是来陪同她的母亲住院的。据说，她有兄妹四人，但是此次每天始终陪同在老母亲身边的唯有她一人，她的母亲由于病情复杂，已经花费了三万多元医药费，大部分都是她付出的。说是她母亲手中没有钱。母亲年轻时挣的钱多数都给她的兄弟了，看着她每天只有一件男士白衬衫穿在内衣的外面，微胖的身材，扎着一根辫子的朴实北方女性的形象，不多言多语，更无怨言，始终在忙前忙后，她母亲一声声"大妞，大妞"地呼唤她，她总是利落有序地做着各样杂事。从不发烦。看着她无微不至的耐心照料，在病中敏感脆弱的我，多次被感动得泪流满面。

　　我曾好奇地问她，姊妹兄弟几个，但是付出最多的却只有你一人，感到吃亏，有怨言吗？她憨厚地笑着说，母亲生我养我，小时候她都不烦我们，如今她老了，需要我们照顾了有啥可烦的，都是应该的。

　　孔子曾在《论语》谈道，"色难，有事，弟子服其劳；有酒食，先生撰，曾是以为孝乎。"关于孝道，子女最应该克制的是"色难"（脸色不好看）。仅仅是父母有事子女帮着处理，伺候衣食，那不叫孝。对父母保持和颜悦色才是孝道的核心。这样一位朴实无华的女性，她可能没读过《论语》，甚至没什么高等文化！但是她却用无声的行动诠释了，怎样做才是尽了最大的孝道，而不是那种所谓的，子欲养而亲不待的无用的悲鸣……

　　依然是由于爱人公务身缠紧，孩子亟待返京考试，我怀着依依惜别的心情，提前办理了出院手续。再见了"87号"，再见了病友们，再见了医护人员，短短几天，生死离别的经历，人生何处不相逢的感慨，会让我终生难忘。历经此次劫难，我又增长了许多人生阅历，无声地接受了一次心灵的洗礼，荡涤了心中污垢，今后我会惜身惜福，保重身体，迈着更稳健的步伐好好生活……

甲鱼之斗

　　黔西南安龙采风归来，天气已进入浅秋，霜白露浓，层林尽染。

　　此时夏季潜伏的病患逐渐显露出来，我一到初秋总要病一场，亲戚送来一大一小两只甲鱼，帮助我滋补调理身体。两只甲鱼皆背部通体麻灰且带有黑点花纹，说是从山上刚刚捕捉到的野生甲鱼。

　　与平常我们见到商贩卖的人工饲养的甲鱼不同。饲养的甲鱼肥厚健硕，通体呈暗黄色，且背部没有斑点和花纹。亲戚说，两只甲鱼要分开存放，否则它俩总是撕咬械斗。果不其然，存放时双方紧紧撕咬住对方的裙边。好不容易将其分开，分别放进两个塑料桶里。

　　我猜想它俩应该是兄弟吧！哪有夫妻俩那么爱打架的，都到了生死攸关朝不保夕的时刻，还在大动干戈械斗，紧紧抓住对方裙边撕咬，全然不顾情分。长期的野外生存环境恶劣，越发锻炼了它们超强的生存能力，体魄比饲养的甲鱼壮实。体力好，活跃，昼夜不停在桶中攀爬。

　　尤其是夜晚周遭万籁俱寂，天地之外除了偶尔几声犬吠，抑或是游荡在外的野猫哭嚎两声，平时叽叽喳喳的小鸟都进入安静的睡眠状态。一点点细微声音，都可能打破宁静，影响人的睡眠质量。甲鱼不停息地攀爬，哗啦、哗啦作响，反复地往桶壁上爬，希望爬出去。一次次地失败跌倒又一次次努力不懈地往上攀爬。桶壁光滑不易扒住，反复掉下去不气馁，反复再立着身子往上攀爬。再上时塑料桶壁依然平滑，它们的小脚扒不住，没有支撑点，依然还是重重地摔下来。如此反复多次地重复着无效努力，看着心痛人，于心不忍。同时哗哗作响折腾得我们也无法安心入眠。

　　我脑海中也闪过一念想，干脆送给别人算了，眼不见心不烦。甲鱼，我平时吃的也不是太多。想想又有些不舍，亲戚不知攀爬找寻了多少的山涧小溪，磨坏多少鞋子，流多少汗，摔多少跤，克服了N个困难才捉到这两只甲鱼，把它们当宝贝一样贵重的礼品，风尘仆仆送进城里来，想让我滋补身体。绝不能拂亲戚的好意。狠心先吃掉一只吧。不要学习孟子老夫子"君子远离庖厨，不忍闻其哀"。封建假道学思想要不得。这样反复再三举棋不定正反博弈，矛盾思想斗争很长时间，才下决心请人帮忙宰杀。

人说，擒贼先擒王。决定先宰杀那只个头稍大喜爱寻衅滋事的甲鱼哥哥。

捕杀时我一直在一旁静观，剖膛时发现果然是野生甲鱼，开膛破肚后，发现肚里肠胃干干净净，一点油都没有长，据说饲养的甲鱼胃里的油特别多。洗净后和母鸡、人参、枸杞、天麻等一起煲汤，一会儿满室飘香。喝了一口即感叹野生动物味道鲜美，口味纯正。又匆忙送给老父母一些，老爸也说汤美肉嫩，与平常吃的味道不同！

甲鱼的功能主要是滋补提气为主，是大病初愈体质虚弱的人难得的美味佳肴！年前我生了一场大病。开始在301医院检查时因单位有急事匆忙离开，手术没有做成，后来又拖了一段时间。直到年底在省里学习，支撑不住了，直接躺倒就近在省立医院做了手术。不知道是病情复杂，难以辨清，还是医生技术水平能力有限，总之，是让我遭受了二遍罪。

首先，医生说病情不严重，在门诊楼加号做了一台半麻手术。不知道是麻醉药剂不到位，抑或是因为我是一个对疼痛敏感的人，半麻手术时痛得天昏地暗，撕心裂肺，大动干戈的在手术台上躺了几个小时，最后竟然听到医生说，病灶依然没有完全切除。还需要做第二次手术。当时我的头立刻就蒙了，甚至连死的心都有，呆呆地躺在手术病床上半天没有说话。于是，在不情愿中又接受了医生制订的第二套方案，做了一次全麻手术。

事实上，当时我的肠子都悔青了，心想若是上一次不是匆匆忙忙离开北京301医院，也许当时在301医院把手术做了，也就不会再遭受这么多的罪了！看来有病还是应该及时到大医院诊治，贻误不得。

此时一切都悔之晚矣！无济于事，只能默默地承受自己的疏忽。再一次心惊胆战地躺倒在病床上，五脏六腑又一次被医生翻腾了几个小时，才罢休！据说切掉许多其他旁逸斜出的枝枝蔓蔓，好在我处于完全麻醉之中，一切无从知晓。醒来时，已是凌晨两点了，周遭万籁俱寂，唯有胳膊上液体滴滴答答的声响……

几天连续遭受了两台手术，终于伤害了我的肌体。回家后，单位依然有事。时值年关家里也有诸多杂事，没有能够做到完全彻底的放松心情，休养生息，身体自然没有彻底康复。

　　人是需要精神支撑的。精神一倒了，也就啥都没有了，再美丽的女人瞬间也会变得心灰意懒，消极颓废，一下子就显得老了十多岁！不仅长相浮肿、难看，尤其是气虚，一动就累，出虚汗，一排排，大汗淋漓，淌得满头满脸皆是！

　　医生让多进补，食补最重要。人到中年，上有老，下有小，中年人是家庭的顶梁柱，不能出任何的差错闪失。一旦出了问题会影响整个家庭动荡不安。身体健康最重要。其他的啥子身材之类都要丢到脑后。于是，鸽子、母鸡、鸭子、天麻、人参、枸杞，天天煲汤进补。

　　这不，那只大甲鱼吃完不久，秋老虎进犯。天气又开始变热，甲鱼怕蚊虫叮咬，不宜久放。于是，亲戚又来把那只小一点的甲鱼弟弟也宰杀了。这一次我彻底傻眼了，小甲鱼肚子里竟然长了一肚子的甲鱼蛋。心里莫名的一紧，原来是一只母甲鱼啊。与上次吃的那只，怕是夫妻吧！否则，如何出双入对呢？但是为何他们感情又是如此糟糕，彼此互相倾轧械斗，实在闹不明白。

　　我老公爱钓鱼，但是我和他都不太爱吃鱼。鱼类腥味重，我家住的小区楼层不宜处理。因此，即便他钓了鱼也并不带回家，都给同伴拿回去分享。仅仅是图个钓鱼的快乐过程。

　　今年夏天某日，老公他们钓鱼同伴一起在水草边捉了一只在河边晒暖的甲鱼，坚持让老公提了回来！说是我身体不好需要加强补充营养，但是我知道春季不宜捕鱼，因为春季鲫鱼正是繁殖产崽之季。我想那只甲鱼大概也是来岸边产崽，才被人类捉住。于是，我让老公开车给那只野生甲鱼，放回到附近水库里面，也算是做善事放生了吧！

　　我母亲家里世代以教书为生，教四书五经的私塾老先生，我的外太爷、外太祖爷们一直注重放生忌口。母亲不吃甲鱼、乌鱼、黄鳝、狗肉等许多动物，说是上辈教育她，女性吃不得这些。姥姥在世时，每月初一、十五还卧床吃素，进行斋戒。

　　后来我嫁入回族婆家，回族也有许多讲究，不吃猪肉、狗肉是一个铁规矩。同时，每年都有斋月，斋月期间白天不许吃饭。听说回族婆婆的母亲，斋月期间坚持白天不吃饭，饿得躺在床上起不来。其实，人真的是应该有些敬畏之心的。

　　由于如今物质条件丰富，天天都赛如过年，吃的，用的，家家户户盆满钵满。我的老家旧眷们，每年杀年猪的时候，都会带来许多猪肉，过其他节日时亲戚们也都带一些鸡鸭鱼肉过来，真是不用再到菜市场买肉类了。每天仅仅是买点蔬菜即可。

而这次无意间的甲鱼事件，却在我心里触痛了很久很久！

这对甲鱼夫妻为何那么深仇大恨呢？人说，一日夫妻百日恩。动物之间也是恩爱有加，你看那鸟们经常互相帮助梳理羽毛，耳鬓厮磨，鸟鸣啁啾，鸳鸯戏水，成双成对，令人艳羡，多好的夫妻啊！人类则不同，文人们都是真性情，不擅长伪装掩饰。观点话语一句不合，就会吵架斗嘴生气，你不让我，我不让你，硝烟弥漫。人们常说，文人相轻，彼此观点不合，双方看不上眼，马上就会吵架，甚至大动肝火。事后想想可能很不值得，多好的朋友，意气用事，伤了和气。

若有来世，希望这对甲鱼夫妻能修成正果，少一些怒火，多一点平和。

小姐妹

你相信缘分吗？我信。

我生娃的时候，正是计划生育的严格执行阶段，每家一个独苗苗，不能更多。独生子女虽然享尽家庭宠爱，却没有兄弟姐妹陪伴，难免孤独。我的孩子却有一个打娘胎就认识的小姐妹。

小悦和我孩子是同年同月同日同产房出生的。当年，她妈妈生完她后，腾出产房给我。因此，我孩子出生是夜晚十二点后，小悦是夜晚十二点前。如双胞胎般，她只比我孩子稍大一点点。

说稀奇，也不稀奇。长大后，俩小姐妹在入小学时，无意中又被分到了同一个班。成绩不相上下，都是班里的尖子生。俩人没有刻意，却一直被分在一个班，同学至高中毕业。

我家里有一本《顾城诗集》，我孩子16岁时小悦送的。文字最能表达心意，也最容易保存。有心的她，还在扉页上写了满满一张，都是对我孩子的寄语，全文如下：

赠予最最亲爱的小原！愿永远自由而快乐！最后感觉你应该学习顾城，变成疯子作家！还要如他一样简单得很白痴！小悦。

接着，又是一页，另附的纸。上面这样写：

《抢书记》小悦

寻寻觅觅，冷冷清清，凄凄惨惨戚戚。乍暖还寒时候，最难将息。三月的天，如孩子的脸说变就变。

放学后，我冷得缩手缩脚的来到书店，急着寻觅我心仪已久，早就想送给你的书，顾城的诗。来到书店，我在人群中，钻来钻去，找书，找呀，找呀，没找到。

我就问那天天跟才睡醒似的女店员，有没有顾城的书？她懒懒地说，你自己看看吧！

我狠狠地瞪她一眼后，又自顾自地找了起来！有心人，天不负。最后，终于在书架的最底层，找到这本书。结果，后面居然破了个口子，郁闷。

我开始犹豫，店员说这是最后一本。我不甘心。于是，又开始寻觅，穿过徐志摩、余秋雨、林语堂、沈从文、卞之琳等。一边找，一边想。其实，我最喜欢的诗人，还是顾城。

最终，还是买了这本书。

我没看过很多顾城的诗，但看过的，篇篇是经典。

如《一代人》：黑夜，给了我黑色的眼睛 / 我却用它寻找光明……

还有如《远和近》：你一会看我 / 一会看云 / 我觉得 / 你看我时很远 / 你看云时很近……

又如《我是一个任性的孩子》：我是一个任性的孩子 / 也许 / 我是被妈妈宠坏的孩子 / 心爱的白纸 / 让它们去寻找蝴蝶 / 让它们从今天消失 / 我是一个孩子 / 一个被幻想妈妈宠坏的孩子 / 我任性……

我很崇拜顾城，因为他的诗是最纯洁和最干净的。因此，我抢了这最后一本书给你。

祝你生日快乐，快乐每一天。放大幸福，缩小不快乐的事。I love you.

上邪！

我欲与君相知，

长命无绝衰。

山无陵，

江水为竭。

冬雷震震，

夏雨雪。

天地合，

乃敢与君绝！

嘿嘿！小悦！

看完这些，我忍俊不禁，哑然失笑！多么可爱的孩子，小姐妹俩，情同手足。

　　小悦在北邮读计算机专业的研究生，毕业后进入了百度公司总部。说巧真巧，我孩子毕业后也在北京扎根工作。小姐妹俩，再次聚首，两人真是情同手足，如亲姐妹般。两个刚入职的年轻人虽然工作繁忙，但总能找到闲暇时间一起结伴出游。上周末，北京马拉松比赛前一天，俩人还专门去奥森公园徒步。两个家庭知根知底，俩孩子这么有缘分，偌大的京城，互相照应着，我们做父母的也放心。

　　希望小姐妹俩，珍惜缘分，在今后的人生路上，风雨兼程，一起奋斗……

归来

孩子乘坐的国际航班，即将于今天下午三点半左右抵达北京国际机场。

她于昨天晚上八点从美国俄亥俄州机场登机，一个半小时后飞到芝加哥机场转机。再经过十几个小时长途飞行，即将于今天下午三点半左右抵达北京首都机场。

据说办理入境手续大概需要一个小时。从孩子登机那一刻，我一直在焦急地等待。紧张的心脏如同被一张巨大无形的网拉扯攫取着，紧张、疲劳、倦怠睡意了无，经历一个焦虑、忐忑的不眠之夜。

孩子是父母血脉的延续，闺女是妈的贴身小棉袄。相信每个为父母者都有这种体会。孩子今后是否能成长为参天大树，我并无过高奢望，唯愿祈盼孩子平安健康成长。

在她小时候，我们夫妇工作皆忙，一直抽不出时间对她细心照料。那时我们属于年轻的工薪阶层，在两家长辈的接济下，刚刚勉强买了套房子，保姆早在她上幼儿园时就辞退了，为了节省开支，家里再也没有请保姆来照顾她。仅仅是亲戚们闲暇时间来帮助洗洗刷刷陪伴她，没有专人负责接送她上学读书事宜。凡事都有利有弊，后来出国学习的时候别人都有不适应期，她却很快轻松地度过最初的国外艰难时光……

她九岁上小学三年级的时候，我即是单位的后备干部，每年都要代表单位下乡驻村帮扶工作。她只能形单影只走到学校去上学，内疚，担心一直缠绕着我。驻村工作到底是去还是不去一直在纠结。最后没办法违拗不得，领导要求必须去，说是此次下乡驻村锻炼是为今后走向领导干部铺设的前提必要条件。因为我工作成绩突出单位集体推选的，别人想去单位还不许去呢。

彼时年年有驻村任务，纵然心里一百个不乐意，但别无选择，我只有硬着头皮年年去驻村。由于距离县城远，中午不许回城吃饭，孩子爸工作

也忙也不能正常回来吃饭，孩子只有在姥姥奶奶家流动生活。无论是赤日炎炎还是数九寒冬，丽日艳阳或是刮风下雨，她背着书包独自行走于大街小巷，年年都是一个人上下学。由于个子小，书包沉，常常走得小脸通红，大汗淋漓。再经冷风一吹，寒热不均就易感冒。恶性循复一来二往感冒不断。放学时，若遇到她认识的我单位的别的孩子家长，假若人家顺便要把她也一起接上，坐车（那时也就是自行车或者电动车）一起回家，她总是不答应，仅仅问一声见到我妈妈了吗？然后就低下头默默坚持自己走回。当时幼小的她在想什么呢？有对我们大人为父母者恨吗？我曾经就这件事问过她，她说，当时是在上小学，心智还不太成熟，不懂得恨，只有思念，羡慕。看到同学都是家长来接，也盼望看到自己妈妈的身影，别的啥都没有想。而今每每想起总是泪眼湿润婆娑，为自己的自私无能给孩子心理带来无法弥补的伤害心存愧疚。

后来我感觉孩子居无定所，游击战似的东跑西颠的做法实在欠妥。于是借鉴"孟母三迁"的方法，孩子在哪个学校上学，我们就把家搬到那个学校附近居住。这样便于孩子回到自己小家居住。

"桃李不言，下自成蹊"。我们夫妇都是通过勇敢闯过考试的独木桥赢得饭碗的，孩子自小就遗传了大人血脉，学习态度端正，放学回家即安静地待在家里写作业，学习省心省力，年年优秀，在无大人陪伴看管下顺利地读完了小学中学大学教育，让我们长长地舒了一口气。

她从俄亥俄州立大学法学硕士研究生毕业，本来已经申请到在美国实习的单位。但是我老父母均是八十多岁的耄耋老人了，老母亲身体不太好，天天盼着外孙女及早归来。于是秉承祖先的话语：父母在，不远游。于她而言已经是外祖父母在了，听话的她放弃了难得的实习机会，回来尽孝。有留学经历的都知道，国外学文科的留学生很难找到实习单位。

哪怕是此次回国，她父亲依然公务身缠紧，走不开，无法到北京去接她。于是，孩子也不让我去接她了。她自己在北京，让她在京居住的大姨、大姨父就近去机场接她一下即可。然后在北京大姨家倒个时差，自己坐高铁平安归来。

其间我也不放心地反复追问，是否需要我去北京接她？但她坚持说，不需要。于是我就没有再去。

这就是我的孩子，同千千万万个家庭中的孩子一样，是一个朴素，懂事，有爱心，有良知，讲孝道的好孩子，为她鼓掌！今后的人生之路还很长，我们没有希望她大富大贵，仅仅希望她保持个性魅力与人和谐相处，顺风顺水地过好她的生活。为她祈福，祝她一生平安！同时也为天下所有的孩子祈福，希望所有的孩子平安，康泰、康泰……

附录：

归国记

马原

I

见惯了美国中西部的广袤宁静，刚一回国，挤挨挨的高楼，稠密的人群争先恐后地涌进眼眶，似乎每一样都在大力挥手，"看我看我！"

我被这排山倒海的热情吓到，眼睛不知往哪搁，身旁有姑娘，大檐帽，反光蛤蟆镜，唇色是今夏流行的枚红，高举着自拍杆正在找角度。我愣愣地向前，一路"Excuse me"地从人群中借过，卸下两个托运箱，梦游一样飘出机场。

首都似乎比以前更堵，车连起头尾，像条绵延数里的大蜈蚣，小碎步往前蹭着。有加塞的，削尖脑袋硬往旁边车道插，生生别出一车头空隙，泥鳅似的滑进去。

我愤愤然，"不能随意变道！"

旁的车却是异常宽容，大概变道是默认的生存法则。

在这里开车，似乎所有的违章都可以被包容。唯独不能容忍的，是磨叽。你追我，我赶他，几乎脸贴脸鼻对鼻，只要稍稍慢了一瞬，后方便响起惊天的喇叭声。

在美国摁喇叭是骂人，我下意识地往后比中指，手刚伸出才意识到，哦，这里是北京。

我回国了啊。

II

美国城市道路两旁设有停车区，每个车位旁有自动收费的小杆子，按

小时自觉缴费。北京收费靠大妈，有车来，大妈一秒钟就杵在窗外，拿了钱下一秒又没了，我简直怀疑她会遁地术。

"她们每月领多少钱，谁给她们发工资？风吹日晒的，挺不容易的。"我东张西望地找大妈，帽子口罩下的她看得不真切，小马扎挂着个廉价塑料水壶，颜色已经脱落斑驳。

姨父沉沉地笑，"哪有人管，都是私人的。"

"凭什么？市政怎么不管？私人收费谁给的权力？"我只觉欺人太甚。

"每条道都有人承包，收费了抽头给上面，有人罩着。"

信息量太大，我一时反应不了，愣愣地问，"要是不给呢？"

姨夫还是笑，"附近都有打手，东北人，怎么斗得过。要么不停，停了就得按规矩来。"

嗬，江湖绿林嘛，我脑补几位金链子刺青的平头好汉，扛着钢管乌压压地围上来，不由得咽了口唾沫。

"就没人管吗？"

"管不了，电视台老早就报道过，还是照旧。"

我不再说话，总有光明照不到的地方，好比唐人街的黑帮，墨西哥的毒窝。

III

街上的人依旧肌肉紧绷，都像是刚打过肉毒杆菌，只有进了饭馆，脸上才有了笑意。

食物是最好的治愈剂。

地道的中国胃被地道的中国菜伺候，春风化雨般的绵润。滋味从舌根渗进骨头缝子里，云蒸雾腾，一层层活泛开来，北京用早茶和火锅轻轻松松收买了我。

放下筷子，我竟有些微醺的幸福感。

忽而想起4月底，大佬们在哈佛中国论坛上大力宣扬回国创业的好处。结果刘强东上台，年轻人的关注点明显开始跑偏，男女学生咔咔地拍照，"奶茶到底怀孕没"上了华人论坛热搜榜。

招呼留学生报效祖国，好比做广告，摇旗呐喊似的硬性植入，声势是惊天动地，但不走心。路边搭个凉棚促销可乐，喇叭震天响，可人来人往地路过，停下来喝的还是少。

与其费功夫组织大佬们哈佛观光，不如在每年的毕业季，派一批炉火纯青的掂勺大厨美帝校园行，大师傅们把看家手艺拿出来，再取些愁肠缱绻的菜名，譬如"摇到外婆桥""千里共婵娟""遍插茱萸少一人""唯梦闲人不梦君"。还没吃就开始唏嘘，两筷子下肚，魂儿便一丝丝地抽走了。不费口舌，不动声色，小成本大收益，正是老祖宗留下的智慧。

用现在话说，就是情怀营销。

IV

所遇的每个熟人忽然间开始关心起我的年龄，然后细细咂摸，"还小，不急。"

急什么？为什么急？我隐隐明白他们的意思，却又不想深究。

大姐拍拍我，"没事，都是到了二十四才有死了死了的感觉。"

我愣了愣，开始考虑从明年起瞒报年龄。

V

还在倒时差，撑到晚上8点就不行了，倒头睡到4点，一个激灵醒过来，窗外还是沉沉的黑。这座城褪去白日的急躁，隐隐透出点夜色温柔的意思。

第二辑　辗转成歌

故乡

　　我的故乡红花村有山有水，宜人宜居，如诗如画。河水如带、群山环绕、茂林修竹、落英缤纷，茶香宜人。村里许多逸闻趣事，尤其是长江河、石门口和富金山的传说，更是令人神往。稻花香里说丰年，惊起蛙声一片。

　　村里有条河，俗称长江河。其实它是大别山麓下的一条支脉，河流如带，蜿蜒曲折，迂回湍急。发源于安徽省金寨县皂靴河上游的燕子河，由于流程长，形似长江，故而得名。

　　长江河经年流淌在崇山峻岭间，河里的卵石冲刷堆积，澄澈透明。数亿年前的地壳运动，岩溶迸发，岩浆冷却而成。河里的卵石长得圆溜光滑，有红色、黄色、青色、褐色，石头大小形状迥异，有长方形、矩形、菱形，大的状如石磙，小的如鸡蛋、乒乓球那么大，葳蕤璀璨，大珠小珠落玉盘般令初次见到者，感叹大自然造化的奇崛鬼斧神工。

　　如今石头已闻名遐迩，成为当地一景。凡是去长江河游玩的人，无不捎带捡些河里的五花石回去。诚然，人与石头是有缘分的，不是人人皆可遇见奇石，也有些人弯腰吃力地在水里淘了半天，结果淘的尽是些品相不好者。其实，正如人的指头伸出来有长有短。石头的质量也参差不齐。不过，所谓的好与坏一定程度上取决于个人认可成分，喜欢就是奇石美玉，不喜欢就是垃圾卵石一堆。凡事只要喜欢就好。玩石、赏石已成为长江河一景。

　　据说有一位爱石者，夜晚时常缠绵徜徉在自己囤积的石头房里神思遐想。对着石头品茗饮酒赋诗作文，石头仿佛已演绎成一尊尊女神，举手投足，一招一式令拥趸者痴迷神往。

　　黄金有价玉无价。随着国民物质文化生活提高，人们精神生活的欲望也在迅速拔节、蹿高，追求户外运动，健身休闲娱乐，寄情山水，各项健身怡情养性的活动与日俱增。玩石、赏石人数激增，去河里捡石头已成为人们节假日娱乐休闲的一种方式。斑斓卵石价格飞涨，品相稍微端正的奇石价格飙升。令囊中羞涩者驻足、望石兴叹。山里、山外信息、交通发达，大家都了解奇石市场行情。富商巨贾趋之若鹜，百姓珍藏品几乎被收购殆尽。好石头越来越难觅到。只有每年夏季山洪暴发，洪水肆虐，激流漩涡，急水冲刷搅拌，河床底部的砂石被翻掘出来。

待风轻云淡，雨过天晴，村民近水楼台，童叟皆出，红男绿女如缤纷的彩旗被刮到河里，真实道具如彩色布景画面装饰了河面，为河面披上了多彩盛装。停止喧嚣肆虐奔腾咆哮的河流，此时缓缓流淌，清澈见底如一面明镜，映照两岸青山，回清倒影，斑驳陆离，让人驻足遐思，不禁想起虎啸猿啼的三峡，九马画山的漓江。此时静默的河流如一名经过一夜阵痛刚刚分娩的产妇，疲惫安详骄傲幸福地看着自己馈赠给大地的礼物。傍晚，斜阳偏西，霞光晚照，白天玩累的野鸭水鸟游弋徜徉河面上成群结队归家。村民笑语声喧，肩挑手扛，满载着收获的喜悦归家。

卵石还有一个大众功能就是颇受家庭主妇们的喜爱。我县南部山区制作的小咸菜以爽脆酸甜可口闻名，口感异于别处。其实制作小咸菜的奥秘就是在坛子上面压一块长江河里的鹅卵石。咸菜不易烂且口味酸甜爽脆，别有风味。家乡的鹅卵石尽管没有南京的雨花石那样剔透绝伦，闻名于世，但亦如村姑般有种朴素的美。若把雨花石比作雍容华贵的贵妇，那么长江河里的石头应是小家碧玉，温婉可人。卵石在水中相映成趣，河水清澈见底，五彩斑斓。

玉盘珍馐值万钱。长江河盛产一种鱼，俗称长江河鱼。据说长江河的小鱼苗，来自大江大河，逢潮逆水而上进入长江河。这些小鱼苗进入长江河后，便在卵石缝隙中穿来游去，经卵石的碰撞，鱼身体的骨刺逐渐软化。加之河中营养丰富，鱼儿长得肥胖润泽，鱼肉鲜嫩，柔软无骨。彼时没有网络，夏季孩子们就在河中嬉戏。用石头击打，便可捉得一些河鱼、河虾。洗净后放在滚烫的河石上曝晒、翻烤，待鱼虾两面焦黄，便可食之，味道鲜美。

河边住有一简姓村民，家传绝技，能够从沙滩外观里发现哪堆沙里藏有甲鱼。他一天在河滩中走下来，能够捉到一背篓甲鱼。村里无论谁家来了贵客都到他家买甲鱼，真正的纯天然野生绿色食品。近年来长江河遭滥捕滥杀，河鲜已日渐稀少，濒临绝迹。如今即使家中有贵客登门，亦很难吃到当年作为贡品的河鲜了，这不能不说是一件憾事。

长江河边有一洞口，大约宽5平方米，洞口立有一块像门一样的大石头，

故曰石门口。洞口狭小，无法入内。往里看，忽明忽暗，黑魆魆的，有些鬼魅。过去村民迷信，认为有神仙居住，不断有烧香拜佛的、求子问安的络绎不绝。传说需持有一丈二尺长的丝瓜，方可启开这扇石门。某日有一虎背熊腰的大汉，扛着一偌大的丝瓜，真把石门打开了。他一看到洞内金碧辉煌，有金人、金犬、金驴、金磨、金豆子等。大汉欣喜万分，装了一些金豆子之类往外走。刚到门口，即被一条金犬咬住，金豆子撒一地，惊吓过度，当夜便殒命。至此再无人敢进入，并有顺口溜，打开石门口，金银财宝样样有，没命拿不走。

富金山传说原名叫傅家山，即老傅家的山。后来人们错读为富金山。富金山上的大少奶奶庙，传说始建于唐代，纪念当时有个叫魏敬的老夫人。为了平息福建漳州蛮獠之乱，她亲自挂帅，从固始带领58姓士卒，大部队直达福建，援助她的孙子陈元光将军，打败漳州蛮獠之乱，平定并兴建漳州府。传播中原固始的优秀文化，功勋卓著，后人景仰。民间尊称她为大少奶奶，为了纪念她，在海拔近400米的富金山上修建了这座奶奶庙。百姓把她当作祈福的偶像。每年农历十月十五日，山上人头攒动，善男信女，香客如云。披红挂彩，祈福还愿，香烟缭绕，人声鼎沸。再加上苍松翠柏，茂林修竹相互掩映，此时的富金山烟雾氤氲，云蒸霞蔚，分外妖娆。

泉眼无声惜细流，树荫照水爱晴柔。传说山顶上奶奶庙下压有一口神奇的龙眼井，井水清冽甘甜，小和尚去井中担水时，从清冽的井水中可清晰看到距离山庙约五里地的一个"孙营子"村民组。宅里女人早起梳妆打扮，夜晚洗浴睡寝。所谓伊人，在水一方。环肥燕瘦，穿衣抑或未穿衣，丰腴肥美，纤小娇弱，尽收眼底，一清二楚。一传十，井中可以看到女人相貌的稀罕消息像长了翅膀迅速扩散，小和尚们血脉偾张，心脏怦怦地跳似乎要蹦出体外。感觉视野空旷辽阔天蓝地绿，云雀欢唱，周遭散发温馨迷人的气息。小和尚毕竟也是有血有肉的男人，他们正处于青春懵懂期，还未修炼出大师喇嘛活佛的境界，做不到胸中无我、无她、无男、无女，无性别区分，非礼勿视、勿听，色即是空，空即是色，禅坐定力。小和尚们胸中欲壑难平，个个心里如长草般闹心，有事无事都喜借口到井中打水，盘桓流连祈图、期冀每天看到、发现新鲜，一饱眼福。偷窥的次数多了小和尚们不免春心荡漾，寝食难安，无心青灯孤影，形影相吊，不再满足于视幻觉感悟。庙里的长老威严睿智，好不容易教化出几个和尚弟子，岂能说走就走轻易让其还俗。若不釜底抽薪，只怕势头会越发危险。住持传经布道严加训斥，并请几个棒劳力的青年村民协力抬来一块大石块，牢牢地压住这口井，然后置土掩埋覆盖草皮植被，以绝后患。春生夏长草木葳蕤茂盛，很快这处地方，与别处无异，这口神秘的井就这么静悄悄地消失了。

　　以上虽是些美丽的神话传说，但它说明家乡人文历史悠久，源远流长。如今的红花村，仅三千余人，已拥有十几个硕士生、博士生。其中，张红博士系中科院院士，现旅居澳大利亚专门从事空间物理研究，成绩斐然。此外，有一位早期人民大学毕业生，现任某省委党校副校长；还有省建行副行长、副市长以及在国家新闻媒体工作的记者不胜枚举。可谓政通人和，人才济济，青出于蓝而胜于蓝。作为红花村人，愿那水那山那人更美更艳，钟灵毓秀，人杰地灵。日暮苍山远，山气日夕佳，飞鸟相与还。归途中听到一群孩子在唱——

　　　　　　莫笑农家腊酒浑，丰年留客足鸡豚。
　　　　　　山重水复疑无路，柳暗花明又一村。
　　　　　　箫鼓追随春社近，衣冠简朴古风存。
　　　　　　从今若许闲乘月，拄杖无时夜叩门。

人生之美味

中国地大物博，南北差异大，饮食文化博大精深，源远流长。过年蒸包子，端午包粽子，中秋节吃年糕，是我们当地的传统饮食习惯，也是逢年过节老人们寒暄时常会问及的内容。家有一老，如有一宝，弘扬传统孝道美德，老人在家庭中承载着不可估量的作用。他们手把手教导，面授机宜传送经典，传统美食花样翻新不断呈现。

1

腊月二十三小年乘着漫天飞舞的雪花轻轻走来，大年的脚步也轻轻叩响，轻轻地走近。五千年中华文明源远流长，过年习俗由来已久。传说在遥远的古代，大自然野外生存环境恶劣，天寒地冻，豺狼虎豹野兽出没，饥饿难耐，找不到食物，恣意伤人。那时山高坡陡，山路仄仄，九曲回肠，广袤人稀，物质匮乏。生存条件差，只好依傍斜坡搭建简易茅草房，夏季蚊虫肆虐，冬季北风呼啸茅草房在风雨中摇摆晃动如波涛中一叶扁舟随时侧翻倾倒。人们出行没有交通代步工具，凭借一双大脚丈量土地。平时女人们在家里蜗居织网，担负着繁衍子嗣的任务，男人们扛起了养家糊口的重担，外出拾草砍柴，围猎捕鱼，在呐喊嘶叫通力协作中完成捕猎任务。以期分一杯羹回去养育嗷嗷待哺的幼稚小儿。

相传，古时候有一种叫"年"的怪兽，头长触角，凶猛异常。年，是动荡不安、血风腥雨的代名词。人们谈年色变，随时担心年出来袭击伤害。后来有位智慧老人一语道破天机，年兽最怕红色、火光和炸响。于是，人类针对年兽的特性，精心准备，对年兽进行充分备战。

待到半夜时分，万籁俱寂，"年"兽闯进村。发现噼啪作响，红光大盛，原来是每家每户放起了鞭炮，贴上春联，红彤彤的节日气氛令"年"大惊失色，仓皇逃窜。从此，过年放鞭炮，贴春联便代代流传，成为一项古老的习俗。

传说毕竟是传说。我们灿烂辉煌的民族瑰丽史诗自有骄人成绩，令世人瞩目。拥有领先世界的火药、指南针、造纸术、印刷术四大发明。位居四大发明之首的火药，是爆竹声的主力军。过年时户户贴窗花，巧手媳妇们描出龙凤呈祥的图案，燃放爆竹，在噼里啪啦的爆竹声中辞旧岁，祈祷来年风调雨顺，岁岁平安。

年糕是每年过年时节家家户户必备的传统美食。我们当地做年糕有两种方法。一种是将黏米饭蒸好，出锅后盛装在一个大大的盆里，由家中有力气的男士用擀面杖反复击捣，直到黏米饭碾碎。然后均匀摊在面板上，撒上芝麻。有的喜吃甜食放点糖，喜吃咸的加一点辣椒、盐及葱花即可。待凉透隔夜切块烧制滚油放入待两面焦黄爽脆即可。

另有一种做法是将黏米饭用特殊工艺捣烂，然后制作成半干年糕，摆放在超市货架上卖。买回去若吃不完，要放在清水里面泡着保鲜。若是中秋节做的年糕，更有讲究，八月中秋正值桂花开，加一点桂花。清甜可口。

年糕寄予了人们的厚望，这时最忌讳小孩子嘴巴童言无忌乱说一气。于是，每年过节以年糕封嘴的方式希望粘住小孩瞎胡乱说的嘴巴，以期来年过上幸福太平、吉祥安康生活。

2

如今节日越来越多，也越来越高大上。不仅有东方传统节日，还引进不少西方洋人节日，如父亲节、母亲节、情人节。一年中大小节日缤纷妖娆飞舞，每个节日有不同的故事、各色神话祭奠仪式。如五月端午节，南方人会赛龙舟，包粽子，插香艾，制作熏香，以祭奠楚国投江大夫屈原。

在灿若星河的中华文学史上，屈原如一枚光彩夺目的明珠熠熠生辉，葳蕤生光。他著作等身，主要代表作有《楚辞》《离骚》《九歌》《九章》《天问》。笔名怀瑾握瑜：瑾、瑜、美玉。比喻人具有纯洁优美的品德。战国·楚·屈原《楚辞·九章·怀沙》："怀瑾握瑜兮，穷不知所示。"司马迁《屈原贾生列传》："何故怀瑾握瑜，而自令见放为？"

屈原在《九歌》里讲述了一个关于山鬼的故事。她是个很美丽的仙女，跟她的情人约定某天在一个地方相会，她满怀喜悦地赶到，情人却没有如约前来；风雨来了，她痴心地等待着情人，忘记了回家，但情人最终没有来；天色晚了，她回到住所，在风雨交加、猿啼声声中，倍感伤心、哀怨。

写得如泣如诉，感人至深……

屈原的《国殇》：操吴戈兮被犀甲，车错毂兮短兵接；旌蔽日兮敌若云，矢交坠兮士争先；凌余阵兮躐余行，左骖殪兮右刃伤；霾两轮兮絷四马，援玉枹兮击鸣鼓；天时怼兮威灵怒，严杀尽兮弃原野；身既死兮神以灵，子魂魄兮为鬼雄。"长太息以掩涕兮，哀民生之多艰"。

作为中国最伟大的浪漫主义诗人之一，也是我国已知最早的著名诗人，世界文化名人，屈原创立了"楚辞"这种文体，也开创了"香草美人"的传统。他是战国时期楚国贵族出身，任三闾大夫、左徒，兼管内政外交大事。他主张对内举贤能，修明法度，对外力主联齐抗秦。屈原空怀一腔忧国忧民报国志，却不被楚国君主楚怀王所信任，报国情怀难以施展，屈原郁郁寡欢。后因遭贵族排挤，被流放沅、湘流域心情悲切不堪受辱，抑郁唏嘘投汨罗江而亡。引起无数后人凭吊感叹，汨罗江因此而闻名。当地百姓怕鱼蟹噬咬屈大夫身体，放一些粽子食物在水里喂鱼，以期祈祷屈原大夫尸首完整，安然无恙，于是粽子年年岁岁地流传下来。

今年端午，我写了一首诗《屈原说》以纪念这位伟大的诗人，刊发于《中国诗歌报》——

倘如你活在两千年前

来我的驻地

我被流放了十年的洞庭

东皇的龙车运来红日

云君遥遥拱手

河伯携着美人

湘夫人眉头轻蹙

九嶷山便飘落细雨如愁

你若喜欢花草

大可自取

薜荔芙蓉虽好

可你尚年幼

不如采枝杜若　斜插鬓边

留在两千年前

我为你写下一万首辞

唯有一首不行

那是留给楚王的灵歌

倘如你活在两千年前

或许，我不会投江

然而你没有

我与你

是两颗珍珠遗落在历史两岸

隔着书页与尘埃

你剥开粽叶

一年只会想我这一次……

3

婆家是回族，所以我略知道回族人的饮食习惯。追溯回族的祖先源头，先民是从西域迁徙而来的游牧民族缘故，马背上生活的他们，没有固定的土地。流动迁徙到哪里，生意就做到哪里。

后来一支回民迁徙河南中原地带，在中原落脚居住。学习当地居民吃鹅的习俗，做起了"汉鹅块"胡辣汤的生意。"汉鹅块"以咸辣著称，口感鲜美是其特色。在我们当地因回族群众开的"汉鹅块"小吃流行甚广，所以有许多关于鹅的传说。"千里送鹅毛，礼轻情义重"就是其中一则故事。

在我们当地田间地头，大片的白鹅。长颈优雅，闲庭缓步，叫声悠扬，固始白鹅正是"千里送鹅毛，礼轻情意重"的由来。

我们居住地距明代皇帝朱元璋的家乡安徽凤阳县约一百多公里，相传朱元璋小时候家贫，逃荒要饭落户在我们当地农村一地主家，给地主放牛。地主性情严苛，朱元璋吃了不少苦头。

但是朱元璋吉人自有天相。孤苦无依的他认了一个姓祝的老干妈。干妈心地善良，待他如亲生儿子般。一次，朱元璋生病了，茶饭不思。家徒四壁的干妈看看院中唯一的看家护院的白鹅，一狠心宰了这只鹅，炖汤为干儿子滋补身体。鹅，乃天鹅的旁系，鹅汤以汤味鲜美，滋阴壮阳，生津止渴，大补营养著称。缺失营养的朱元璋，通过鹅汤、鹅肉的营养滋补，渐至康复。

后来，恢复体魄的朱元璋离开地主家，四处征战，终于开创了大明朝。时光飞逝，几十年朝野党争，内忧外患，殚精竭虑的朱元璋身体每况愈下。

一日三餐，味同嚼蜡。一日，他看到一群南飞的天鹅，不禁想起干妈做的美味的固始鹅肉，顿觉口舌生津，于是匆匆回宫下旨诏见祝老干妈。干妈接到通知，喜忧参半，喜的是，日思夜想的干儿子，终于没有忘记自己，亲自下旨召见。忧的是带啥东西给干儿子呢？干儿子早已不是当年要饭的放牛郎，如今贵为天子，玉盘珍馐，应有尽有。

正在发愁间，忽然看见院中的白鹅正在悠闲自得地转悠、觅食，干妈想起了朱元璋爱吃鹅肉一事，于是挑选了一只最大最美的白鹅上路了，一路上干妈都在憧憬着和干儿会面的场景，以及如何能快速地把鹅汤做好，鹅肉烧熟，让干儿子吃上纯正的固始美味鹅块……快到京城时，干妈怕鹅饿了，就给鹅松绑，弄点水喝。结果布包刚一打开，鹅就鸣叫着飞走了，干妈竭力去逮，结果只抓到几根羽毛，看着洁白无瑕的羽毛，干妈不知道如何是好！在卫兵的劝解下，只有带着遗憾，继续前行。

母子会面，千言万语，述不尽，说不完。干妈拿出几根羽毛给干儿子，干儿子紧紧握住，洁白的羽毛寄深情，一切都无须多解释，此时无声胜有声。

朴实的祝老干妈享受不惯京城的奢华，坚决要求返回家园。干儿子恭敬不如从命，派人送干妈返回家乡。建了一套钩心斗角，雕梁画栋，三进三出的大宅子，并赏给干妈一笔巨款，扶植干妈在家乡发展养殖白鹅，以孝敬干妈的仁慈大爱。

后来，一传十，十传百，天下人都知道我们当地的鹅块曾救过天子的性命，固始美味鹅块闻名遐迩，走出了固始，走出了河南，固始鹅块甲中州。

这就是千里送鹅毛，礼轻情意重的典故由来。

山气日夕佳，飞鸟相与还。归途中，听到固始广播电台一位女播音，正声情并茂地朗诵：

> 千里鹅毛传深情，
> 如今白鹅天下行。
> 有口能品汉鹅块，
> 莫忘老家在蓼城。

也许这些故事是善意文人杜撰的传说，也许是真有其事。总之，我们当地因为回族群众的汉鹅块而闻名遐迩，也的确有"固始鹅块甲中州"之说。

4

岁末年底传统隆重而盛大的节日即是过大年，大年即是春节。过大年也即是祭祀先人、犒劳自己、孝敬长辈之意。是走亲访友联络感情，亲人们团聚的日子。此时不论离家多远的国内、海外游子听到年的召唤，想起难舍的故土，白发的老母期待的目光，心中都会汩汩滔滔涌起万般不舍情愫，归心似箭殷殷渴盼早日踏上回家过年之路。

年是我们古老中华民族的传统节日。各地过年风俗饮食习惯不同。南方喜欢吃米饭，北方喜欢吃饺子，西南部分省市喜欢打年糕，我们这里属于河南的南部，湖北的北部，古代属于楚国。楚相孙叔敖期思治水，就在我们这里。各地风俗不同，中原过年喜欢蒸包子送给亲友，有送福纳祥之意。我们当地的包子以馅取胜，包子馅成分主要有肉末，炒熟的鸡蛋，有的还加有自家炼制的动物油的油渣子。自然味道尤为鲜美，令人垂涎三尺、欲罢不能、回味无穷。

谁家包子馅味道鲜美，几乎就决定了包子的质量好坏。同时也比出了谁家媳妇俊俏美丑。每逢年节各家俊俏的巧媳妇们在有经验的婆婆妈妈长辈们的指导下，都在为蒸包子备料而忙碌。大家都在暗中较劲，使出浑身解数，做出自己的手艺绝活。切葱，剥蒜，煮豆腐，拌粉条，剁肉馅，炒鸡蛋等忙得脚不沾地，不亦乐乎。

馍、蒸包子的关键是发酵面粉。蒸馍的面粉需要用自己酿制的原汁原味，醪糟醇厚的小米酒作为酵母菌发酵酿制的馒头，吃到嘴里才可口香甜。否则包子蒸熟后口感不好，不香甜，味同嚼蜡。

其次，包子馅炒制工艺要好，味道要香。同时，包子制作时要皮薄馅多，一口咬下去全是香喷喷的馅。包子的花形工艺纹理也要好看。食色性也。每个包子个头大小要均匀，包子花型折子捏得要密要细大小匀称给人以美感。以前婆婆告诉我每个包子皮上皱褶大约十七个。这样做出来的包子花型如一枚五分老式硬币，圆圆凸凸的，饱满密实美观。

我在妯娌里偏小，上面有两个能干的嫂嫂帮助婆婆干活，加之我小时候生活在更南部地方，吃的是米饭，做不好面食。时常笨手笨脚的帮倒忙，老是出错，婆婆一直疼爱我，担心我包馍的手工活计笨拙生疏露出破绽，怕嫂嫂们看不上。于是每次安排我到厨房生火蒸笼。

生火是个好差事，冬天看到柴火燃起的火苗在锅焋里噼啪燃烧升腾，似

乎看到来年幸福生活的远景，看到新的希望。借此机会取暖发呆臆想，上下五千年，纵横捭阖、驰骋想象。想象火种的由来，据说是普罗米修斯盗得火种。常常在蒸馍中偷得浮生半日闲，逍遥殆惰，发一些无用文人的叹息。

最后一道工序是装馅上蒸笼，先大火，再小火，慢慢蒸熟、蒸透。大约十五分钟以后方能出锅，新鲜出笼的包子如刚出浴的美女，白胖娇嫩肥美，男人会放下手中一切活计拿起包子仔细端详，捧在手上怕摔了，含在嘴里怕化了。那种不舍之情令人羡慕。也许是想起家里媳妇年轻时的俊俏模样，也许是痴爱徜徉憧憬酣畅淋漓地勾画未来的幸福生活宏图远景，我似乎看到了男人们心潮澎湃，眼里漾出的盈盈水光，徜徉驰骋充满无数幸福遐思。包子端来满室生香，老人们露出惬意幸福的笑脸，小孩儿们更是如小鸟叽叽喳喳，欢呼雀跃，争相品尝，口舌生香，大快朵颐。

回味经往，粗略算来，人过中年走过了南北西东，品尝了各地美食。由于对包子的偏爱，所以对包子观察甄别也细腻一些。以前老人们由于战乱贫穷导致生活困难，怀着对美好生活的憧憬向往，喜欢在包子馅里放上一枚硬币说是若谁吃到了，来年会发财会有好运呈祥，寄予老人们的厚望。我们当时年纪小也蛮有兴致，吃得小心翼翼，细嚼慢咽，生怕错过好时机，把硬币咽到肚里，希望自己是中彩的那一位。要是哪个孩子大叫着中奖般从口中吐出一枚硬币，我们立刻有种沮丧懈怠嫉妒酸楚五味杂陈情绪，幼稚地感觉老天对自己不公，为何好事儿都给了别人，自己忙前忙后结果竹篮子打水一场空。

于是人们不再在包子里放上钱币。相距十里地，各处一乡风。南甜北辣饮食习惯各不同。综合感觉各地包子皆有其特色，驰名中外的天津狗不理包子肉多，扬州小笼包子汤味鲜美，西安的包子面点发酵得特别筋道，西安的biang biang面（字典中也未收入该字），俗称裤腰带面味道好极了。

5

西北新疆维吾尔自治区的馕工艺更是特殊，是维吾尔族人的最爱，走到哪里携带到哪里。其实各地少数民族的美食还有很多，比如内蒙古的烤全羊、酥油茶、青稞酒。黔西南少数民族喜食虫子、蚱蜢、蝉、知了，不再一一赘述。

期待未来我能继续深探广袤大地的花样美食，增进人生体验，在美食中体察到不同的人生感悟。

我的回族公公婆婆

二十多年前，我作为汉族姑娘嫁了回族的老公。结婚后自然要和回族的公公婆婆相处多年，生活中的点点滴滴时常萦绕在我心中。如今我的公公婆婆已相继去世，但我始终觉得应该写一写他们。公公婆婆生前经营一种小鱼汤在我们这里很有名气。后来他们晚年不经营了，家中子女因皆有工作单位，无人继承鱼汤生意，以至于中央电视台《味道》节目组来我县拍名优小吃，"呼啦汤"作为我县的十大特色的名优小吃被别人传承了而上了中央电视台。好多人还替我们家惋惜呢！

人说：嫁啥随啥。进了回族家门，自然许多生活习性都需改变。首先我的婆家住在三街，三街是我县的回民一条街，里面住的大多都是回民。他们性格刚烈、精诚团结。虽然也时常发生内讧，但那属于室内操戈，只要是和其他民族发生了矛盾械斗，他们立刻会放下内讧，一致对外。

回族信奉的是伊斯兰教。我的婆婆待我很好，专门为我买鸡、买鸭、买鱼，买鹅块等，生活照顾得很周到。

我的公公婆婆生前在县城张家街口做一种小鱼汤，俗称"呼啦汤"的生意。我婆家的"呼啦汤"与开封等地的"胡辣汤"是有区别的；开封等地的"胡辣汤"是以胡椒粉、五香粉为主要原料，因此味道浓烈，故而称为"胡辣汤"。而我公公家的小鱼汤，我认为应该叫"呼啦汤"，即喝在嘴里呼啦滚烫之意。公公家的汤用的是鹅汤作为汤料。曾经在公公的汤棚下有个卖鹅块子的，他依着公公的汤棚卖鹅块子。喝汤的人多，故而吃鹅块子的人亦多，所以他们的生意尤为红火。同时不知为何，税务上的人员收我公公家的汤税，而不收卖鹅块子的税，所以卖鹅块子的非常感激我公公婆婆。由于生意好他卖的鹅块子多，所以煮的汤用不了，每天就让我婆婆提回来做"呼啦汤"的汤料了。

好吃不过鹅肉。用鹅块子的汤做底汤，公公家的呼啦汤自然鲜美无比。

公公家的汤之所以好喝，还有一个秘诀——放面筋泡。每天需要将面揉成一大团，然后再一点点地在水里洗大面团，洗到最后只剩下一点点稠的，俗称面筋，这是一个烦琐的力气活。每天将这样一个四十斤重的大面团，放进水里如搓衣服般慢慢地搓洗，洗的稀面水用作第二天打汤用。据我老公说，他当年上高中时每天中午放学后，还要帮助家人揉一袋将近四十斤的白面，将面揉成团后，下午才能去上学。这需要超大力气。老公笑说：因此练就了手力。他的手超大无比，力气也大；以至于没有同学敢和他扳手腕子。通过慢慢揉搓，洗到最后手里剩下的半透明胶状的半固体，就是面筋了。将油烧滚，把面筋揪一点点，扔进油锅，面筋球会迅速被烫成一个圆泡状的小球，经滚油一炸便浮在油上，如汤圆那么大，俗称"面筋泡子"。

每天婆婆家要炸许许多多的面筋泡子，同时还要炸一些小鱼小虾，留作第二天卖汤用。再摊一些薄薄的鸡蛋皮，切得细细的，都备作汤料用。清晨公公婆婆以及雇用的人都早早上街，在汤棚下把桌椅板凳摆好，把做好的汤从家里挑到街上，再用一个煤火炉子加热；有客人来了，公公就盛碗汤，然后再将面筋、小鱼小虾、鸡蛋皮之类放在汤上面，味道鲜美，回味无穷。一传十，十传百，公公家的汤闻名遐迩，生意兴隆，每天来喝汤的人络绎不绝。公公家当时是八十年代的万元户，先富起来的一部分人。依靠鱼汤，他供养了两位大学生；在我老公上大学三年级的时候，他的弟弟又考上了大学。在当时作为一个普通的工薪阶层的家庭，若要想同时供养两位大学生，日子是捉襟见肘的。而公公在供养两位大学生的同时，还盖起了三间两层的楼房，在当时的三街很是气派！

我的公公长得胖胖的，火红的脸，对每位来喝汤的人无论大小均和蔼可亲。我有一位同事经常喝我公公的汤，曾和我说："你的公公性格一定很好吧！平时在街上他见人总是笑眯眯的。"其实人的性格是多角度的。公公可能缘于每天在街上卖汤很累很辛苦，操劳到下午很晚才能收工回家，抑或是他本身性格火暴等原因，因此他特别暴躁，常常一触即发；回到家里和外面判若两人，芝麻丁点的小事都能惹他发脾气。他曾经在发火时把一个铝制的勺把子在手里拍成两半截，令我等恐怖极了。曾经每当我下班回家快进门的时候，只要听到公公在院子里发火，我立刻腿直发颤，心如针扎般的难受。当时特别害怕，唯恐自己哪里又做错了，会触犯公公发脾气。那时候单位也没有给我们分配住房，我们只好蜗居在公公家。

婆婆因为父母双亡于七岁时作为童养媳来公公家的。如今想来婆婆和公公亦应是青梅竹马，两小无猜，感情甚笃的。尤其婆婆长得浓眉大眼，眉心还有一颗硕大的黑痣，应叫美人痣之类的。她的几位子女中唯有我的老公即她的三儿子特别像她，因此我的老公无论走在哪里都会被称为大帅哥。婆婆长得不高不矮，身材瘦削，在如今看来应该属于大美人；但是公公看不起婆婆，公公长得胖，那时在物资匮乏的年代，人们的审美观念是以胖为美，公公自认为自己是美男，经常辱骂训斥婆婆。婆婆时常挨打受气，同时公公以婆婆没有娘家，即他没有岳父家走动为由，亦常轻慢婆婆。因此，婆婆是个很可怜的女性，她心直口快，心地善良。她七岁作为童养媳来到婆家的时候，公公还有一大帮小弟小妹都是我婆婆协助带大的。

婆婆很聪明，她没有进过学堂读过书，目不识丁。但是做鱼汤生意上的账，她都能每笔记在心里，从不差半点分文，有时公公打点马虎，留点私房钱她都心如明镜似的能算得清清楚楚，想来当年婆婆家是做生意的。在当时大学又是那么难考的情况下，婆婆能有两个孩子考上大学，可能亦与婆婆的智商有关。

婆婆记忆力好，过目不忘。记得我搬了新家以后，当时道路正在拆迁；有天晚上，公公和婆婆来看望我们，公公都迷路了，但是婆婆却记得很准确，直接找到我家。

我和婆婆的关系尤其好，我的母亲是中学校长，知书达理，但是我婆婆却目不识丁，许多人都不明了我如何能跟婆婆处好。

人是需要以心换心的。我一直同情婆婆是童养媳，公公心粗且脾气坏，婆婆一辈子也没能享福，所以我对婆婆特别尊重，每有好吃好穿的我总会给她买一点。因此她对我也尤其好。她没有直呼过我的名字，从来对我的称呼都是在我名字的最后一个字前加一个"俺"字，即俺燕子长俺燕子短的。

后来我做了单位的妇联主任，我在给单位的女同志开会的时候反复强调要处理好婆媳关系，处理好与夫家一切关系，关系处理好了也就等于事业成功了一半。

公公婆婆一共有6位子女，均生活幸福安康，尤其是公公的孙子辈，个个都考上了理想的大学，生活富足安定。公公婆婆相继在80岁左右的时候患癌症去世了，在他们患病期间，子女们都很孝顺，轮流日夜守候，在我去看望婆婆的时候，婆婆总是殷殷地在病床上说，你工作那么忙还来看我……

每当我想起这些，总会潸然泪下。如今公公婆婆均葬在南山头回族墓

地，每当他们的祭日，我们作为小辈的都去祭拜，公公婆婆我真的很想念你们！

再说到回族小吃。作为元代之后才形成的民族，回族之所以多做小吃生意，主要因为小吃饮食资金费用少，做起来方便，小本资金容易回笼的缘故。婆婆很喜欢做面点美食且花样翻新。回族制作的"酥角子""萝卜窝"一甜一咸，工艺繁复，上榜中央电视台"舌尖上的中国"节目，不再赘述。

回民还有一个独家绝活叫炸"香七"，也叫"香七"，没有细探究到底是哪两个字，就用"香七"代替吧。"香七"是回族人家里有重大红白喜丧事或者年节祭祀祖先时做的一道面点。

先把干面放在盆里，然后浇上开水将面烫透。然后稍微凉一下即可将面和匀团作圆形饼，大小如巴掌大。然后放入油锅里面炸。待两面焦黄熟透即可捞起。在炸制过程中，婆婆要让我离开炉灶，说是汉人在厨房里面，回祖先会忌讳不高兴。这时炸出的香七会不凸、不空心，自然也不好吃。我听后粲然哂笑。心想祖先哪里有那么多的讲究，不过是回族人因为民族弱小，怕汉人欺负，自我编排一些故事，善意欺骗慰藉先人罢了。

自然这些小心思都是藏在我心里秘密，万不可在婆婆面前泄露，否则会挨骂的。"香七"做好后，趁热送给回族亲朋好友，猜想大概大家也是借此联络感情答谢之意吧！

九华情韵

在固始的南部山区，有一处名叫九华山的旅游胜地。每当听到人们谈起它，我都会为它的九弯九岭，茂林修竹，悬崖峭壁，飞泉流瀑的美景所陶醉，常常梦绕情牵。九月底我去了九华山。

秋天的九华山天高云淡，薄雾轻笼宛如美女出浴。一道道美景渐次映入眼帘；山路蜿蜒，山势峻峭，汽车逶迤前行。碧绿的茶山，苍翠的毛竹园依稀可见。环顾群山，峰峦叠翠，鹰鸣幽谷；再往南部山脚看去，长江河如银带一般缠绕其间。两年前这里开展了长江河漂流活动，一漂漂两省，沿河两岸，风光旖旎，大批的游客络绎不绝。如今已是晚秋，这里水流淙淙，落英缤纷，美丽的景色如诗如画，令人陶醉。浮想联翩的我不禁想起了长江三峡的虎啸猿啼，想起了桂林漓江的九马画山。

汽车到了山顶，巍峨的妙高禅寺矗立在我们的面前。沿着六百六十六级台阶拾级而上，踏进庙门，院中两座偌大的香炉，经年禅香缭绕；院中的柿子树上，成熟的柿子挂满枝头；进了大殿，迎面两尊大佛金碧辉煌；殿两边，立着八尊大佛，栩栩如生。

离开寺院西行，不远处有一座庵叫"鹿鸣庵"，建得纤小玲珑，景观秀丽。这里住的都是尼姑，于是我便问道："有位昌霞师父也住在此对吗？"一位老尼双手合十地说："阿弥陀佛！昌霞师父已在几年前圆寂了……"

小时候我家住在一个小山村里，那时候昌霞师傅30来岁，在一个叫纠藤的庵里当尼姑。当时庵里一共住了三位女尼，数昌霞师傅长得漂亮。她高高的个子，身材修长，皮肤白皙，五官雅致；剃个光头，头皮上烙有三排九个戒痕。穿一袭黑色的尼衣，颇为肃穆。

据说昌霞师傅小时候被坏人伤害过，一气之下便削发为尼。真是"二八花季正年华，蓓蕾遭残捐作袈。四大皆空常守月，化作庵尼字昌霞"。

我们沿着山道行走，两边美景如诗如画，令人陶醉。真是车在山间行，

人在画中走。我们终于来到了九华山茶场，为了响应上级大力推广信阳红的号召，茶场在绿茶的基础上还制作了红茶，味道淡雅，适宜广大爱美女士养颜美容之用。场长舒学昌，经过多年辛苦打拼，已成功创业。他向我们介绍了九华山的茶经、茶道和茶史。已成立了茶艺馆，培训了茶艺表演姑娘，为海内外来宾谈茶经、诵茶道、表演茶艺的精彩。以后不仅仅做茶业品牌，还要做大做强旅游业，把西九华打造成我县的亮点名片。

经过一天一夜的休整，我们个个精神饱满地踏上了归途。正当我们的车发动之时，忽听有人吟道："九月峰岚美，登攀揽九华。云穿群岭过，泉挂众嶂涯。山酿千房蜜，瀑开百结花。鸟鸣催雅兴，花红映丹霞。"我连赞好诗的话还未说完，又有人和道："千年古柏意昂扬，荫庇山寺佛满堂。沐雨栉风筋骨健，清心寡欲地天长。"

看来今天又有一批诗人前来采风。这里就是这样，经常有大批的文人骚客旅游观光、赋诗留影，丝丝缕缕，我们不禁对西九华生出万种情韵和情愫。

再见了美丽的西九华，有空我们还会常来的。

写意黄柏山

　　黄柏山是国家级森林公园，地处大别山北麓，是灌河的发源地，长江和淮河的分水岭，物种多样，植被丰厚，山色随四季变化，有无穷遐想之美。我尤爱黄柏山的春，选择一个地方和角度，仰视或俯瞰，杂花生树，万木峥嵘，古树苍苍，新枝滴翠，一树树鲜花，如野山桃、紫薇、杏子、茶花等，怒放盛开，大团大团，灿若云霞；最是动人的，还是杜鹃花，无论它开在山巅、悬崖，树丛、溪边，你一眼就能看见它；看见它，你顷刻便被感染，无端的感染，或者为着那水艳，或者为着那火一样热烈，诗一样的纯美，甚至还有那么一些些痴情和疯癫。最美人间四月天，兴许就为着这映山红吧。黄柏山的映山红，痴情，疯癫。几位文友相约，说走就走！

　　黄柏山原名黄檗山。黄檗是一种中药材，有清热解毒之效。据说是为了旅游景点的历史文化什么的，改称黄柏山。我猜想，原因很简单，黄檗山的"檗"字不好认，瞎猜瞎读也蒙不对，你想想，一个旅游景点你都叫不上名字，多碍事，多扫兴。本来"檗"这个字读音就念"柏"，改"黄檗山"为"黄柏山"，真是聪明至极，又顺理成章。黄柏山国家森林公园景区包括法眼寺、李贽书院、千年古银杏、小界岭、小林海、迎客松、息影塔等景点。传说明代中期杰出的思想家、文学家李贽是无念禅师的好友，往来黄柏山，修行讲学于花潭书院。李贽于明万历五年（1577）调任云南姚安府知府，因厌恶官场生活，于万历九年（1581）辞官，到湖北黄安讲学。次年迁居湖北麻城芝佛院。麻城与商城很近，因此他也常到黄柏山花潭书院游历讲学。距今已四百多年，古建筑修葺一新。书院的门前立有几棵古银杏，高大葳蕤，风华绝代，树上挂有牌子，详细记载了树的年轮，而银杏树绿荫如盖，似在无声地叙述这人间四百多年的历史沧桑。走近看，上面有李贽的"洗心千涧水，濯足温泉宫"的诗句。那么也就是说，这位筋骨且干净的文人是去过了不远处的汤泉池了，并在那里洗心也洗脚了。

　　去年暮春时节曾和朋友邀约登上黄柏山，为黄柏山的美景所陶醉，也到了"温泉宫""濯足"，未遇见李贽，也未知哪里是他用过的池子，只是人多，大家欢声笑语，哂笑打趣不间断，古诗打油飘满山，甚至未对这灵山秀水怀了感慨和情绪，就那样来了，又去了。而今年，还是一行数人，还是原来的路径和旅程，内心却有了颤动和细致，就像我来并非"说走就走"，而是如约的"计划"，而这"如约的计划"为着谁呢？是为着一个人呢，还是为着一本书，一篇文字，一首诗？再想，竟是有关黄柏山的一份情感纠葛了。它是真切的，又是虚构的，身边的溪流，瓣瓣落英，伸手进去，就撩起珠玉般的水点和花香，就像私密的爱、记忆或情感，稍有触动，便清香扑鼻，溢满心间。

　　就在这个时候，一个人走过来，他是一个采药的山民，刚刚下山，来贩卖他刚刚采挖的野生木耳和一些中草药。野生木耳比我们日常生活中，在街上买的木耳要大，肉厚且黑，就像是煮好了的，看着就有食欲，就想吃。除了木耳，我还见到有一种中药，叫"七叶一枝花"，有一年我母亲养病期间用过它，记得它有败毒抗癌、镇咳平喘、消肿止痛、清热定惊的功效。而且你听这名字：七叶一枝花，就有形姿之美，神奇之美！同行的一位医生朋友蹲下身，细心地数数叶片，笑着说这是九片叶啊！我担心地问，采药是否违法？答曰，国家允许。于是，我按照山民的报价，悉数购买。收了钱的山民露出舒心的笑容，语速轻快地和我们攀谈起来，纵然他的方言我听起来有些费劲吃力，但我还是竭力认真地倾听，并紧盯着他的口型，意会猜测他说的每句话的原意。得知他其实也是一个见多识广的人，走南闯北在外打工二十年，近年回来主要是因为尽孝，老母亲年纪大了。听了他的叙述，心生敬意，我买下他山货的钱，他会转而给他母亲买些什么好吃的呢？生活诗意，就像满山的花朵，诗人和诗歌，就像对母亲的孝敬，就像爱慕、思念、牵挂；生活实际，就像眼前这个山民和他的山货，以及他刚才数钱的喜悦。

　　转过脸来，依然是黄柏山满山的杜鹃花，一株株，一簇簇，随意生长在石缝缝隙处，崖壁上，山涧，泽畔，红的似火，烈的像霞；横空出世，旁逸斜出。有人立在花边拍照，笑靥如花；有人站在花中，花由人衬，乃至我们一行人也身不由己，手舞足蹈，意兴湍飞……我发现，只有我，已远远落在了他们的后面，仿佛心事重重，仿佛充满遥思。

　　我想明年，也许我会带着我的裙子，长裙，一袭，一个人来，看黄柏山，看映山红。

　　曾读过一位诗人在游了黄柏山之后，写下了醉步踉跄的诗句，一山风景与情怀，千回百转，一嗟三叹，果然让我有了读你千遍也不厌倦的感慨！若再度相逢，与山相逢，与花相逢，与你相逢，虽不饮酒，我也要醉，醉它一次，难得的一次情感的癫狂和踉跄，踉踉跄跄……

寄情山水间

　　无数次从电视画面上看到过华阳大佛山的安详仪态，山势如卧佛，温润平和。我神往已久。上周末，一行文友的带领下，我终于完成一次纵情恣意、寄情山水之旅。

　　在电视中看到的华阳大佛山，风光旖旎，碧绿的茶树，挺拔的毛竹，苍劲的松柏，潺潺的溪流，啁啾的鸟鸣，不禁让人想起山行，石径，晨曦，朝露，鸟鸣，春涧。切身实地来到大佛山，更觉大自然的鬼斧神工、钟灵毓秀。仄身山间，登上武庙华阳大佛山黄岭茶厂，嗅着茶香，铺满花径，谒拜大佛的神韵，观赏大佛山瑰丽多姿的美景，探究大自然的神奇造化，这一切令我心驰神醉。

　　华阳大佛山，自古以来是兵家要隘，文人墨客聚集的地方。迤逦、踢踏、婉约，寄情山水间，是古代文人雅士热爱的一项活动。

　　游历感知万物生长灵性，感受大自然馈赠的如画风景，徐霞客、李白都是游记、写景高手。左天都，右莲花，被倚玉屏风。海客谈瀛洲烟涛微茫信难求，越人语天姥，云霓明灭或可睹。这些千古佳句都是长期游历山川，睹物思人，幻化明灭，云霞灿烂，苍松翠柏，江水奇绝，如画风景看得多了，成竹于胸，了然于心，方能写下鸿篇巨制、千古绝唱。

　　游历需有一种心境。山水有情，才子们与山水有缘，懂得生灵万物生长发育的规律，因而可以触景生情，妙笔生花。

　　江水滔滔，浩浩汤汤。才子词人纵情山水，才能孕育出诗词歌赋，长歌短句，信手拈来，上下五千年历史文明，纵横捭阖，信马由缰，收放自如。而自己腹中空空，知识匮乏、捉襟见肘，写出来的文字自然干瘪、拗口，不堪卒读。

　　这就需要我们培养历练一种平和心态，对世界万物豁达的认知态度以及考验我们对文字的驾驭能力。文学需要交流、碰撞，读万卷书，行万里路，方能写出悠远、深邃的文字。

人们在日常琐碎平庸的生活中，需要将内心对自然和自由的渴望变成一次毫无理由的率真的出走、出逃，甚或私奔，就像这一次纵情恣意于武庙华阳大佛山黄岭茶场的青山绿水中，我们是临时动议而不能拒绝的集体出走，原来是一个愿望，现在是一个行动。县作协，县散文学会组织了一次去黄岭茶厂采风活动，这么一群人抛开了一切，实现了一次发自肺腑的，愉悦身心的说走就走的旅行！

人啊，多是身不由己。为了生活的负累，奔波劳碌，长期加班加点地工作，慢慢地自己变成了一台只会工作的机器。尤其是当今女性，她们用柔弱的双肩和男士联袂担负起养家糊口的责任，付出超常的代价，心路历程几多疲惫，外人看到的光鲜亮丽仅是一个侧面。长此以往，再美丽的女人也如一具空壳，徒有其表，而无俏皮、鲜活、灵动、飘逸、高雅之感。

长期把自己的内心世界包裹起来，慢慢变得庸俗、伪善。在夹缝中求生存，忘记了做人的风骨，更忘记了女人是水做的道理。不懂得遵从内心深处最原始的欲望亲近自然，放松身心。而一旦重归自然，无论男女都回归到人的本真，个个变了，变得轻松自然，鲜活灵动。

小说家w君是我们这行人中领军人物。文字简洁、大气，唯美、灵动、飘逸。其小说多次获得大奖，被选为高考模拟试题。

修养极好的他平时喜欢多听少说，聚会时任由我们你方唱罢我登场，争先恐后，叽叽喳喳地说个不停。不想此次登山他也变了，变得侃侃而谈，品茗饮茶，谈茶经，论茶道，发古人之幽思，慷慨、激越，昂扬、向上，活力四射。

其实w老师有些恐高症，人分有恐水、恐山等症状。这些都是飞行员所忌讳的。属于身体平衡机能上的一些小毛病。我有些恐水。每每遇到河流湍急，蹚水过河，抑或是驻足观看水中的景物，波光粼粼晃动摇曳的画面，不一会儿我就有些眩晕、心悸。w老师也应是这种感觉吧！

另一位心思缜密的z诗人，生活阅历的坎坷，诗人特有的敏感气质，使她无法敞开心扉、推心置腹地与人交谈。矜持、腼腆、拘谨一直写在她的脸上。

她是一位在田畈区长大的女子，没有太多的山川游历的经历。诗人的浪漫情怀，使她独具慧眼，一草一木，一枝一叶她都感到新奇有趣。小花小草，山泉露珠，莺啼鸟鸣，清风阳光，都会引起她驻足观赏。花前留影，

与花争艳，绿肥红瘦，姹紫嫣红终于让她露出舒心、愉快的笑容，疲惫的身心得以缓解释放。

山间的美景洗去了她昨日的征尘，看着她踯躅徘徊、流连忘返，笑靥如花的样子，我远远地立在后面，驻足凝视观赏了很久很久……

其实，从梦想到实现之间的距离，从缠绕到摆脱的过程，竟是这样顺利简单。我们无数次计划到果然出走的行动，然而我们每个人又都沉溺于自己庸常的生活。今天我们终于摆脱困境，毅然决然地走出来了，为自己喝彩，为大家鼓掌。此行的放松游历使大家挣脱了心灵的枷锁羁绊，扫除心理污垢，换来了一个清雅、淡定的好心情。

走出后的我们身心得以彻底放松，回归于本真。每个人都表现出不同于日常生活的样子，或者在工作和生活中完全不一样的行为举止，仿佛我们又从成年人变回到了孩子，从一个平常的俗人变成了诗人，从作假变得真实。没有了面具，卸下了伪装，人在自然中恢复了本性，一次挣脱，一次释放。于是想到我们原有的青春梦想在什么时候丢失了？丢失在哪里？

我们的自由和心什么时候变得庸俗，牵强、附会，胆怯。甚至去游历一次并不遥远的山里，也瞻前顾后变得困难重重。自然面前才映照了自己一直以来的卑怯，衰老，木讷，迟钝。

长期生活的城市空间，安全，安逸，方便，设施齐备，现代化，应有尽有，但无意中也会被幸福囚禁。大自然突然成为诱惑，就像我们在禁锢的房子里望着窗外的风景，在食物中相见了原野及在自来水流淌的声音中想到了远方的河流，迷人，闪烁光芒，波光潋滟。

如今，畅游在华阳大佛山，仿佛无端，毫无理由，原来出走甚或出逃不过是此时此刻仅仅要你轻轻抬起脚来，跨过门槛，去到天空下，太阳下，自然里就是这么简单，简单得自己都不敢相信，就像我们此时就站在大佛山上，已忘记过去。就像我们在黄岭茶厂的品茶，沉浸在自然的原生态的绿色茶香里，全身心的安逸，享受，熨帖，微醉。

极目远眺，我似乎看到了大漠孤烟，长河落日，落霞孤鹜，长天一色。松下童子，采药山中，韩愈、贾岛推推敲敲；听到了古代战场千年激越，马嘶奔腾，喝喝萧萧。

穿越千年，回到现实，看见鸟儿，听见了溪流，魅惑的风扇动着翅膀，恣意妄为地四处传递情感，马牛纷纷携着自己漂亮的婆姨深情款款，任意徜徉驰骋在春天的爱河里，秘密恋爱，繁衍子孙，传宗接代，于是有了风马牛不相及的成语典故。

花蝴蝶头上戴着一顶太阳帽，穿着杏花短袖，蕾丝花边的上衣，缤纷飞舞，谈情说爱；小蜜蜂在花丛中自由飞翔采花酿蜜；树上的花喜鹊构筑了鸟巢，鸟父母为了保卫儿女平安时刻准备与其他毒蛇之类的敌人战斗。

抑或是我想象中都应该有，只是那天遗憾没看见挂在树梢上鸟巢里的鸟蛋，是否被哪个邻家少年爬上去给掏空了，村里的毛头少年们是否在树下聚集，窥视、逡巡、盘桓、流连……

人睡在鸟巢里可以看见星星和月亮，这是诗人的语言。大自然从来都是无私奉献的，我们来不来它都葱郁着，美丽着，喧闹着，仿佛随时恭候着各位的大驾光临，而我们在无意中辜负了它，因此若不来，山水也缺憾，风景也寂寞。

此次走进大自然也是发现大自然，发现自己，我愿做自然的女儿。其实，我就是大自然的女儿，大自然鬼斧神工的美景如仓央嘉措的情诗，你来，或者不来，我就在那里等你。

即使种种原因，我必须回到我生活的城市，回到我在城市中的家，但我也把心留下。也许梦想的距离，可能是大地到天空的距离，可能是从心到脚步的距离，也有可能就像我们一行，不过是从县城到大佛山的距离……

我想成为那里的一棵树

一

不止一次来"思乡缘"了。

奔着它的田园风光来，奔着它的花木瓜果来，奔着它的香气来，奔着它的甜蜜来，既无思乡的追怀，也无情缘的由来。我的眼神只绚烂在一花一叶，我的感受只甜醉在一瓜一果，从没完整地纵览或眺望一次它的参差，繁华，格致，全貌，甚至没打算去深入它充满梦想和诗意的山水，丘陵，大地，岗坡。

就这样，悠闲，或者匆急，来了，或者去了，觉得，我不过在它的外面，从没真正进入它的内部。就像我至今没有为它挖一锹土，播一粒种，栽一棵树，没有为任何一棵树浇水，施肥，剪枝，也没躬身亲近那些泥土，感受一下它的坚硬和柔软，湿润和温热。

因此"思乡缘"，一座上万亩的现代化农业生态示范园的命名，我至今不知道这"思乡"包含了怎样的思念和乡情？也不知道里面又藏了怎样一个"缘"字？

天缘？地缘？机缘？因缘？心缘？情缘？

你只有把双脚真实地踏在这片土地上，用手深情抚摩那些花草树木果实，倾听这片土地的垦荒者、创业者、建设者，给你讲述季节、风雨、栽种、收获、希望、欣喜、焦虑和苦闷，你才能看清泥土的颜色，叶子的经脉，流水的方向，果实的汁液。

那么我们来认识一个人，他叫王志勇，而在认识他之前，我们需要一个比喻。

"思乡缘"位于大别山北麓不远处的固始县赵岗乡，这里土壤贫瘠，土质极差，原始荒凉，多年来都是一片不毛之地，村民们就把它用来作为丧葬之地。因此这片荒凉之地，我们完全可以称它为"死地"，死亡之地，但我更想把它比喻成"死海"，死亡之海。而现在，这片死亡之海正在醒来，复活，焕发生机，坡坡岭岭，山山水水都涌动着激情潮、激荡起创业潮，涨满了生命潮。大潮之上，是一艘加足了马力的现代农业巨轮。载着乡亲们，载着热血和汗水镀亮的梦想和愿景，开往繁花的新春，开往丰硕的金秋，开向未来小康生活富庶的彼岸。

王志勇就是这艘巨轮的船长，掌舵人。

二

2010年，固始外出创业成功人士王志勇，带着他梦想的种子，返回故里，开垦拓荒，耕耘撒播，种出了一片生命的翠绿，打造了现代化的河南省固始县赵岗乡万亩农业生态园。

在这里，你会看到，山山青翠欲滴，坡坡生命跃动，古老土地已经翻新，死亡之海重新复苏，我们分不清阳光里盛开绽放的是鲜花还是浪花，在暖风中摇曳喧闹的是绿叶还是波涛。你走进它，深入它，便知道，我们内心如海的鼓荡和蓬勃，欢乐和激动，其实它来自每一棵植物，它们是一些花草、庄稼，是花生、芝麻，是无边际的树木，是那些年轻的桃树、橘树、樱桃、桂花、冬枣、合欢、樱花、紫薇、玉兰、桑树、槐树、水杉、香樟、板栗、冬青、扶桑、银杏、木瓜、合欢、皂荚、红叶石楠……

微风轻扬，仿若琴瑟和鸣；窸窸窣窣，目光斑驳陆离；婆娑起舞，是树恣意地展开；摇曳生姿，是梦里风情万种的女子，在我们身前，在我们身后，在我们一侧，在我们低眉之间，在我们瞭望之时，她是那般款款碎步，楚楚可怜，衣袂翩翩，裙裾飞扬，逶迤婉约，踢踏起舞，根系相连，叶脉相通，美目盼兮，巧笑倩兮，仿佛有几回，那伸出的枝丫若纤纤玉手，来牵动你的衣襟，撩动你的相思，唤起你的乡情。

是的，几年前，这里还是另外一番情景：荒山野岭，沟壑纵横，野藜荆棘丛生，到处都是坟茔；雾霾天气，淫雨霏霏，阴风怒号，仿如人间鬼域。是的，这是一个奇迹，一个神话。即使是奇迹，是神话，也没人会想到那个叫王志勇的人会如此神通广大，转眼托给你一个新世界：春来一山花，夏去一山绿，秋到一山果，冬至一山红。

一个诗世界，一个画世界。

而实际中的王志勇，普通而平凡，他的激情，或者梦想，开始的时候，

其目标并没有我们想象的那么高远、广大，也没有那些所谓的救世济人的英雄情结和神通。他只知道，一切都需要从零开始：考察，勘验，探讨，论证，计算，谋划，谈判，合同，筹资，招聘；然后弯下身子，开挖第一锹泥土，打下第一个界桩，修建第一条道路，深翻第一垄田地，播下第一粒种子，栽植第一棵树；然后是季节中漫长的等待，亲眼看着长出第一叶嫩芽，第一片绿叶，第一瓣花朵，第一粒果实……那些植物有高大的，有小巧的，有粗粝的，有玲珑的；那些花果有艳丽的，有繁复的，有光润的，有坚实的，它们各自都展示出迷人的姿态，吐露出醉人的甜美，让人想到，这既是上帝的赐予，也是创业者汗水的结晶，劳动者辛勤的回报。

这是物质世界的姿态，也是精神世界的丰富，现在由一个人转化为大地上的春华秋实，妖娆呈现，又由花草果木赋予一个人情感的姹紫嫣红，精神的丰美富饶。穷则独善其身，达则兼济天下。我们由此看到，王志勇创业之初，其财富梦想和回报家乡的原动力、原始力、驱动力，经过几年的风雨历程，务实运作，他收获了希望，也开阔了眼界，就像那些树，在发芽之后，成长之后，开花之后，结果之后，季节的轮回，土地上的劳作，已经朝着天空生长广阔浩大的人生理想。回头看，一切都是过程，而非结果，正是这个过程，提升了王志勇的眼光、胸怀、境界、审美、判断、行为、能力，他把生态园命名为"思乡缘"，他想成为故乡的大地之子，他想成为故乡血缘脉缘情缘心缘牵系的感恩之子。

三

我再一次去的时候，在今年初夏，作家们去采风，刚刚经过一场雨水的洗礼，通往生态园的道路两边落英缤纷，一地姹紫嫣红，像是铺了鲜花的地毯。车子刚转过山边，就看到了一口方塘，塘中种植有莲藕，一池莲叶照碧水，红白荷花亭亭立，天光云影，流连徘徊。一朵朵出淤泥而不染的高洁荷花，映衬着汗流浃背，疲惫不堪的我，膝盖旧疾隐隐作痛，步履维艰缓缓前行。羞与荷花争妍媲美，不敢驻足拍照留影，静静思考：江南可采莲，莲叶何田田，鱼戏莲叶间的意境，自然就想起我曾有的水样年华，花样青春，想起我含苞待放的少女时代。

这或者是另一种情怀的"思乡"吧。

嘎、嘎、嘎，一声声参差不齐的鹅鸣，惊起了沉思的我，循声望去，缓步走来一大群白鹅，领首的一只嗓门最大，长颈曲项，向天高歌，似向我们讲述着什么，是不是讲述它的主人王志勇呢，或者替主人宣传这里的生态美景吧，也许只想表达它们在这里生活的快乐。

鹅在固始可谓特产，养鹅历史悠久，固始鹅块甲中州之说源远流长。有传说说明太祖朱元璋，当年从安徽凤阳逃难流落到河南固始县陈集乡境内，穷困潦倒迫于生计的他，给一地主放牧牛羊，境况不好。但吉人自有天相，他遇到一位好心肠的干妈，怜悯其贫困，孤苦无依，每隔一段时间即领朱元璋回家去改善一下生活，吃顿固始"汉鹅块"，以至朱元璋做了皇帝多年以后，尝尽了山珍海味，依然怀念固始"汉鹅块"。固始"汉鹅块"也由此成为名震天下的美食和贡品。

这可能是史实，也可能是传说，但固始鹅肥美、鲜嫩、奇香、可口，浑身是宝，经济价值极高可是真的。王志勇说公司要在这里着力打造上规模的固始鹅基地。

路两边有细碎艳丽的花随处开放。有人认出，是格桑花。格桑花原本生长在我国的西部高原，又称格桑梅朵，在藏语中，是"美好时光"或"幸福"的意思，所以格桑花也叫"幸福花"，长期以来一直寄托着藏族人民期盼幸福吉祥的美好情感。春生秋落，以纤小秀丽著称，近年刚刚引入固始。我随手拍了几张照片传在网上，引来一位固始籍定居美国的生物学博士关注，问是不是在西藏拍摄的。当听说是家乡固始赵岗生态园引进种植的，感叹世易时移，"橘生淮南则为橘，橘生淮北则为枳"的理论在今天，似乎已不适用了。如今，经济文化交流，打破地域边界，包括植物花卉东南西北周遭亦皆可尝试，科学种植。

我长久望着格桑花，刚经过雨水的浸染，如少女般羞涩地低垂着头，好是温柔。

跟随王志勇向果园走去，我走在人群后面，久久地站在一棵桃树下，看着刚刚被摘除桃子，卸下包袱的树干，叶儿略有些打蔫，猜想桃树一定很累吧！如一位年轻的妈妈，在新春里刚刚完成繁育生产的过程，此刻疲惫安静而又温馨幸福。

去年的时候，我来此见识并品尝过桃子成熟时的模样，是那种又大又红的水蜜桃，一口咬下去，绵甜爽口，甜中含着酸，酸中蕴着甜，口舌生津，满齿留香。至今记忆犹新，仿佛空气里还洋溢着那芬芳甜蜜的气息。

我听见王志勇正在欣慰地介绍着今年春上桃子收获采摘时的盛况，而这个季节，大棚里的冬枣已经成熟，我望见已经有人采摘。王志勇在最初

的栽植设计上，就着意安排了大棚和野外两种，大棚的先熟，采摘完了，野外的正好接上，那么也就是说，从现在开始之后的数月里，这里都是冬枣采摘的喧闹和欢腾……

还有黑花生，还有紫薯，还有橘子，还有山楂，还有板栗，还有核桃，还有猕猴桃，就像创业无止境，创新无止境，创业者的故事也永远采摘不尽，讲述不完。

四

有资料显示——

王志勇，1995年毕业于河南财经学院经济管理专业。大学毕业后即应聘到世界五百强企业——山东六和饲料集团工作15年。王志勇具备河南中原汉子的坚毅和扎实，又有淮南人的灵动和智慧，从最初的业务员一步一个脚印，做到分公司总经理的岗位，积累了丰富的人脉销售管理经验和一定的创业实力。于是在2010年返乡，创办河南绿原生态农业有限公司，领办思乡缘林木种植专业合作社。截至目前，合作社已累计投资近亿元，共承包荒山、荒坡闲置土地9800亩，已开垦种植6300多亩，年产值达2200多万元，示范、带动种、养殖户2000多家，户均增收3000多元；同时在全国各大中城市建立"绿原生态特产专卖店"直营店23家，加盟店30多家，商超连锁合作500多家。计划中，王志勇将把思乡缘合作社万亩基地打造成一座绿色生态农业文化示范园，还要购买20台园内观光旅游车，让人们徜徉山水之间，真正成为集生态旅游观光一体化示范园区。企业先后被省农业厅评定为"河南省重点示范合作社"，国家农业部等九部委评定为"国家级重点示范企业"，被县委、县政府授予"科技创新先进企业"。今年春季中共固始县委组织部、固始县人才办授予河南绿原生态农业有限公司董事长王志勇"优秀人才"称号。

而站在我眼前的王志勇，说话做事成熟稳重，高大健壮，方脸剑眉大眼。外形粗犷，说话时舒缓有致，带有一种磁性的男中音，回首往事，娓娓道来，如数家珍，满脸笑容，不说艰辛，也无迷茫，绝不空谈，也没有高大上，向往着未来，满满的正能量，自信与把握十足。就像他打造的农业风景和甜蜜果实，创业与收获，是他的幸福；与人共享，供人品尝，也是他的幸福。

那天下午，天时不时地落着淅淅沥沥的小雨，带给我们夏日的沁凉，有一点浪漫，有一点诗意，一路走来，王志勇为我们进行着解说。某种感觉里，他仿佛是大自然的仆人，同时他又是这片山水的主人，两种姿态交融在一起，王志勇堪称是一个完整的人，甚至是一个完美的人。因此他在给我们讲述这座山林发展的时候，他可能在讲他的创业史，也可能是他的生命史，这座山林耗费了他生命的才华和年华，甚至在未来，他会将一生的精力、人生、力量、身体全部给予这片园林。人的一生只做一件事，是怎样的意义，而我们未必知道他背后的故事，你甚至不能想象每颗种子是怎样播下去的，树坑是如何挖出来的，有多少把铁锹在挥舞，流了多少汗；你更不知道，山坡向阳处和背阴处适宜种植什么植物，不同品种的树该栽在哪里，是谁浇的水，是谁修的杈，长尾雉何时在山中飞舞，野兔从哪里归来，蚂蚱、蛇、金龟子、天牛、蚊虫都藏在哪里……更多的企业家应该来到这里，尤其创业的年轻人需要来到这里，看看，听听，必能获得芬芳而新鲜的感受和启示，生态园尚未完善，但它提供了一种可能和方向，给农业经济提供一种方向，给农村发展提供一种方向，给农民致富提供一种方式。

它或许示范的是未来的中国农业的模式和样子，进步、文明、绿色、生态、环保……

五

在思乡缘内，设计有很多特色板块园区，譬如有"公仆园区""创业园区"，留给单位、企业、集团、公司，留给公务员、干部群众、知名人士、返乡人士、学生等，来这里植树造林，种下希望，栽下情怀，获得体验，留下记忆，扎下根来。这样，无论你在故乡，在他乡，千里万里，你都与此结下了情缘、地缘和心缘，就像你自己在这里生长，发出绿叶，开出花朵，人生芬芳四溢，内心酿造甜美。

下山的时候，我忍不住回头，看了又看。

我想成为一棵树，把自己栽种在这里。

把自己栽种在这里，我便会有新的成长，新的美丽人生，新的人生景色和景象。由此想开去，我也盼着更多的家长带孩子们来的时候，不仅来收获，享受成果，也让他们亲手去园子里挖坑，培土，施肥，浇水，栽一棵树，栽一棵属于他们的树，标上自己的名字……

诗画商城

携一段时光，写下一段文字。文字里做了关于商城的梦，梦里有一部山水诗画，徐徐打开，铺展而来——

曾经沧海难为水，除却巫山不是云。游了商城的山，转了商城的水，熟悉了商城的人，对商城有了因，有了果，洒下了情，充满了爱。商城物华天宝，人杰地灵。风光旖旎，山川秀美，她像一个妩媚，优雅，迤逦女子，头戴桂冠，缀满首饰，巧笑倩兮，美目盼兮，迤逦婉约，踢踢踏踏，环佩叮咚地出现在我们面前！

商城县位于河南省东南隅，大别山麓。东临安徽省金寨县，南界湖北省麻城县。西与光山县、新县接壤，北与潢川、固始毗邻。山重水复，山脊环绕，峰峦叠嶂，沟谷交错，金刚台海拔1584米，为大别山脉在河南省境内最高峰。

商城县全境内河流主河为灌河，源于黄柏山，呈羽状分布，多从高山下泻，水流湍急，是重要的水力资源。由此兴建了大型水库鲇鱼山水库。

地处亚热带与暖温带交界之处的商城，雨量充沛、土地肥沃，茶叶众多，新品名茶"金刚碧绿""金刚毛峰"等享誉于世。境内矿产资源有煤、方铅矿、石墨、萤石、大理石、花岗石、鸡血石、云母等20余种。

商城文化艺术荟萃，人文环境优越，被誉为"歌舞之乡"。一曲"八月桂花遍地开"唱遍全球，商城《花伞舞》名声远扬。一批美术、摄影、剪纸作品参加国展，乃至跨出国门。

寒蝉凄切，对长亭晚！时光清浅，岁月嫣然。以前，每年来商城，也就是住两夜，到汤泉池附近，走马观花地看看山，赏赏景。泡泡温泉，洗洗澡，养养神。舒缓一下四处奔波，满身征尘，人困马乏，疲劳的筋骨而已！

时移世易，情因景而动，景因情而生。今年，因固始商城两县作家频繁互动，连续几趟来商城采风活动，商城目不暇接的美景，尽收眼底。有机会，仔细甄别，细致入微，观察了解。参观了涛声依旧的黄柏山，风景如画的金刚台，走了瘦西河，转了鲇鱼山水库，洗了汤泉池，去了里罗城。回来后心旷神怡，浮想联翩，夜不能寐，心潮起伏，颇不平静。良辰美景奈何天，赏心乐事谁家院。想起了清代李密庵的《半半歌》：

> 看破浮生过半，半之受用无边。
> 半中岁月尽幽闲，半里乾坤宽展。
> 半郭半乡村舍，半山半水田园。
> 半耕半读半经廛，半士半姻民眷。
> 半雅半粗器具，半华半实庭轩。
> 衾裳半素半轻鲜，肴馔半丰半俭。

商城的那水，那山，那人，山水长廊画卷，说不尽，道不完。

远上寒山石径斜，白云深处有人家。黄柏山，有森林公园之美誉，它位于城南60公里"鸡鸣听三省"的交界地。这里既是理想的避暑胜地（夏日平均气温比山下低），又是绿色的海洋，称为天然氧吧库。山上著名景区有"小林海"原始森林，"大林海"人造林场；有息影塔、法眼寺等名刹古塔群；有海拔800多米的大牛山"天池"；有白布岩、后河三潭等瀑布群；有狮子头蜡烛峰上的奇松……

在仙境中遨游，其乐融融，乐不思蜀。鲇鱼山水库就坐落在连绵起伏的群山之边。山边有条河，清澈无比，流水潺潺，落英缤纷，溪流湍急。如今的鲇鱼山水库，是商城县境内的一所大型水库，库内绿水碧波荡漾，两岸群山逶迤。库中大小岛屿风姿各异，较有名的岛有湖心岛、猴岛等。库面客轮、游船众多，乘船库中畅游，整个身心会沉浸在诗情画意之中，十分惬意。

秀美的山川，宜人的环境，大自然的钟灵毓秀，鬼斧神工，山水辉映，商城山川，河流，湖泊众多，孕育了许多奇石。美石如红颜，可遇不可求。每天有大批的奇石爱好者，徜徉在山水之间。商城县许多喜欢赏石，玩石，捡石的爱好者，他们宵衣旰食，风餐露宿，风雨兼程，徜徉在自己爱好的长河里，寻寻觅觅。这其中，有商城县著名的企业家黄道成。

盛世兴，美玉出。说到黄龙玉，黄道成如数家珍，娓娓道来！黄龙玉是一种古老而又年轻的玉石瑰宝。红黄两色在中华文明中占有重要地位。

说他古老，是因为他历经了亿万年的地质变化而形成，大家都俗称它为黄蜡石；说他年轻，是因为其发展只有短短十几年历程，直到2011年2月1日，黄蜡石才获得了国家标准的"身份证"，被认证命名为黄龙玉。收入国家天然玉石名录中，且兼储翡翠、和田玉的高端品质，势必将取代已接近枯竭的和田玉、翡翠，成为其二者合一的替代玉石品牌。

五花马，千金裘，呼儿将出换美酒，与尔同销万古愁！在大别山地区，收集、收藏黄龙玉的爱好者甚多，黄道成风餐露宿，从对黄龙玉的结识、喜爱，到把玩、收藏，他乐此不疲。跋山涉水，深山幽谷，探石寻宝；南下云南、广西，在黄龙玉市场淘宝。只要是听说谁手上有黄龙玉精品，他定会想方设法一睹为快，若是被相中的黄龙玉极品，他定会倾其所有，收入囊中。如今，黄道成已成为当之无愧的"大别山黄龙玉收藏第一人"，已拥占了全国黄龙玉稀有品种的大部分份额。

每一个事物的出现都不是孤立的，个人的，都是一个群体。商城爱石的人亦如城市的高楼一样，鳞次栉比，成排出现。

人为财迷，我为石狂。山中石多真玉少，世间人稠知音稀。商城作家张绍金老师，他是一个标准的为石痴、为石狂的爱好者。他在商城大别山奇石馆开设有一个奇石雕刻艺术店铺。我们去参观过几次。石店里面主要是米晶石。米晶石又分为黄米晶、白米晶。资料说，别有风韵的米晶石，由于这种晶体非常小，人们俗称为"狗牙石"。狗牙石大如豆，长如米，玲珑细小，通透晶莹。赏石界给这种"狗牙石"起了个雅号：米晶石。米晶石有的洁白如雪，有的红如冬枣，还有的金黄灿烂，美丽而耐看。米晶石可以形成各种样式的形体。有的似山，有的似果（如葡萄状等），有的似人，有的像盛开的鲜花。大者数十公斤，小者如拳如卵，千姿百态，情趣盎然。整个石体布满细小的米晶石，如旋转状，给人一种强烈的旋动感。这些米晶石采自湖北省麻城和河南的商城，安徽的金寨山区。

同时，张老师收集的还有画面石。画面石很漂亮，画面是石头的天然裂纹或是杂色的走线，统一起来看犹如一幅名画，生动形象地展示一个画面。还有就是黄蜡石，蜡石的极品叫黄龙玉。这些石头可以原生态，也可以打磨加工成各类挂件、把手、配饰供人赏玩。每次去，张老师总是客气地说，喜欢的随便挑！由于不喜欢夺人所爱的秉性，一直迟迟不愿意下手，因我知道每一块石头都凝聚了张绍金老师的心血。无数个星期天、节假日，张老师都是在河边、山间度过。

商城好像已形成一个收藏黄蜡石等奇石的群体。男女老幼皆爱玩石，他们结伴同行，上山寻觅。不辞劳苦，翻山越岭，攀越崎岖坎坷的羊肠小道，仄行山中寻寻觅觅。他们对石头有一种近乎狂热的痴迷，不是我等走马观花，叶公好龙之辈，粗枝大叶地懂些皮毛。张老师他们对奇石是一种酷爱。他们可以在河里待一天，赤脚在水里，来回行走。若是觅到了一块好石头，就肩挑手扛到岸边，然后，再一起打包装运。一天石头捡下来，人困马乏，需要几天的休整。才能把身体调整过来。同时，往往更多的是，奔波劳碌一天，啥未觅到，空手而归。所以，没有一种对奇石的热爱，很难忍受这种孤寂，劳累，辛苦！张老师向我们说过一件趣事，曾经有一次可能是太累了，他竟然在石头房间里睡了一夜，早晨起来被老婆发现了，老婆说，既然石头比女人重要，干脆你和石头过一辈子算了！

我想，他不仅仅是醉于石头，而是醉于诗画般的天地，自然，山水……

一起看草原

因为我们今生有缘，让我有个心愿
等到草原最美的季节，陪你一起看草原
去看那青青的草，去看那蓝蓝的天
看那白云轻轻地飘，带着我的思念
陪你一起看草原，阳光多灿烂
陪你一起看草原，让爱留心间……

这首唱遍中国的歌曲《陪你一起看草原》，充满蛊惑和渗透力，令无数人心驰神往。

你想象一下，蓝天白云，花海草原，羊群游牧，徜徉流连，姑娘纵情歌舞，小伙儿跃马扬鞭。联翩的画面无数次在心里涌动，去看草原，一起去看草原，仿佛与生俱来，也成了我的一种渴望和期待。

西部散文学会的一纸热情邀请，帮助我实现了这一夙愿。

一

看景不如听景，是许多旅游者归来心照不宣的感觉。多次旅游被宰的尴尬经历让我们对许多著名"景点"保持缄默，游历后大家不是激情澎湃、王者归来，而是心乱如麻，甚或有一些沮丧、失望，无以言说。

诸多"著名"景点，通过飞机航拍，全景、广角、宽幅选景，配以优美动听解说词画外音等，强力包装组合构成宏大场景，清晰画面形成极具冲击力的视觉效果；视、听、说、唱，齐声演绎，让你心悦诚服地坐在电视机前身临其境，茶饭不思，有滋有味。若实地现场去看，往往季节不同，景色差异，旅途劳累，身心疲惫，包括同行成员之间短短几天人际关系处理等，都是影响心情的原因。那么听的景致与看的景致就大为殊异了。包括此次去内蒙古之前，也有人说，这个时候去草原，不是最好的季节，草色不绿、不茂盛，不能彰显草原特色。我真有些惶恐、忐忑，担心此行会破坏草原早已在我心里的预期的美感。

其实，旅游并不是真要去看一个具体的东西，它就是一种感受，视觉的，也是精神的，没有好风景有好伴侣也行，有了好伴侣，什么风景都好看；没有好伴侣有好心情也行，有了好心情，看什么都愉悦。因此出外或旅游，对于我这个年龄，一种物我两忘，自然大化，放松心情，放飞自己，可能更为重要。

还好，此次鄂尔多斯之行，我便获得了这种"放飞"的感觉，我知道，那是快乐，是自由。

二

我果真是"飞"着去鄂尔多斯的。当然这"飞"，是飞机。

我是乘坐飞机从北京到内蒙古。途中，在宁夏机场停有约莫十几分钟，而宁夏，无论是地理的还是感觉的，我已身在祖国的大西北了。这种感觉很奇妙。彼时在机场过道，我看到"宁夏人民欢迎你"大幅海报，醒目地张贴在宁夏机场宣传橱窗内。同时，画面配有两位美女，手捧火红枸杞，期待的眼神热烈明艳，看后不觉心里一热，立刻感受到西部人民载歌载舞、热情似火的氛围。

之后到达内蒙古，在贺兰山上，竟然看到大片的松树，苍劲挺拔，蓊蓊郁郁，有的松树甚至以倾斜的姿势倚身在巨石下伸出巨臂向游人招手致意，让我立刻就想到了闻名世界的皖南地界黄山风景区。这也是一棵"迎客松"吗？是的，是一棵迎客松，而我正在大山的胸怀里，草原的胸怀里，在它伸出臂膀的拥抱里。

周遭潺潺的流水，啁啾的鸟鸣，不禁让人想起山行，雾岚，涧溪，小径，石阶，空蒙，氤氲，你只有切身实地来到鄂尔多斯，才能领略大自然的沧海桑田，天长地久；你只有真正用脚行走在草原上，你才能找到属于自己的格桑花。是的，格桑花，也叫格桑梅朵，寓意生命吉祥，生活美好。紫色的小花骨朵柔柔弱弱，有的闭合，有的怒放，漫山遍野，我曾经以为格桑花只有西藏高原才有，后来，听到了歌曲《草原上格桑花》《爱上草原上的格桑花》，又在网上看到一位内蒙古诗人随手拍的一些照片，才知道草原上到处都是格桑花。

但哪一朵是你的呢？

于是想当年的仓央嘉措是否是携着格桑花夜晚去与他心爱的姑娘幽会，写下了"见与不见"无尽缠绵的诗行。那一天他摇动所有的转经筒，不为超度，只为触摸她的指尖。那一年，他磕长头匍匐在山路，不为觐见，只为贴着她的温暖……

我抬起眼睛，越过花海，瞭望远方，辽阔而苍茫。我不知道哪一朵属于我，但我知道一定有一朵属于我，我想把它带回中原，带回我的故乡。

三

鄂尔多斯，蒙语的意思是"众多的宫殿"，因此稍一对时间回溯，便知鄂尔多斯竟拥有如此悠久的历史。距今14万到7万年前，"河套人"就在伊克昭盟乌审旗境内的萨拉乌苏河流域繁衍生息，创造了著名的古代"鄂尔多斯"文化，这就是我们所说的"河套人文化"。古代的鄂尔多斯，大河环绕，沃野千里，水肥草美，气候湿润，资源富集，气象万千，是人类生存的理想家园。多民族在此和合共存，其乐融融，地久天长；四方商贾经过，文人墨客涌来，到处都是自然的美景，历史的遗存、珍宝、诗文和传说。那么此行，我们必是要去谒拜八百年前成吉思汗陵，领略"向天再借五百年"的豪迈神韵，同时参观由著名画家黄永玉题书馆名的鄂尔多斯亿昌博物馆，欣赏馆内的东胜文化、红色文化、钱币文化、木器文化、奇石文化、酒器文化等系列，我看到了大自然的赠予，也看到了人类伟大创造力的神奇。

亿昌博物馆，其主旨曰"辨雕万物"。自然产物的展品中，我们欣赏到了万古的风化石、风凌石、河卵石；历史遗物的展品中，我们看到了惊人的陶器、瓷器、铁器；人造艺物的展品中，就是那些具有边塞特色的字画、刺绣、剪纸了。那么在大草原上，怎么能少了酒文化呢？我们知道，蒙古族人性格豪放，粗犷、剽悍，好客，热情，嗜好饮酒。"金杯银杯斟满酒，双手举过头。炒米奶茶手扒肉，今天喝个够。朋友朋友请你尝尝，这酒醇正，这酒绵厚。让我们心心相印，友情长久，在这富饶的草原上共度春秋。"你听听，草原上到处都唱着这热情的《酒歌》，到处都飘散着肉香、酒香，这是蒙古人性格的一部分，也是生活的一部分，从古至今，没有酒就像是没有骏马，没有酒就像没有草原，那还是热烈、厚重的鄂尔多斯吗，那还是豪情、奔放的蒙古人吗。

那么有酒，必有酒器。酒和酒器互为依存，是内容和形式的关系。酒器是酒的重要载体。我们在博物馆得知博物馆的主人郝英杰先生，他原就是亿昌的老总，他曾为之解读了"酒器虽小，而礼实大"的哲理。其实他也在对这"哲理"进行自身的实践和证明吧，在繁忙的商海弄潮之余，他竟是迷恋上了酒器的收藏，并且一发而不可收，越积越多，每一樽酒器都有一个动人的故事和传说，其代表性的有《红楼梦》金陵十二钗瓶；有沉鱼、落雁、闭月、羞花四大美女瓶；有龙、凤、牛、马、羊、龟等动物系列酒瓶；颜色有酱紫红色、孔雀绿色、宝石蓝色、香槟琥珀色，等等；闪耀华彩，缤纷妖娆，一起组成华贵典雅的酒文化系列。

如梦，如幻，如真，令人叹为观止。

四

看草原，一起看草原，看似我私人的一个期待或愿望，但准确说，它是西部散文学会组织的采风活动，一群文人——有诗人、散文、小说的写作者，还有知名的大作家，还有编辑、学者、教授，都是一群痴迷文字的人。而现在在大草原上，他们脱掉了所有的名头和身份，都成了大自然的孩子。欢歌起舞，自由飞翔，回归人性的原初。当然，也有像山西《吐月》杂志主编李小鹏老师，人家可是考古收藏的专家，成绩斐然。由于长期对于文物考古工作的钻研痴迷，练就了一双火眼金睛，独具文物鉴赏慧眼，不仅甄别古今，还四处打假，令制假文物贩子遁身难逃。而他的文字，简洁、大气，唯美、真诚、灵动、飘逸，作品多次获奖。

文学、艺术、文字、器物，提供审美，也给人极好的修养，据说他总是喜欢多听少说，聚会时，任由我们争先恐后，叽叽喳喳说个不停。但到了大草原上，他也变了，固然还是君子风度，儒雅谦和，却也那般侃侃而谈了；品酒饮茶，谈酒经，话茶道，发古人之幽思，慷慨激越，昂扬向上，活力四射。李老师的夫人是位头上裹着纱巾的回民，无论天气多热也不掀开。我也是回民媳妇，见此让我想起我们内地某些开放女性，袒胸露背，妖艳风骚，万千感慨，也对系头巾面纱的伊斯兰风俗习惯不禁升起肃穆景仰之情。

此行高龄的张炜老师，七十多岁依然身强体健，精神矍铄，体现着生命的力量光芒。他是一名资深税务老兵，长期有意识地加强户外活动锻炼，身体素质极好，常常凭借着手中拐杖登山，且行走步伐极快，每次都捷足

先登。与他相比，我则大汗淋漓，追不上他，然后看着他站在山顶上，英雄一般，欣慰地大口呼气，千年一往，天地一色，尽收眼底，令人顿生诗情与豪迈。他是我们的榜样，标尺，风范，山一样挺拔。

想我，五十知天命，即将步入退休年龄段。前些日子在家，一个人回首往事，莫名生发出"韶华易逝、江山易老"的嗟叹。对于即将离开自己熟悉的工作岗位，正式步入老年阶段，开启新的人生，竟生出了那么多的依恋、纠结、忐忑、惶惑，以致有些沮丧和恐慌，而在面对张老师时，面对大草原，面对天之穹庐、地之苍茫，我感到了自己的狭隘和怯懦，自然也感到了羞惭。

就在这时，不知哪里飘来熟悉的旋律，歌声再次响起——

> 因为我们今生有缘，让我有个心愿
> 等到草原最美的季节，陪你一起看草原
> 去听那悠扬的歌，去看那远飞的雁
> 看那漫漫长长的路，能把天涯望
> 陪你一起看草原，草原花正艳
> 陪你一起看草原，让爱留心间……

西递·宏村·印象

　　四月万木葱茏水秀山明。风含情，水含笑，正是踏青郊游好时节。彼时，我经历了一次大手术，病痛的折磨煎熬，使术后的我有了恐惧悲观厌世情绪，急需一场山水旖旎风光的视觉文化盛宴让我调整心态、颐养心情。西递和宏村像是二位美人，一直吸引着文人雅士徜徉徘徊、吟诗绘画。

　　宏村的繁华热闹，头顶"世界文化遗产"的桂冠，古徽州余荫笼罩下，旅游业勃勃兴旺。据说每年有20万来此写生的艺术生，将他们在课堂上积蓄的所学所得在这里释放。成群的青年学子，在导师们的带领下或静坐或站立于塘边，沉思默想，静心临摹写生。红男绿女，青山秀水，回清倒影，亦真亦幻，令人遐思盘桓。

　　我到宏村时，宏村刚经历一场雨水的洗礼，空气里散发出清新味道，小草野花恣意生长怒放，黄鹂鸟在枝头上跳来跳去鸣唱啁啾，惬意地感受大自然赐予的温馨宁静，我看它们，同样它们也在看我。

　　由于身体尚未恢复，体质虚弱的我走几步就疲惫不堪，累了坐在宏村的屏风前休息喝水，后来那只水杯也忘记带走丢在那里了，就让水杯代替我留在西递宏村看看这里的美景吧。我长久地坐在那里静静地看着过往行人在屏风前留影拍照。

　　宏村的山水长廊画卷，建筑物的设计精巧简洁线条流畅仿若是在喧嚣嘈杂的尘世间矗立着一座庄严肃穆的圣洁大厦。徜徉西递和宏村山水间，为她独特的山水旖旎风光，水墨丹青画般的美感震撼、陶醉，如饕餮盛宴后反复回味咀嚼。如电影倒带镜头，碎片似的一直在脑海中浮现、盘桓、萦绕，只是找不到切入点下笔，幻化不出瑰丽多姿的文字。

　　几次提笔未果，也许是因当时身体尚未康复的原因，不能长时间久坐；也可能是因自己懈怠没有抓紧时间写完，明日复明日蹉跎时光。零星的写了几段只言片语，片段似的碎文前后照应关联不上，如鲠在喉。

第二次去西递、宏村是我们全家三口一道去的。由于身体逐渐康复，我的精神愉悦饱满。看景主要是看心情，心情好一切甚好，世界阳光明媚，葳蕤生光，反之亦然。

故地重游，我买了一些代表当地饮食文化的土特产如火腿、竹笋、茶叶等农副产品。回来后逐样取出晾晒，打扫卫生浮尘清理干净，按照介绍依法炮制加工成可口美食。宏村的火腿也即腊猪腿，由于其特殊考究的工艺制作腌制流程方法，据说猪腿要腌制晾晒三年方可食用。猪肉经过长时间的分化潮解，已经改变了分子结构，散发出一种幽幽的芳香味。烹饪时将猪腿上的肉切下薄薄的几片，放在碗里，碗底放上一些用水发泡好的竹笋干蒸熟后，猪肉里面的油渗透在笋干上，笋干被油浸泡后，也绵软酥脆入味，口感与众不同别有风味。腊肉有种浓浓的香味，那种香是天然的芬芳之味，入口即入心，在舌尖久久盘桓，令人流连回味。当然还有大名鼎鼎的毛豆腐，据说中央电视台美食频道，《舌尖上的中国》剧组还在那里拍摄过。口味不同，我们尝了个新鲜，却未解其味。

人家学者文人画家到了某地研究的是风土人情，写生素描，吟诗作画，考察历史掌故，探幽博大悠久的文化遗产，如徐霞客般的写些游记攻略记录山水泽被万物苍生。黄山风景区位于此地不远，徐霞客的《游黄山记》里的"左天都，右莲花，被倚玉屏风"等名句依然记忆心间。不知道徐霞客是否来过西递和宏村，是否也在此留下美文。

偶尔，我也会生发出感叹，那些终日食素的僧尼，他们为了追求心中的信仰，常年不食人间烟火，起五更睡半夜，手转经筒，念念有词潜心修炼一心向佛。在北京西山八大处寺庙，见到了一些身披红衣袈裟，满面沧桑沟壑纵横的清修僧侣。面容清癯消瘦，安静地坐在墙边一角闭目诵经，一脸虔诚肃穆庄重。天气寒冷，他们也不穿袜子，赤着脚苦修。院落极大，香客也多，但是别有一番寂静。义工们也是那么认真虔诚，心无旁骛低头认真擦洗打扫每一处院落。返程时，看到两个僧侣疾行快走，行色匆匆。孩子说，他们可能是去赶车，他们来此交流的期限满了，需要返回青海、西藏、四川等原籍寺庙。看到他们在寒风中孤单瑟瑟清瘦的身影，腋下夹着一个简单的塑料材质的小包袱的背影，瞬间我的眼里蕴积了温热的泪水，迅速转身离开，不忍直视。

寺庙归来的途中我告诫自己以后要少吃肉，温驯贤良，素心素颜，摒弃名利喧嚣嘈杂，以平常心对待繁复缤纷的世界。可我等终究是缺乏修炼的凡人，不沾荤腥不是一朝一夕即可诫勉的。譬如宏村的火腿，总让人忍不住犯戒。

宏村美，美在钩角建筑，青砖绿瓦，牌坊屏风。宏村的建筑以雕梁画栋、青砖小瓦、钩心斗角的古代建筑为主体。过去那里家家户户房前修的有一条人工地下水渠通过，清早宅里女人饮用洗漱，一切都依赖在这条人工沟渠里解决。那么多人家夜晚排泄产生的垃圾废物，据说早晨都是倒入这条缓缓流动的水沟里，流水自动浣洗冲刷，把秽物带走得干干净净，没有任何异味。为何沟渠里的水能够始终保持干净不被污染？依然可以供人们饮用。真是太神奇了。

一栋栋徽式建筑，都是徽商们在外赚钱建成的，一排排错落有致、玲珑可爱，每家每户都有特色，屋内都有木制家具，条木几桌子上面放着镜子和花瓶寓意为平（瓶）静（镜）。可见在学而优则仕的封建时代，徽商崇尚知识文化，希望后代子孙也能守住心绪，保持平静，通过熟读经书考取功名富贵，做官庇护子孙，繁衍生息昌盛后代，光宗耀祖。

西递和宏村的院落里，每家每户的桌子是两半片开的，中间有木栓，如果这家男主人回来了即把栓拉上，成为一个圆桌，表明这个家庭和睦完美。如果男主人未回，就把栓放下，用半边桌子，寓意明显孤独一半的女人之家不完美。一个妇道人家在家里面，外面的男人轻易不要贸然闯入。家家户户房子上开的都有天窗，地下天井寓意天人合一。房檐钩角设计极花心思，外表是高大矗立的建筑物，还是低矮的房屋建筑，都彰显了这个家族的财力、气魄和地位。村子的进出口建有一座高大的牌坊，作为标志性的建筑物，每一位过往行人都喜欢在那里驻足停留拍照留影。宏村人讲究贞节，希望男人在外经商挣钱，女人在家里能恪守妇道，勤俭持家。

白天叽叽喳喳，啁啾鸟鸣，玩累的鸟儿们，此时安静栖息于林间树梢。周遭万籁俱寂，我睡意全无，悄悄地起床裹系好头巾，穿上厚棉衣，慢慢地缓步前行，欣赏住处附近宏村的夜景。不远处依山而建的房屋别墅，雕梁画栋，装修设计别致豪华，霓虹灯金碧辉煌闪烁着耀眼夺目迷幻的光芒。美轮美奂，不知今夕何夕。恍惚以为自己穿越了，车马声喧，游人如织，影影绰绰，似乎其间有一个绾髻着宋代服饰的女子正在吹着幽怨的长调，幽咽泉水，间关莺语，长歌当哭，如泣如诉，追慕思念出征的丈夫何时彩云归来。一会儿又似乎闻到硝烟弥漫的古战场，鼓声羯羯击越，马嘶奔腾，唧唧萧萧，"胡马依北风，越鸟巢南枝"。似乎听到岳飞在大声吟唱"怒

发冲冠，凭阑处、潇潇雨歇。抬望眼、仰天长啸，壮怀激烈。三十功名尘与土，八千里路云和月。莫等闲，白了少年头，空悲切。"

　　西递、宏村像是山水屏风的一角院落，雅致馨香，令人流连忘返。两次西递、宏村行，我依然恋恋不舍，期待下一次重返心中这方净土。

春天献词

春雪

天公收起太阳，霎时风起，铅灰色的云朵如军团，一拨又一拨，在天边密密麻麻地陈列。

这时节，已过了雨水，扑面的风也有了丝温柔的意味。万物潜在地底，静等那道号令般的雷声。

铅云层层翻涌，好似包裹了一个婴孩，他越长越大，云朵无力承重，颓然撒手。

是雪孩子！

他咯咯笑着，跌跌撞撞在空中学步。他手舞足蹈，一挥，便抖落半幕雪花。

天空是舞台，大地是画布。

六角雪花伸开细弱的臂膊，你拉我，我拉你，翱翔时轻舞飞扬，落地时紧紧拥抱。轻柔酥软地面浮现浅浅的白，雷未起，雪却至。

惊的是玉兰，急匆匆吐好的芽苞来不及吞回，半张着小小的口，被覆上了细细白雪。

莫急，莫慌。

天公以雪为掌，慈爱地抚摩大地。

时光还早，且让种子好好酣睡，让幼兽多些佑护，让湿润的水汽浸透干冷板结的泥土。

熬过最后一场寒冷的考验，你且细听——

春天的风声，雷声，雨声，正在赶来的路上。

春之曲

严寒渐退，万物苏醒。

山风不再发出呜呜的怪叫，露出了温柔的面容。

听，春天的脚步，已如美女迤逦婉约踢踏走来。

花喜鹊抖动着翅膀，叽叽喳喳把桃花、杏花、梨花逐一叫醒。

燕子乘着春风，啁啾呢喃，四处寻觅故居。

亭台楼阁，舞榭歌台，似曾相识？旧时王谢堂前燕，飞入寻常百姓家。

山风婆娑，一树桃花怒放。春雨淅沥，一场花事荼蘼。

春姑娘抖抖衣袖，睁开好奇的双眼，惊诧地望着喧嚣的人间。

春江水暖，脉脉无声，一湾碧水倒映出浣衣少女的容颜。溅起的水花打湿了姑娘的裙裾，裙裾一角藏掖着为阿黑绣的荷包。闭月羞花、沉鱼落雁是书简中的她们。螓首蛾眉、巧笑倩兮是诗文中的她们……

顽皮的小孩挽起裤腿，沿着山涧流淌的小溪戏水摸鱼。可爱的牧童吹着管笛，悠闲惬意地吆喝着牛羊放牧山野。

农人攀上蜿蜒的山崖，伐薪砍柴。乏了，喝一口山泉水，吃一袋婆姨装的干粮，抿一口自家酿的米酒，醉卧山野，看云卷云舒。

一群孩童放学归来，正在吟诵，学如春起之苗，不见其增，日有所长。我似乎看到了未来的希望。蓓蕾初绽，叶芽蕴藉。

一切美好的向往，都在画中飘逸、灵动、翩跹起来。

一场盛大的花事正在怒放盛开……

云之声

扶桑托起一轮巨日，春神被唤醒，甩甩一头秀发，打了个哈欠。

是时候了。

看不见的水蒸气，扶摇而上，在万米高空遇见彼此，一滴又一滴地凝聚，胖手胼足。第一缕云絮，欣欣然飘起，升腾，翻转。

她如新生儿一般好奇，睁开眼，她想瞧瞧这个世界。

她飘过帕米尔高原，飘过唐古拉山，飘过横断山脉。

她闻了藏人的青稞酒，跳起了傣家的孔雀舞，醉倒在彝人的火把节，被热气烘烤的小脸红红，一路向南，再南一点儿，她被送去了辽远的，中国南海。

已是春日融融了，白鸟扑棱棱地飞起，绕着舰艇飞了一圈圈，像是海上流动的云帆。

南海上空，她遇见了成千上万的姐妹，交织，融合，汇成一张巨大的云幕，笼住整片海面。

是时候了，春神又一次召唤。

云幕缓缓北移，从椰影摇曳的南国，到桃杏璀璨的华北，云之翼，展开，便是大半个中国。

且听，轰隆隆……轰轰隆隆……

春雷鼓被捶响，万千云丝卷成雨滴，奋不顾身地蹦下去。

她生于斯，长于斯，这片朴素又绚丽的土地，向着她，展开怀抱。

春雨知时节，乃作云之声。

桃花

是春天一株桃花。桃红披身，筑起一道彩浪。

蓦然间，淡淡一抹云，挪进眼眸，脸色平静如湖，神情飘逸。

端坐，倾听，或远望，那个颤心的脚步咚咚近了！

手腕上，那串宝珠分明圆润出修身养性的禅境……

轻弹玉指，节律是雨水，瓢泼整个季节。

沏一壶茶，等待摊开成书页，石桌上风潮云涌，心皈依远方。

齐耳短发私语，颈环玉佩奏乐，满腹诗文生香！

一部书稿，一幅肖像画，自血脉里，自身后桃枝，汩汩流淌……

击桌顿悟：画中看风景的人已是最迷人的风景！

思乡·寻梦·归来

天边有一棵大树，那是我心中的绿荫。

屋檐下呢喃的燕子叽叽喳喳的叫声，传来了无数闽台人思乡的心曲。

被誉为"唐人故里，闽台祖地，中原侨乡"的河南固始，连接其豫闽台两岸三地，及至海外。

勾起越来越多的海内外同胞的故乡梦，寻根情，时空联想，幸福遐思。

固始根亲文化节，历史机缘的风华，根亲血缘的纽带，文化脉缘的盛会。

天边有一双星，那是我梦中眼睛。

光州固始这个祖根地符号，以及乡音，乡情，魂牵梦绕，真切动人，唤起了无数闽台同胞对故乡热土的热切向往。

中州的美人横吹着管笛，迎来了南国归来的燕子衔着春泥！

祖地固始，亲情固始，魅力固始，如璀璨夺目的明珠，熠熠生辉，闪耀在闽台、中原大地的上空。

我愿与你策马同行，奔驰在闽南、中原大地上。

我看见将军陈元光，闽王王审知高大矗立在历史的天空下，行走在煌煌大唐烟雨中，旌旗猎猎，号角连天，战马嘶鸣。而远去的战火硝烟中，英雄万岁，将军不老，击鼓长啸，所向披靡。

征人拔剑起，儿女牵衣泣；去帆若不见，试望白云中。

古蓼官道，淮河渡口，无数的将士共万千固始子弟告别家乡，整装待发，父老泪水纵横，家人依依惜别，一声号令，他们毅然决然，踏上向南的漫漫征程。

而此一别去，就是一生，就是永世！

刑天舞干戚，猛士固常在；丈夫志四海，万里犹比邻。

146

征战边疆，保卫边疆，开发边疆，建设边疆，播下固始生命的种子，播下中原文明的种子，生根，发芽，开花，结果。

子嗣绵延，诗书传家，万代千秋！

山中有一片晨曦，那是你渴盼的眼神。

固始历史悠久，文化灿烂，物华天宝，人杰地灵，南依大别山，北临淮河，有"北国江南，江南北国""闽台祖地，中原侨乡"之称。

中原人历史上五次重大南迁，固始都是其重要的集聚地、集散地和出发地，而唐初陈元光和唐末王审知带领固始子弟入闽，更是影响深远，形成了"台湾访祖到福建，漳江思源溯固始"的根亲文化现象。

春风又绿江南岸，八月桂花遍地开，春花秋月，春华秋实，改革开放，无数华人，携家带小，返回中原，返回河洛，返回江淮，返回固始省亲。

祭拜先祖，寻访故人，投资兴业，回报桑梓。

思乡，追怀，魂牵梦绕；寻梦，徜徉，流连忘返；归来，回望，不忍离去。

绿树成荫，根深叶茂，白云悠悠，飞鸟归巢，乡土的固始话，柔软的闽南语交融在一起，古老唐音里，浓烈的亲情中，一个手势，一个眼神就够了，我们都能读懂。

固始根亲文化节，已成为固始的亮点名片。

姑娘们穿上了节日的盛装，小伙子奉上自家酿制的米酒，史河载歌，安山起舞。

固始文化甲中州，闽台访祖到固始，固始大气磅礴，情深意厚，蜚声中外，饮誉天下。

让根亲文化扬名固始，固始是天下闽台人永久美丽的地理故乡，心灵故乡，精神故乡。

我们由此出发，远行，漂泊，归来，匍匐在大地上，如匍匐在娘怀里，我们由此领悟和明晓了——

我是谁，从哪里来，到哪里去……

湖中

1

这一生，我只这样认真看了一个人，是你。

从湖中看你，我甩尾，搅动一池碎银。

从镜中看你，烛影摇红，你是桌上的砚，我是穿堂的风。

从云缝偷偷看你，透过月亮，透过竹影。

或者，做一滴晨露，擦过你的脸庞，再回眸。

看你，从冬到夏。

到十年后，你生出第一根白发。

到翠羽凋残，时钟停摆。

到星辰坠入仙女湖的涟漪，你我泛舟其中。

到生死无际的虚空，天也白，地也白，我们赤脚站着，宛如婴孩。

最后一次看你，我已经在心里描摹过千万遍。

拥抱，握手，平静告别。

这一生，我只这样认真看了一个人，是你。

2

如果，如果。

如果有一天，我注定先走。踏着莲子挽歌，踏着如水的月色。

羽衣垂地，再前一步，时空凝结成格，静止。

这一次，换你看我，临别一眼，请夺我命。

像一幅薄薄的绢画，风吹即破。

像一片莎草，遇火即焚。

一眨眼，月升。一眨眼，月落。

倘如这些太易碎，那索性把我粉碎，再弥合。

风来，我颔首，像一根喝水的芦苇。

风过，我抬头，像一尾怀春的鲤鱼。

只有你能看懂，我是莲蓬。

3

爬过虫洞，将时间对折。回到千万亿年前，所谓寰宇，不过小小一核。

鸿蒙之初，仙女湖，尚噙在仙女的眼角，将落未落。

等到太虚幻化出清与浊。等到无机物挨了一声棒喝。

等到地球从混沌中挣脱。等到原子爆炸，细胞蠕动分裂，一只又一只，团成生命。

终于等到第一颗眼泪落下，飞升永不蒸发。三万尺之上，仙女泪落倾盆。

生命有了意识，仙女就要离去。

她把长发剪去，拧绕成绳。挂着最后一道晚霞。

亿万年后，我坐岸观湖，湖中有日月。

日月观我，如蚁的庸碌，不知来处的众生。

泥土遐思

一

夸父与日逐走，梦想追日。终因体能衰竭，缺水焦渴死亡。雄鹰展翅翱翔，桀骜不驯，高飞盘旋，藐视一切，时常会遇到霹雳闪电肆意侵袭。

燕雀不甘寂寞，呢喃啁啾，竭力筑巢栖居于房梁瓦舍。

水向低处流，人往高处走。喜攀缘登高远眺是人们的秉性。

花朵娇艳，朵朵向阳，游人如织，流连、踯躅、徘徊、徜徉。

佳丽如云，赏景拍照，人花媲美争艳，你方唱罢我登场，目不暇接，喧嚣浮华。琴瑟起，笙箫默，你若安好，便是晴天！好一派向荣繁忙大好春光。

二

人们习惯仰视巨星泰斗。喜欢香车美女佳丽如云，袅袅婷婷，迎风飞舞，美人似彩蝶展翅，引人遐思。

花卉娇艳美丽，姹紫嫣红，桃李芬芳。

但是人们易忘记，花朵的美丽，大树的葳蕤，丽人的温良敦厚，诗书礼仪，皆有其独特的生长环境。

腹有诗书气自华。迤逦婉约，大方得体，蒹葭苍苍，白露为霜，巧笑倩兮，美目盼兮，举手投足间散发出的云淡风轻气质，是良好的诗书家教，诵读浸染的结果。

三

记得茅盾先生在《白杨礼赞》一文中，把白杨树形容成中国北方挺拔站立的哨兵。多么形象的比喻啊！每次想到都会感动。

如刹那间，要是你猛抬眼看见了前面远远有一排——不，或者只是三五株，一株，傲然地耸立，像哨兵似的树木的话，那你的恹恹欲睡的情绪又将如何？我那时是惊奇地叫了一声的。

那就是白杨树，西北极普通的一种树，然而实在是不平凡的一种树。

那是力争上游的一种树，笔直的干，笔直的枝。它的干通常是丈把高，像加过人工似的，一丈以内绝无旁枝。它所有的丫枝一律向上，而且紧紧靠拢，也像加过人工似的，成为一束，绝不旁逸斜出。它的宽大的叶子也是片片向上，几乎没有斜生的，更不用说倒垂了。它的皮光滑而有银色的晕圈，微微泛出淡青色。这是虽在北方风雪的压迫下却保持着倔强挺立的一种树。哪怕只有碗那样粗细，它却努力向上发展，高到丈许，两丈，参天耸立，不折不挠，对抗着西北风……

其实，白杨树能够长成高大葳蕤的树，是因其植物内部庞大的根系，根植于肥沃的土壤中。土壤似母亲分泌乳汁哺育滋养万物茂盛成长。强壮的植物吸纳日月精华，阳光雨露，日积月累而成。

四

万物苍生皆有情，感知悲悯，洞悉人生。

我们往往喜欢仰望星空，攀附结交富贵达人，提升朋友圈的含金量，畸形怪异思想作祟，如阿Q误以为姓赵，陶陶然。其实本就是乡间的小草野藜，非要美化拔高自己，是一棵葱茏参天大树，栉风沐雨华盖葳蕤。如耀眼的明星，光芒万丈，悬挂苍穹，熠熠生辉。

五

其实，水满自溢，日中则昃。日月同辉，太多不切实际的梦想，因不能实现而贻笑大方，徒增烦恼。

其实，名利是把双刃剑。患得患失，容易走火入魔。塞翁失马，焉知非福。学会拥有一颗平常心，善待自己、善待他人，居安思危，颐养天年。

低下高高在上、自大膨胀的头颅，融入品味普通百姓、柴米油盐百味人生，斑斓丰富自己的阅历同样美好。

理解雄鹰高蹈起舞，鱼群悠然水中游弋。日出东方，月落西山。皆属于自然现象。不自卑、不狂妄，平和面对人生。

六

　　泥土，始终以丰盈之态立在最低处，远离声色犬马，静静吸纳日月精华，大肚能容，默默承受一切，恣意纵横饕餮盛宴。

　　泥土，取之不尽，用之不竭。以不变应万变看人生万象。培育禾苗。滋润万物拔节生长，如绵绵细雨，润物无声。

　　无论春风骀荡，惠风和畅，还是大雨滂沱，电光石火，外界的喧嚣嘈杂，泥土始终不忘初心本色。每天被人们恣意践踏在脚下，丝毫不感觉卑微，踏实勤勉，承受付出。

　　植物们在泥土的裹挟、包藏、佑护下，春生夏长，日出日落，年年岁岁，花开花谢，去去复来，陪伴左右，慰藉人类。

七

　　处事豁达忌鸡肠小肚，明朝散发弄扁舟。远离喧嚣浮华。不学乌鸦聒噪，不学鹦鹉饶舌。说唱好听华而不实。

　　观棋不语，恬淡人生。烟雨江南，啾啾其鸣。

　　成长他人，关爱自己，活出本真。

　　似马竹杖，穿林打叶，吟啸徐行。一蓑烟雨照亮人生！

诗意贵州

贵州如诗如画，如梦似幻，诗意栖居。

那水、那山、那人，令我情牵梦绕，意兴遄飞，心神飞扬。

热情似火的人民，醪糟醇厚，饕餮我心。

山高水长，湛蓝悠悠。抬手触白云，高远，辽阔，自然的事物才有张力。

贵州是少数民族聚居地，苗族、布依族居多。山歌踏浪，排山倒海……

民风淳厚，粗犷、剽悍，大口吃肉，大碗喝酒。

几十人围坐一桌，感情是炙热的，情绪是饱涨的，宴席是流水的。你方唱罢我登场。

桌椅板凳是流动的，不讲究行列次序，恣意添加，意兴阑珊。

绿色果蔬，蚱蜢、知了、蚕蛹，飞虫、家禽、野味。

叫不出名字奇异香味调料，鱼腥草药物入菜，米粉代替面点，令人惊奇、惊艳，胃口大开，尽兴品尝。

姑娘，小伙，身着节日盛装，山歌唱响，把酒言欢。你侬我侬，心中的秘密一个眼神借助酒兴诠释得坦荡芬芳。

如果花开只有一次，宁愿不睡觉，也要守候。

转山转水转佛塔，不为来世，只为与你相遇。

古今中外，信马由缰，长歌短句，沙场秋点兵，红妆素裹，妖娆缤纷。

天边的大树，我心中的绿荫，鸟鸣啁啾于树林。

远方有一座高山，盈盈一水间，迢迢河汉女，脉脉不得闻。

见与不见，秋季的诗行，流于笔端。

纵横捭阖，任意驰骋……

贵州气候温和，宜人、宜居。

树木花草，青葱茂盛，溪流潺潺，缓缓流淌。

水稻，酿酒，烟叶，银饰是贵州的特征。

绿，是肤色。那满眼碧绿的座座青山是连接贵州的脊梁。

山歌踏浪，日夜唱响。银饰佩戴，环佩叮当……

双乳峰形象逼真，惟妙惟肖。似美人出浴，美轮美奂，令人神往。

遵义，红色的城市，去贵州不可不去的地方。

红色的火种熊熊燃起。遵义会议镰刀斧头，稳固地镶嵌在鲜红的党旗上。

茅台，中国顶端白酒品牌。珍稀佳酿堪与洋酒媲美。国宴专供，国际友人聚会畅饮、微醺、酩酊，与尔同销万古愁。酒香四溢，芬芳扑鼻。

黄果树瀑布，中国的骄傲，美得炫目，焕彩，震撼世界。

安龙招提的荷花，打凼的歌舞，乐运的红军故事一直在我心中传唱。

南明皇帝，十八大臣，少年张之洞，盘桓我心。

在大美至纯的贵州，我渴望成为一粒微尘，或一块石头。瞬间淹没整个山川的是我绿化了的心情。

夏季雨，潜入荷塘，潜入黔西南的绿海。走失的是曾经的迷茫，走不失的是我的魂魄。

无论怎么看，那株株参天大树就是你心中的经幡！热情吞没黄果树瀑布，绊住游子脚印，何不索性横卧山上？

打凼的路铺进每一个人心中。任意行走，快乐是坦荡的，坦荡才是黔西南最最本真的面目。

一道道梯田如五线谱，一株株翠竹如绿长笛，清风是指挥家，翻奏出一曲专属黔西南的乐章。

草长莺飞，山歌回荡。潺潺溪流，吟诵流淌。鹧鸪声，子规啼，都是引领前行的方向。

不要回顾，处处是绿荫，不要垂首，极目是竹海。

大地，展开她宽博的胸怀。该松散时彻底地松散，该隆起时让人仰望，该低洼时便矮下去，该凝固时硬于顽石！

多彩贵州，触目皆诗行。生命的坚韧和伟岸，在苗族、布依族的血液中流淌。

赤脚，陷进，后退，流动，疲惫着，兴奋着。

欢乐如一只只白鸽，放飞在大美的多彩贵州，徜徉在醉人的诗意黔西南……

飞向黔西南

一

心啊不要这么厉害地跳，前往黔西南州的路途上，激动的心跳跳出来贺敬之《回延安》的诗句。

是的，刚刚启程，我的心已飞往黔西南；尚在路途，暑热得不顾一切的，除了疲惫，还有比路途还长的想象。

黔西南，我父亲年轻时流浪生活过的地方，我从小就梦想寻找追随的圣地。说着，远处就响起了黔西南苗族民歌：柑子好吃要剥皮，姊妹虽好要分离，哥哭一声亲骨肉，嫂哭一声是外人……与此同时，少数民族哭嫁等礼仪就在我的心中涌动诗画一样的场景和情绪……

也曾追慕遥想到过许多远天远地，灵山秀水，但都不如贵州黔西南在我心中那般神秘，圣洁，多彩、辽阔。

贵州黔西南，是我心中的苍天圣地！

二

触摸到白云的心情，越旷远越豁达，自然的事物才越有力度。

荒凉遮掩了宝藏，旷远孕育了珍奇，豪爽赢得了真情。少数民族好客的热情张力，让你既能找到尊贵，也能获得平等，很快就不分彼此主客融入一起了。

黔西南是少数民族聚居地，苗族、布依族居多。山歌踏浪，排山倒海，风情万种，载歌载舞，姑娘们婀娜多姿，身姿曼妙，令人惊艳、惊羡、惊绝……

黔西南的民风淳厚，粗犷剽悍，夜晚我竟然被分配到一个没有门的房间住宿。尴尬窘迫得我不知该如何是好？万一豪放不羁的山民或山匪夜晚……

担心，忐忑，窘迫，委屈交织纠缠了我一夜无眠……

三

黔西南气候温和，宜人宜居。四季如春的环境，空调在那里是多余的。喜欢简洁粗犷的民居多数没有安装纱窗。纱窗也是多余的吗？显然不是，而且必要。

蚊虫如此肆虐，让我领教，身体被蚊子咬了大片的疙瘩红点，似腥红的眼睛眨巴着泪滴在哭泣。

蚊虫因树木花草茂盛而横冲直撞，像一只只不羁的野蜂和烈马。没有门，没有纱窗，一切都向它们敞开，无阻挡，无禁忌。当地居民不怕吗？

他们肯定有特别的防范措施，他们肯定有他们的方法，就像他们有他们的生活、爱恨、悲喜、好恶。

这却苦了我们，那些蚊虫顺着气息，不断扑上身来，恣意地亲热着我的皮肤，贪婪地吮吸我的血液，咬得我无处躲藏。我只能在无奈中，劝慰自己，静盼天明。

看着密密麻麻的疙瘩，我知道，蚊子把我的血液留下来了。这是黔西南的蚊子，它吸吮品尝到的是我带来的我黄河儿女的味道，我的血脉从此在黔西南少数民族上空散发，飘飞，游荡！

四

水稻，酿酒，烟叶，银饰，歌舞是黔西南的特色和装饰；绿是黔西南的心肺和肌肤；座座青山是黔西南的头颅和脊梁。

粗粝的饭菜简单到用面盆装上，汤菜一体，不注重细节，没有唯唯诺诺。人们酣畅淋漓，大快朵颐，大碗喝酒，大块吃肉，歌声如排，日夜唱响——

知道客要来，请人挑水洗条街，请人挑水洗条路，洗条大路等客来……

五

黄果树瀑布飞流直下，巨幅的水幕雨帘，悬挂眼前，美得炫目，令人慌张，惊天动地，震撼世界。一览无余，一言九鼎，一往无前的气魄——那才是最摄人心魄的王者气，野性美！一层层裸露自己，一截截铺排自己，水声四溅，喧嚣作响，古今轰鸣。但愿时间静默，定格这万千气象，及至能让我用手触摸和感受这自然的奇异伟力。

浮想联翩，飞流直下，我想起了我曾去过的黄河壶口瀑布，那是一种壮美，与之共赏，黄果树大瀑布便是一种瑰丽了。它们共同演奏了一个民族的抒情和交响。

六

在大美至纯的黔西南，我渴望成为一粒微尘，或一块石头。瞬间淹没整个山川的是我绿化了的眼睛和心情。

夏季雨，潜入荷塘，潜入黔西南的绿海。走失的是曾经的迷茫，走不失的是我的魂魄。

无论怎么看，那株株参天大树就是你心中的经幡！热情吞没黄果树瀑布，绊住游子脚步，何不索性横卧山上，融化在那绿里，绿在那绿里。

打凼的路铺进每一个人心中。任意行走，快乐是坦荡的，坦荡才是黔西南最本真的面目。

高峰滑翔，沟谷踏浪。山路十八弯，九曲回肠，冲浪的大巴车随心所欲在碧波绿海里驰骋，把快乐打造成一行行黔西南边塞风景。

一棵草，一棵树，因湿润而生长而茂密。满目葱绿、潺潺溪流，甚或几声野鸭叫声，都是前行的路标。

不需要返回原地，哪里都是绿，哪里都是心可醉卧与栖息的绿地。

该松散时彻底地松散，该隆起时让人仰望，该低洼时便矮下去，该凝固时硬于顽石！绿色黔西南，呈现着自然的婉丽和缤纷，也证明着生命的坚韧和顽强。

赤脚，陷进，后退，流动，感性，知性，美了，醉了……

七

乐运，一个吉祥的村庄，安坐在黔西南的深处，青山、绿水是你伸开的双臂，湍急的河流水波荡漾，溢出迷人的传说，滋养着乐运行走的曼妙和力度。

俊男靓女尽情地享受大自然的馈赠，借乐运之水，恣意妄为地打起了水仗，水花四溅，裙袂飞扬，眼波流转，春心荡漾，银铃的笑声不小心解开了心中保存已久的矜持。

你方唱罢我登场，此起彼伏。

而我终于怯于观念，怯于怯生，未敢下水，长久地驻足在岸上观望凝视，想起了诸多在河上在水上的古老的爱情诗篇……

八

一群不知名的水鸟叽叽喳喳来到水面，嬉水，欢唱，一同把蓝天吞咽。那阵深入比河水还低矮的草丛游荡，一同游荡游者的心情。

幸福于河水的高远。一对兄弟般比翼相守的树木，船一般泊定水边，似乎争执乘风破浪的过往，各不相让。

一双恩爱的树木，根系缠绕，枝丫连理，一个侧身，一个仰倒，手已伸了过来……黔西南少数民族一直不缺少爱情，爱情的滋养繁衍，乐运极以及无数村庄的生气才经久不衰，生生不息。

九

历史的另一端，少年张之洞的右臂，紧紧托举了黔西南的山水，十八先生将自己的铮铮铁骨，也将南明皇帝的委屈，写在黔西南的山上。

此刻，一名青春少女身裹浅蓝色曳地长裙，来到考试府前，回眸凝视，在认真地记着什么……

与黔西南厮守的是那座考试府。历历在目，考官威严的坐在里屋，严肃认真地阅卷选拔青年才俊，卷子上娟秀而谨严的精细毛笔手书，顷刻安静了我浮躁的灵魂。

于是不由自主，我想往回走，想去浩繁的历史和时间里，看看黔西南的前世今生，去触摸她曾经的意气、失落和容颜！

天还湛蓝，云仍洁白，只是故事的结局都一一沉入水中……

十

黔西南，因河水而青葱；大山，因翠绿而焕彩，所有隆起的都是黔西南积淀的底蕴和坦诚！

黔西南，是从苗族、布依族等走出的女人，围住青山绕过三圈，嘴里的歌声越唱越高亢。

路标，祭祀，送行，出征，都凝聚成一座村庄，一幅幅史页在民族团结进步的血液沸腾，还有红军长征路上的呐喊声、刀剑声、马蹄声，此起彼伏！

我已与黔西南融于一体。我清晰，因为我背靠黔西南，我景仰，因为我未来之前，抑或我归去之后，我的心依然在飞，飞向乐运，飞向黄果树，黔西南，飞向你……

招堤观荷

穿越千年的历史，寻根问祖，转山转水，来到黔西南的安龙。

安龙有招堤，一如杭州西湖之白堤、苏堤，因人而名，白乃白居易，苏则苏东坡；招堤亦然，为清康熙三十三年总兵招国遴倡议修建，故名招堤。

远看如虹横亘，如龙卧波，近观垂柳成行，满池荷花，天地间，葳蕤生光。跨越时空文明绵延，阻隔不断山水相连。

夏的闷燥，九曲回廊的招堤，连同人流，汗珠，以及荷花，舒舒绽开。凭栏远眺，静心赏荷。

堤上，一布依族少女，银饰配戴，环佩叮当。低眉浅笑，凝眸安详拍一组荷花，露珠晶莹，玲珑剔透，绿肥红瘦，人花争妍媲美，浑然如一幅泼墨写意画卷，路人惊讶，惊艳，频频回首……

满湖扇叶多情，一朵一朵撑开，各自傲立。那花苞红白绿相间，闭合自如，恰是粉嘟嘟少女羞涩的容颜，满怀美丽和心事。

踩痛荷花或行走，荷香高过歌声高过笑语，心情密不透气，船一般划行，任花蕊目不暇接，招蜂引蝶。

潜入水中，做一捧淤泥，护住你的根部，然后渗进你的径秆，和你一起向上。当花色饱满，如一滴露的我滚落叶蓬，晃了两晃，没入湖水……

从香艳中看到荷莲的采摘，是诗人的礼赞。而看到月夜赏荷，残荷裹月，菡萏香销迤逦婉约，却是诗人的悲伤。

伟岸挺拔的赏荷人，与荷共舞，醉步踉跄，蹒跚趔趄缓缓行走在招堤岸上。

月光映照了荷塘里一株高挑的荷花。裙裾摇曳，踢踏起舞，散缀的结儿也朵朵似荷依偎相伴。

湖岸在动，湖水潜入叶下，乘凉的几只水鸭也挤进来，东瞅瞅西望望，

打破荷塘宁静，一只雄鹰低飞高瞰，是在寻找观荷的视角？

惊奇是夜晚游人的叫声，撇开白天的喧嚣，乘兴而来，不醉不归。一会儿青绿一会儿红艳的叫声，一浪高过一浪。

荷是洁净的，往来赏荷的人有几人怀揣荷一样的韵致？

遇上你，是我的缘。旋律把一种力量置放荷叶间，跳跃，仄身，回环。直抵胸间——那可是一截荷语抑或是赏荷人的心跳？

当美达到极致，便有一种心痛——怕损伤而不忍触碰的疼！

因为美丽而关闭那扇欲启的心窗，继续前行。踏遍千山万水，寻找那块亿万年前的火山玛瑙石，烧焦岁月的痕迹。

你的洒脱轻松了我的沉重，你的澄澈灵动了我的双眸，感知的唯有荷塘里那片绵密的绿。

其实，荷香是一种烈酒，友情便是一湖有序有距次第绽开的荷色。

其实，亮丽的外表还潜藏些微的心酸和无奈，不知怎的，心兀然一阵疼痛，或叫痉挛。当接纳美好时却是悄然转身！

低眉浅笑，目光流转。盈盈闪烁，波光潋滟，脚步欲行又止。那座桥上穿越千年的诗篇。沉淀如泥。荷花们争先恐后携香攀越心头，该是夜归之时。

蓦然回首，意兴阑珊。不为来世，只为有你。

徘徊、踟蹰、彷徨、蹒跚，徜徉于招堤上。叹他日苦短，今夜无眠。也许回味的幻影才快乐，前世，今生，亦真，亦幻，我与荷，抑或你与我，此一场如花艳遇，仿如庄周梦蝶，是千年的妩媚与翩跹！

行走阿拉善

一

阿拉善位于祖国西部，民风粗犷剽悍。

蒙古族、汉族、回族居多，烤全羊，酥油茶是其主要饮食。

路途中，暑热得不顾一切的是我的疲惫。

结婚以后，很长时间里，就一直觊觎梦想到西部去寻根。

探究回族先民聚居地的历史文化。

回族群众大口吃牛羊肉，大碗喝酥油茶。性格暴烈，心地善良，粗犷豪放。

喜食清淡，害怕辛膻之气的我，对其饮食习惯一直心存芥蒂。

但是少数民族姑娘、小伙高鼻大眼，五官线条凸出，高大挺拔俊朗，能歌善舞又是我一直追随渴慕的。

前往阿拉善的路途中，我无数次地默颂著名抗战诗人田间的《假使我们不去打仗》：

假使我们不去打仗，敌人用刺刀杀死了我们，
还要用手指着我们骨头说："看，这是奴隶！"

作为回民媳妇，我不仅担负着繁衍少数民族子孙的重任，同时担负着教化引导子孙后代不忘先民初心，向善、向美追寻先民的历史。理应到西部寻根。

去西部的念头，一直在我心里诗意栖居，盘桓流连。

二

也曾仰望过许多高天圣土，但都不如阿拉善在我心中圣洁、伟岸、辽阔。

其实，阿拉善在我心中树立的高大形象，源于一位名叫张继炼的文化使者来到中原，娓娓向我们描述了贺兰山脉阿拉善历史悠久文化。

内蒙古阿拉善位于祖国北疆沙漠腹地，境内有乌兰布和、腾格里、巴丹布林三大沙漠。

在我国西北部，黄河以西，祁连山脉以北，有一块充满生机的广袤沃土，这就是内蒙古阿拉善盟。

27万平方公里的土地上，蒙古、汉、回等15个民族，繁衍生息。在这块土地上各族人民，创造了光辉灿烂的文化。

苍远辽阔的阿拉善孕育了曼德拉山岩画和贺兰山岩画，雕刻在岩石上的古代先民的游牧生活，栩栩如生。

《居延汉简》记录了秦汉时期的社会历史和辉煌的古代文明。

闻名遐迩的黑城遗址曾是汉、唐、西夏和元帝国的军事重镇，丝绸之路的重要关隘。唐代著名诗人和意大利著名旅行家马可·波罗，都曾在这里留下优美篇章。

和硕特与土尔扈特两大蒙古部落在阿拉善的世代聚居形成独特的文化承传。

尤其是三百年前，土尔扈特部冲破沙俄的重重阻挡，历尽艰辛回归祖国，更是写下了"东归英雄"不朽的史诗。

三

这是一块富饶广袤的土地。

这里有着令旅游探险家向往的巴丹吉林沙漠，耸立着比非洲撒哈拉大沙丘还高出70多米的沙山，堪称世界"沙丘之王"。

70多个如蓝宝石般的湖泊镶嵌在这块瑰丽的沙漠里。沙峰、湖泊、鸣沙与寺庙构成巴丹吉林丰富的旅游资源。

当你乘上沙漠之舟——骆驼在沙海中徜徉，还会领略到"大漠日出""沙海蜃楼""沙漠金字塔"等神奇瑰丽的沙漠景观。

在胡杨掩映的额济纳绿洲深处，有著名的西夏古城黑城子，更有充满传奇色彩的东风航天城——酒泉卫星发射中心。

古老黑城的传说及其丰厚的历史遗存吸引了大批中外探险家，东风航天城以其神秘和壮美迎来一批又一批慕名来访者。

烟波浩渺的居延海，森林茂密雄伟险峻的贺兰山，藏传佛教圣地——广宗寺（南寺）、福音寺、延福寺等，无不令人探古思幽，流连忘返。

随着贺兰山北寺森林旅游区，额济纳黑城探险等旅游项目的不断推出，阿拉善以其神奇的吸引力，迎接着新世纪的到来。

四

历史上"阿拉善"是"贺兰山"的音转，贺兰山名源于匈奴族贺兰部在此住牧，阿拉善盟因贺兰山而得名。

阿拉善地区是远古人类的发祥地之一，据考古证实，旧石器时代今阿拉善盟额济纳旗就有人类存在。

旧、新石器过渡的代表——细石器文化的赋存和发现，进一步证明古居延地区是东、西石器文化的连接点。

新石器、青铜、铁器时代，历代北方游牧民族在贺兰山、曼德拉山、龙首山等处镌刻了数以万计的古代岩画，成为研究古代游牧民族早期宗教信仰、生活习俗和经济生活的重要实物资料和珍贵的文化遗产。

安史之乱时，河西走廊被吐蕃切断，居延地区成为长安通往西域的"草原丝绸北道"。之后，居延地区先后为吐蕃、回鹘、契丹所部占据。

历史上，在大漠南北、长城内外中原王朝和北方草原之间的征战中，在中原汉族人民和北方羌族、月氏、匈奴、鲜卑、乌桓、突厥、吐蕃、党项、蒙古等少数民族友好往来、经贸交流和彼此融合的历史进程中，形成了纵贯东西、进入西域，横跨大漠、沟通中亚的草原"丝绸北道"。黑城即为这条十字交通线的枢纽。

无数动人的故事，等待我们去挖掘、去解读。

贺兰山腹地腾格里沙漠经过千年风化潮解盛产斑斓奇石，似草原明珠葳蕤璀璨生光，勾起了我的神往，渴望自己变作一块阿拉善的红玛瑙石，红色代表荣光、烈焰、热血，任由人们想象，深深地埋在沙漠中。

多年以后等待着人们去发现、挖掘、探测、找寻，留下一个回汉民族团结传说的佳话。

五

这次有位作家把一部手机丢在腾格里沙漠里，后又苦苦寻觅。

其实，我在心里默默祈祷，就让手机静静地躺在腾格里沙漠深处，聆听祖国心脏跳动的脉搏，奏响时代强音，插上音乐的翅膀，演奏出一曲曲时代进步的乐章。

另一位作家的一只鞋子遗留在阿拉善腾格里沙漠中。

令人忍俊不禁的是，鞋子，在我们当地方言中，读作孩子。

沙漠地广人稀，人迹罕至，希望这只鞋子无数年后发酵、酝酿、幻化出一群群回汉民族结合的孩子，在沙漠上跃马扬鞭，纵横驰骋，为保护腾格里沙漠原生态无公害做贡献。

六

仓央嘉措修行的南寺，依然巍峨，让我们想起，不为来世，只为触摸你的指尖的瑰丽诗行。

来到阿拉善，才知道什么叫天蓝悠悠。触摸到白云的心情，越旷远越豁达，自然的事物才越有力度。

沙漠孕育了宝藏，蒙古族、回族好客的热情张力，一直在我心里久久回响。

阿拉善是少数民族聚居地，歌舞是阿拉善的特色。马背上民族一直不缺少歌舞。

蒙古马头琴的婉转悠扬饕餮我心。少数民族姑娘们，载歌载舞婀娜多姿，曼妙身材，令人惊羡……

烤全羊上来了，厨师如庖丁解牛，一招一式，技法娴熟，霍霍有声，哗然桀桀。

看着大家大快朵颐，大碗喝酒，大块吃肉，酣畅淋漓，令不吃羊肉的我惊奇惊羡。

七

阿拉善夏季气候温和，没有南方酷暑暴烈，宜人宜居。树木花草青葱茂盛。

绿，是阿拉善的皮色。那满眼碧绿的贺兰山是连接阿拉善的脊梁。

巨大的沙漠如一块黄金饼，悬挂眼前，美得炫目、焕彩，震撼世界。

每年汽车拉力赛都在这里举行。

沙漠坦露一览无余的气魄——那才是最摄人心魄的野性美！

一层层裸露自己，一截截铺排自己。

沙漠绿洲雨帘水声四溅，哗哗作响。

但愿时间静默，让我们尽情享受大自然的馈赠。

八

在阿拉善，我渴望成为一粒微尘，或一块石头。瞬间淹没整个山川的是我绿化了的心情。

沙漠盛产珠宝。阿拉善的石头城一串串斑斓彩石手串、项链、把手，令来宾动容，大家慷慨解囊，脖子上手腕上层层叠叠，商户赚了个盆满钵满，微笑握别中送我们前行。

九

夏季雨，潜入荷塘，潜入绿海。

走失的是曾经的迷茫，走不失的是我的魂魄。

在阿拉善的贺兰山上无论怎么看，那株株挺拔的松树就是你心中的经幡！

热情吞没阿拉善，绊住游子脚步。沙漠的绿衍生再延伸，路铺进每一个人心中。

任意行走，行走是快乐坦荡的，坦荡才是阿拉善最本真的面目。

高峰滑翔，沙漠踏浪。

冲浪的越野车随心所欲驰骋，令我们发出一声声地尖叫，巅峰时刻相信每一个来阿拉善的人，都会留下惊心动魄的感受。

大漠边关，长河落日，把阿拉善打造成内蒙最美的边塞风景。

芨芨草，一株株，因湿润而生长而茂密。满目葱绿、潺潺溪流，甚或几声不知名字的小鸟叫声，都是前行的路标。

不需要返回原地，哪里都是心揣绿洲的目的地。

该松散时彻底地松散，该隆起时让人仰望，该低洼时便矮下去，该凝固时硬于顽石！

阿拉善证明了生命的坚韧和伟岸。

赤脚，陷进，后退，流动，愈难行愈兴奋，干干净净的兴奋。兴奋得一塌糊涂，美了醉了的饕餮盛宴……

<h2 style="text-align:center">十</h2>

沙漠把自己定格在贺兰山的深处，青葱、沙地是你伸开的双臂。

结善缘，结天缘的作家们，去时老天开眼，下了一场淅沥小雨，大家在雨水奇缺，夏季高温炙热的腾格里沙漠，度过了温馨从容的一个上午。

沙漠如软黄金溢出迷人的传说，滋养着阿拉善行走的力度。

一位旷达豪放诗人索性以滚躺方式轻吻沙漠；一位来自延安的农民诗人大姐用她炽热的激情，吟唱出冲破千年的篱笆，撕破禁锢在头上的铁网；唱着山丹丹开花红艳艳的信天游，带来延安的红色种子撒在腾格里沙漠生根、开花、结果。

美女作家环肥燕瘦，迤逦婉约，环佩叮当，踢踢踏踏。

来自江南水乡的旗袍温婉倾述着吴侬软语，暧昧着北方破洞牛仔裤的旷达豪迈。大家以各种方式亲吻着沙漠，俊男靓女尽情地享受大自然的馈赠。

今夜无眠，你方唱罢我登场，此起彼伏。腼腆、拘谨习惯默默观看的我，始终未敢登台一展歌喉，长久坐在台下观望、凝视，漫生出许多遐思。蓦然，想起了"静女其姝，俟我于城隅"的古老诗篇……

<h2 style="text-align:center">十一</h2>

一群不知名的水鸟叽叽喳喳来到水面，嬉水，欢唱，一同把蓝天吞咽。

那阵深入比河水还低矮的草丛荡漾，一同荡漾游客的心情，幸福于河水的高远。

一对兄弟姐妹般联袂出现的树木，船一般泊定水边，似乎争执乘风破浪的过往，各不相让。

一双恩爱的树木，根根缠绕，一个侧身，一个佯倒，手已伸了过来。原来，阿拉善少数民族一直不缺少爱情！爱情的滋养繁衍，沙漠的生气才经久不衰。

此刻，一名青春女孩身裹浅色曳地长裙，来到沙漠前，回眸凝视，在认真地记着什么……

十二

与阿拉善厮守的是那座北寺，依然历历在目。遗址的恒久与神秘！

古迹遗址顷刻洗净我浮躁的灵魂。

不由自主我想回溯历史，想看看骁勇善战的成吉思汗、忽必烈统治的阿拉善究竟是什么模样，去触摸她前世今生曾经的亮丽繁华！

天还湛蓝，云仍洁白，只是故事的结局都一一沉入水中……

阿拉善因河水而青葱；大山，因翠绿而焕彩。所有隆起的都是阿拉善的骨骼！

阿拉善是蒙古族、回族等衍生的妩媚女子，迤逦走来，环佩叮当。围住沙漠绕三匝，歌声越唱越高亢。

路标，祭祀，送行，出征，都凝聚成一座座蒙古包，一幅幅史页在民族团结进步的血液沸腾，呐喊声、刀剑声、马蹄声，此起彼伏！

中原文化，繁衍的一个汉族女子，已与阿拉善融于一体。

我背靠阿拉善，因为我心景仰！

秀水公园抒怀

秀水公园中央矗立一座由回廊小桥流水组成的八卦亭库区。亭台楼阁，钩心斗角，飞檐绝壁，如明珠般镶嵌在公园水库中央，光彩夺目，熠熠生辉，为城市增添了勃勃生机。公园原址建在詹大塘水库上面，如今改建装修取名为秀水公园。

春日融融，水波荡漾。成群的水鸟如白鹭、野鸭，一家老小，倾巢出动，三五成群，徜徉在水库间，穿梭、游弋，戏水、觅食。兴尽晚回舟，争渡，争渡！白天玩累的鸟儿们夜间或栖息于林间树梢，或直接在水草里蜗居。关关雎鸠，在河之洲。如此好春色，河岸游人如织，君子淑女，成双成对。

公园里种的有各种珍稀植物如红豆杉，香樟，以及其他一些不知名的灌木丛，蕙质兰心，杨柳依依。春天里，一树树粉红色的桃花夭夭灼灼，灿如朝霞。梨花带雨，心事重重。白色的花瓣上挂着不知是雨还是泪滴，装满心事，忽然刮来了一夜浩荡的春风，千树万树枝枝丫丫竞相开放，一树梨花压海棠。

一花独放不是春，百花齐放春满园。杜鹃花、金银花、含笑花等花卉盆景也都馥郁芬芳，争奇斗艳。站在公园里，面对着碧波荡漾，静静地凝眸思考，想到一个人与一座城的关联。千年历史兴衰成败，多少楼台烟雨中，春风拂槛露华浓……

秀水公园占地518亩。公园建有东门和南门。东门建于1998年7月，气势宏伟、庄重华贵，为两层建筑，上部为汉代风格，下部为明清风格，中间置高4米、宽3米巨型石碑，上刻固始县文化名人李乾山书法、董乃康撰文的《秀水公园记》，碑两旁为对开双扇仿古大门。正门两边各有一单层楼，主副楼之间由伸缩门连接，可供车辆出入。

公园八卦亭建筑面积120平方米，位于双湖连处，一桥飞架，八卦亭耸立其上，如带如簪，点缀其间，重檐飞翘，绾朝霞暮霭，拱桥临波、漾虹霓斑斓。

重檐飞翘亭中绘有中国传统八卦图案，象征阴阳调和、盛世太平景象。亭壁精心彩绘固始历史人物六套：楚相孙叔敖兴修水利、李通封侯、开漳圣王陈元光、闽王王审知、太傅祝庆潘、植物学家吴其睿。

一座城市能有一条河流穿城而过，将对居民受益匪浅。秀水公园的建立，让我们有了一个休闲放松的好去处，给大家的生活带来的惊喜受益无穷……

每当踏进秀水公园，立刻会感觉心情舒畅，大口大口地呼吸新鲜空气，让人倍觉舒爽！公园水库植被覆盖率达到百分之八十以上，空气纯净，最适合健身。人们都在疾步快走。大家都有一个强身健体的共同目标。公园里锻炼的人流如织，穿梭而过。

遥想历史胖与瘦的审美情趣，取决于一个朝代富裕强弱的实力。战火纷飞，硝烟弥漫，居无定所，民不聊生，人们想胖则胖不起来。汉代初期，因连年战乱，连皇帝乘坐的四匹颜色一致用于拉车的马都找不到，此即是驷马难追的原意。自然全民普遍瘦弱无力。于是，出现了身轻如燕，能够在皇帝手掌上跳舞的窈窕美女的典型代表赵飞燕。及至唐朝，贞观之治、开元盛世，太平年景，一派祥和，世界各地来长安，朝拜学习。唐代生活富裕全民皆胖，姑娘自然丰润肥美，肤如凝脂，峨冠高髻。

环肥燕瘦尽妩媚。纵观历史赵飞燕和杨玉环不同时期的出现，环肥燕瘦的审美标准皆有其历史原因。

往事越千年。如今随着物质文化生活的丰富，人们快节奏的生活，汽车尾气排放，空气质量差，环境污染，农药及各种添加剂恣意泛滥，均是破坏环境资源的催化剂。工作加班加点，以车代步，饕餮晚宴等严重损害了国民的健康。

现代社会，机器马达轰鸣的楼房工地建筑，到处堆积成山的工程机械设备，硝烟弥漫的施工现场，即使去锻炼也是二次吸收粉尘污染。如果能在优美的环境中健身，回归大自然的净土，每日迎接朝阳，吐纳新鲜空气，以自然天地造化，怡情养性。岂不快哉？

纸上得来终觉浅，绝知此事要躬行。群众对绿地的急切渴求，对环境的殷殷期盼，终于得到重视。

为官一任，造福一方。我们感谢那些最初拟定建立秀水公园宏伟蓝图的人们。他们没有贪图安逸享乐，而是躬身力行，践行着良心责任为人民

做好事，做实事。他们大写的人生，浓墨重彩地绘制了人生的大爱。他们用睿智的眼光，为固始人民设计规划建造了这座福祉万家的工程。

环境保护，利国利民。人们在大肆建立高楼大厦，房地产开发的同时，要为自己，为后代子孙辟出一块绿地。

秀水公园近年又被大力整治，道路、厕所修葺一新，新铺了一条红色地砖通道。上八卦亭上及道路两旁新增加了彩色照明灯，夜间开放，湖光山色，回清倒影，亦真亦幻。为青年男女交友、聚会提供了一个好地方。也给锻炼身体的人们增加了幸福感和安全感。

秀水公园说来不过才十几年的历史，往深里想，百年之后以至更远，我们老了，或不在了，儿孙们长大了，到那时，今天的秀水公园就会成为一座城市的文化记忆，成为生活在这座城市的人们的文化情感，它就不单单是休闲抑或健康的意义，而是永恒之美的净土，存在于大树的年轮，存在于水岸丰厚的泥土和植被，存在于人心……

秀水净土

一

寻寻觅觅，一直在找寻心中净土。

"坎坎伐檀兮，置之河之干兮，河水清且涟猗。"《诗经》描述的水波荡漾，一直盘桓我心。西南有一方秀水，清雅宜人。

如小城的一枚明珠，如古代的一位香草美人，巧笑倩兮，美目盼兮，逶迤婉约，踢踢踏踏。

她便是秀水公园，湖光山色，回清倒影，亦真亦幻。静女其姝，静女其娈。婆娑幽静，遗世独立。

二

红豆杉、香樟等灌木丛，蕙质兰心，妖娆缤纷。大片的梨树，桃树果木花卉，馥郁芬芳。一树树桃花，夭夭灼灼，灿如朝霞。

关关雎鸠，在河之洲。

公园的好春色，诱得水岸，游人如织。君子淑女，成双成对。

三

这里梨花最多。梨花带雨，心事重重。白色的花瓣上，挂着不知是雨，还是泪滴，装满心事。

真有一树梨花压海棠之说吗？

是古代香草美人的眼泪？是昭君出塞？西施浣纱？是归汉文姬的胡笳十八拍？是写出了"生当作人杰，死亦为鬼雄"豪放兼婉约的词人李清照的思夫泪？

古人的影子，在我眼前结跏趺坐。

四

秀水公园有八卦亭，形如八卦。

镶嵌在公园水库中央，亭台楼阁，钩心斗角。光彩夺目，熠熠生辉。

春日融融，水波荡漾。成群的水鸟白鹭、野鸭，恋爱、生子，携家带小，倾巢出动。

徜徉、游弋在水库绿地间，踟蹰、徘徊、流连、戏水、觅食。

兴尽晚回舟，争渡，争渡！白天玩累的鸟儿们，晚上栖息于林间树梢，或直接在水草里蜗居。

鸟鸣稠啾，此起彼伏。

五

面对水库，吮吸着新鲜空气，透过开满鲜花的月亮，醉意古今。

秀水公园，落成不过十余年，往深里想，百年之后，以致更远。我们老了，或不在了，儿孙们长大了，秀水公园将成为一座城市的文化记忆，成为生活在这座城市的人们的文化情感。

我期盼这里成为永恒之美的净土。

第三辑　守望花开

走进希望

走进希望高中，每次总会有不同的感慨。

2015年5月我的散文集《幸福遐思》出版，捐书仪式在希望高中举行，嘉宾云集，盛况空前。

同时，开展了固始作家走进希望高中活动。我本人捐赠了新书《幸福遐思》一百册给希望高中，供师生们阅读。

今天，再次走进希望高中，参加固始作家协会散文学会成立仪式。

与希望高中的缘分越来越深，迫使我多次想提笔写写他，每每提笔又放下，古人说，近乡情更怯，不敢问来人，可能就是这种感觉吧！

希望高中位于固始县城南新区，是一所民办中学，目前已有初中部和高中部，据董事长任玉介绍，近期还要成立小学部。占地一百多亩，有塑胶跑道，室内体育馆，是固始县规模最好的民办学校之一。

说到希望高中，有必要浓墨重彩地说一说董事长任玉。

记得多年前，一次偶然的聚会和任玉女士不期而遇，一见如故。人说，有缘千里来相会，无缘对面不相识！素昧平生，萍水相逢，隔山不打鸟，就是那不经意的一瞬间的接触，碰撞出串串火花，大有一种相见恨晚，惺惺相惜的感觉，彼此理解、融洽、包容、欣赏、信任，乃至袒护，这是需要缘分的！缘长缘短，缘聚缘散，历久弥新，弥足珍贵，亲如姐妹。相处时间长了，只言片语中，无数次地听她谈起她的创业经历，从一穷二白，白手起家，靠为人剪裁衣服的一名农家女，到如今资产上亿的民营企业家。其中的酸甜苦辣，个中艰辛，非常人能忍耐。没有一种铁人般的意志，很难成功。直到今天，她依然还要小心翼翼，如履薄冰。虽然前路漫漫，困难重重，但创业者永远在路上。

无数次我都想写写她。可无数次提笔又放下，因为，写人是需要有精确数据的。每每聚会，谈到如何写她时，她总是说，忙得很，以后有时间，再细细聊。

时光匆匆，蹉跎岁月，一直未能完成写作！

聚会时看到她来去匆匆，风风火火，手机电话一个接一个，千头万绪，应接不暇，我都会忍不住地问她，你累吗？她总会露出舒心的微笑说，累呀！我又不是铁打铜铸的，怎么不能不累呢？但是，每当忙完了，一个人静静地坐在办公室里，看到孩子们一队队，一排排，整整齐齐，放学回家，所有的辛苦、劳累都释然了……

是啊！多么好的回答，朴实无华，看到孩子们放学归家，所有的劳累都释然了。言简意赅地诠释了任玉董事长心中的大爱！

希望高中是一所民办中学，招收的学生，都是分数没有达到重点高中的学生！这些孩子正处于十五六岁的花样年华！思想半成熟，似懂非懂，打工还太小，假如不上学，闲散在家里，很容易在社会上迷失方向。任玉校长以一名农家女的亲身经历，深深地懂得不继续深造的后果！于是，敢作敢为的她，丢掉了裁剪刀，毅然决然地办起了这所民办高中。

十年树木，百年树人。希望高中聘请名师校长，精心育人，一批批学子花蕾，在老师园丁的精心培育下如蜡梅般迎春怒放，馨香芬芳，馥郁幽香，茁壮成长。他们收获了知识，掌握了技能，走向更好的大学深造。为人生赢得更大的舞台，夯实了牢固的坚实基础！每年都有无数优秀学子返校，感谢恩师的培养！

一分耕耘，一分收获。博古通今，去粗取精，前事不忘，后事之师！近年来，希望高中推行素质教育，国学活动开展得如火如荼！《三字经》《弟子规》，学生们背诵得朗朗上口！课间休息，经常在校门前的操场上整齐划一的列队背诵。这次散文学会成立，我目睹了场面的宏大，几百名学生，穿着统一的红色校服，行距有次地站立在操场上，嘹亮地诵读着：

　　　　弟子规　圣人训；首孝悌　次谨信。
　　　　泛爱众　而亲仁；有余力　则学文。

纵然外面是严冬腊月，场面依然壮观热烈，看着一团团红色的上衣染成的红色海洋，大病初愈的我，心里面如一团团火苗在汹涌，在澎湃，在跳动，在闪烁！

我仿佛看到了五四青年学子，激情昂扬，澎湃四射，铿锵有力地朗诵

诗篇；我仿佛看到毛泽东的青年时代，恰同学少年，风华正茂，书生意气，挥斥方遒；我仿佛看到了，少年周恩来在吟诵为中华之崛起而读书！追溯再远点，我仿佛看到了岳母在刺字：精忠报国；我仿佛看到了岳飞在大声地吟诵：三十功名尘与土，八千里路云和月，壮士饥餐胡虏肉，笑谈渴饮匈奴血，莫等闲，白了少年头，空悲切！

慨当以慷，忧思难忘！浮想联翩的我正在幸福遐思，学生们已经诵读完毕。思绪万千，穿越时空的我才慢慢地回到了现实。夜幕降临，远山如黛，轻烟薄雾，笼罩在道旁树梢。山气日夕佳，飞鸟相与还。该是踏上归途的时间了，看到县老年书法学会会长陈国强老师，为祝贺固始县散文学会的成立，即兴吟诵出的诗篇：国逢盛世百业兴，蓼城沃土育精英。散文学会今成立，百花园中又一春。

深情地回望一眼希望高中，各个教室华灯初放，灯火通明，莘莘学子正在秉烛夜读。我似乎看到，又是一个不眠之夜。黎明的曙光正在冉冉升起，希望高中即将迎来新的一天，每一双眼睛都充满希望。

走进学校，就是走进希望。

皈依

皈依不是佛教之所专用。古语说："腹有诗书气自华""唯书有华秀于百卉"。如果忙碌浮躁的现代人多读书无疑会增添一分清雅，清雅的气质来自于书香的熏染，是内心修养，外在彰显，更是良好道德的体现。书是精神的皈依，生命的禅堂。

我出身于书香之家，父母均是老师。追溯上几代，母亲的姥爷就是私塾老先生，小时家中无他，唯有一堆书。彼时母亲调往山区一中学任校长，山清水秀，风光旖旎，秀美的小山村如世外桃源般清新宁静，外界的喧嚣动乱对这里冲击很小，我得以无忧无虑快乐地成长。当时我家的院子里种有一片竹子，竹子底下砌有石桌，桌子四周放有几个原生态颇有几分艺术造型的树根打做的椅子。虽谈不上是根雕，但亦别有风味，坐上很舒服。每到暑假，我就优哉游哉地坐在那里读一些如《诗经》《离骚》《红楼梦》《静静的顿河》《高老头》等古今中外名著……

当时比较有影响的刊物如《奔流》《解放军文艺》《人民文学》等家里都有订阅，与书做伴，我的童年浸润了墨香，千年诗词古韵皆可信手拈来。如"关关雎鸠，在河之洲。窈窕淑女，君子好逑。"（《诗经·关雎》）；"结庐在人境，而无车马喧。问君何能尔？心远地自偏。采菊东篱下，悠然见南山。"（陶渊明《饮酒》）。"怒发冲冠，凭栏处潇潇雨歇。抬望眼，仰天长啸，壮怀激烈。三十功名尘与土，八千里路云和月。莫等闲白了少年头，空悲切。"（岳飞《满江红》）。由于当时年纪小，背的东西太多，有的亦不甚理解，常会把"学而时习之不亦说乎"错背成"学而时习之，门旮旯老先生偷我地梨子"等一些贻笑大方的笑话。

由于兴趣爱好，长大后我学的也是汉语言文学专业，研究的是宾语前置、状语后置之类句子。如："沛公安在？"（《史记·项羽本纪》）亦即沛公在安，沛公哪里的意思。记得测试《古代汉语》，全班及格的寥

寥无几，而我却考了96分，高居全班第一，最后以优异成绩毕业。

父母在教育战线上兢兢业业地工作了一辈子，子女想跨行很难，只能凭本事硬考。过五关斩六将地考个铁饭碗颇不易，我刻苦诵读，终于通过了公务员考试，有了份可靠的工作。二十年多前大家的文明程度没有今天高，亦没有网络，单位的男士居多，大家在酒酣耳热之际流行讲黄段子唰笑取乐。彼时我不到二十岁，待字闺中。听到大家讲的黄段子总会面红耳赤，如坐针毡。每次加班吃饭总是忐忑不安，进退维谷！常常想当初应该选择当个教师，如父母一样清静无为一生。

20世纪80年代我国刚刚改革开放，百废待兴。人们刚从赤贫中解放出来。大家穷怕了，普遍崇尚下海经商，对于腹中有些墨水的"君子固穷者乎之类"的小文人多以迂腐酸涩来形容。慢慢地我意识到了这一点，强迫自己放下书本，尽量与大家志趣相投。

后来有了孩子，放假了家长们也都喘口气；我们住在一个机关大院，孩子们欢天喜地满院子跑。大家也没什么娱乐活动，闲暇时喜欢聚在一起打麻将。只有我一人不会打麻将，业余时间就义务帮大家照看孩子。后来一位同志告诉我：你也应该学习打牌了！孩子大了，无须陪了，同时也是为了团结同志与大家同乐。我说：忙过之后，依在床上看书就是我心灵最好的皈依。他唰笑着说："独乐乐与人乐乐，孰乐。"后来经大家反复劝说我也开始认真学习打麻将，刚开始不太会只要一急，就把"一条"喊成"小鸡"。由于不熟，手忙脚乱地跟不上，感叹为何麻将比工作还难！经反复努力，终于学会，并能驾轻就熟，得心应手。人说，学坏容易，学好难。慢慢地自己也沉溺其中，乐此不疲。

后来，大家赞许我的麻将打得如围棋九段一样高。有一位女领导知道后惊奇地说："记得她爱看书，以前我们打麻将她都懒得看，说是听不得麻将的响声，士别三日，没想到她如今……"我从一个吟着"昨夜风疏雨骤，浓睡不消残酒，试问卷帘人，却道海棠依旧，知否？知否？应是绿肥红瘦"的安静人变成了一个爱好喧嚣热闹歌舞升平的人。偶尔兴起秀才提笔忘了字，通俗字都写错。

然而，日复一日打牌，终究不是我真心所向。骨子里喜静，再怎么刻意改变，仍旧初心难改。随着新鲜劲儿过去，我终于意识到，文字才是我内心的归宿，灵魂栖居的家园。回眸二十年前，自己就在《中国妇女报》上获得过全国一等奖，只因后来虚度年华，荒芜了青葱岁月。刻不容缓，巾帼不让须眉，我夙兴夜寐，宵衣旰食，重拾爱好。我如邯郸学步般学习使用电脑，一字一句凿点小豆腐块，陆续在报刊上发表："衣带渐宽终不悔"，我紧赶慢追地写了一些文章。随着成绩点滴攒下，我当上了固始县小说学会的副会长。作品如雨后春笋般陆续刊登，我绷紧的心弦终于可以稍稍松弛一下……

正如书上说，皈依生命的禅法在于对生命传递一种信任与坚韧，失落中的勇敢，困惑中的价值。找到自己内心安静的方法和体验，不要在凄然中徘徊，还有那些"我本将心向明月，奈何明月照沟渠"的叹息。人生向前，把握了心态，也就把握了生命的了如指掌。纳兰容若的一句忠告："人生若只如初见，何处秋风悲画扇。"人生所有的故事都是思考的契机，故事在岁月里历久弥新，心在岁月里愈加清明。苏东坡的词："拣尽寒枝不肯栖，寂寞沙洲冷"。生命需要去读懂，去承担它的沉默和繁华，那么心态就需要一种秩序，珍惜一种坚持。固执的产生新的错误，突破内心的困顿，勿忘初心，抬头看世界，内容还是那么厚重，用生命的乐观去当作生命的材料，"时来天地皆同力，运去英雄不自由"。纵观集大成者，皆耐得住寂寞。如我等肤浅漂浮，终究一事无成。

"君问归期未有期，巴山夜雨涨秋池。"皈依到文学道路，实乃如斯！"蓦然回首，那人却在灯火阑珊处"。感到自己前半生踯躅、徘徊、彷徨，功亏一篑；最终自己还是喜欢敲击文字，善于用空灵的文字述说心情。拿起笔，不装腔不作势，我手写我口，随心所欲，信手拈来；一花一世界，一叶一菩提。点滴的生活小情小趣都可以成为一篇脍炙人口的文章素材。最后谨以此文献给如我等曾经迷茫的人士："沉舟侧畔千帆过，病树前头万木春"；"长风破浪会有时，直挂云帆济沧海"。爱你所爱，不慕虚荣，不患得失，不落俗套，尽情地驰骋于自己钟爱的事业……

盛宴

今天是躺在医院的病床上，用手机写就如下一段文字的。感谢张富领张总率领的时代报告、奔流编辑部同人，岁尾年末之际在郏县给我们组织了一场文学活动，是一场聚会，也是一场盛宴。

在来之前，我有诸多纠结，首先身体不好，医生多次催促，亟急要住院手术。其次年底了，各项考核工作应接不暇，确实走不开。直到头天夜晚十一点，我才仓促决定来参加学习，想着报到一下，学一两天马上就返回……

谁知道一来就被时代报告、奔流杂志社温暖的大家庭感染了。在河南省文学院时代报告、奔流编辑部，见到了久闻大名的张富领张总，见到了在微信上天天聊天，爱穿旗袍，客气和善的魏慧玲惠子美女编辑，结识了怀揣六甲的宋叶编辑，以及白银花、董海燕、张可等美女编辑。

当天前往郏县时就见到了久闻大名的乔叶老师，乔叶戴副眼镜，皮肤白皙，如邻家小妹般胖乎乎的，真人比照片上显得年轻、秀气、可爱。我说，我看过当年她刚出道时写的《有条歧路不铺花》文章，正因为这篇文章喜欢上她的文笔，听完她竟然有些害羞，不好意思地说，那文章写得丑死了。大家就是大家，不自满，有修养，低调、谦虚。

尤其是见到了刚从北京赶来的中国报告文学的常务会长李炳银老师。李老师听说我是从固始来的，就说，好。他说，他在福建听说过固始，固始是中原侨乡。我忐忑地说，我们工作在基层，业余时间写作，基础差，写得不好。李老师听完后，立刻鼓励我说，那更好，那样是有了感觉才去写，没有负担，不是应付差事硬去写，那样更易写出好文章。

真的，听君一席言，胜读十年书。李炳银老师温暖的话语，感人肺腑之言，在我心头汩汩滔滔，汹涌澎湃，激动的心情久久难以平抚……

乔叶老师首先给我们讲了课，她结合自己的实际谈了如何从小路走的写作经验。接着李炳银老师、王剑冰老师、马新朝老师等大家，都结合了自身实际谈了创作经验。今年夏天我们固始曾经邀请过王剑冰老师来指导文学创作，在此次讲课中王老师还指着我，举例说我们固始三河尖及淮河流域王家坝的壮美，令我深为家乡骄傲自豪。

马新朝老师则跟我们分享了当年他创作长诗《幻河》的体验。他说，黄河是中华民族苦难的河，但是中国古典诗歌都没有表现出来，于是，马老师说，他就想写一首长诗来歌颂黄河。当年是八七年吧，当时黄河漂流牺牲了七个人，马老师作为参加漂流的记者及时报道。那时候所有人都充满了激情，当时听说美国人要来征服黄河，中国立刻自发地成立了，北京队、河南队、马鞍山队三支漂流队。说来也巧，我当时刚刚迈入二十岁门槛，是姑娘一朵花的年纪，花样年华，热血沸腾，仰慕英雄。当时《中国青年报》《河南日报》《新民晚报》各大报刊铺天盖地跟踪报道，我们每天上班，首先是收集报纸关注漂流队成员的进程，对于郎保洛、雷建生等优秀队员名字耳熟能详。尤其是当年一位上海姑娘看过报道后，不顾家庭的反对，追寻漂流队员郎保洛至青海，直到郎保洛牺牲，在青海恰卜恰镇火葬时姑娘悲痛欲绝的场面，依然记忆犹新。马新朝老师说，全程他都参与其中。当年我们看到的报道，有很多篇就是马新朝老师撰写的。听了这些，我感到难以言说的激动。

其实，人到中年的我，性格早已被生活磨砺，变得中庸平和，处变不惊。但是马新朝老师声情并茂的演讲，再一次触动了我心底里最柔软的部分，遥远的记忆，波澜壮阔的黄河漂流场景，郎保洛、雷建生等牺牲的画面，上海姑娘悲痛欲绝的哭声，一幕幕渐次映入我的脑海，久久挥之不去。泪水再一次淹没了我的双眼，不忍去细问，不忍去卒读。

马老师说，那时他每天晚上赶到邮电所，没有时间写就口述。正是参加黄河漂流改变了他的人生，终于促成他写了长诗《幻河》。开始写了四千多行在《莽原》上发的。后来，砍去一半，成为现在的两千行。中华民族五千年的文明史，都在里面呈现，可以和黄河媲美，最后出了书。那年评鲁迅文学第三届文学奖，以无人争议的全票通过。马新朝老师激情澎湃、真情流露的讲课，赢得了长时间、经久不息的掌声。

千呼万唤始出来的中国报告文学副会长李春雷老师，风尘仆仆，迈着矫健的步子来了，李老师由于工作忙，最后一个匆匆赶来给我们讲课。细心的李老师在路上即浏览了我们奔流改稿班微信群成员情况，我刚进课堂，

就听李老师轻轻地唤我叶老师，我惊诧地抬起头，以为是自己听错了。看到李老师正殷殷地看着我，方才感觉是真的。

李春雷老师是最年轻的鲁迅文学奖获得者。当年他以河北邯郸邯钢为题材，经过大量的调查研究写了《钢铁是这样炼成的》报告文学，摘取了第三届鲁迅文学报告文学奖。李老师情真意切地结合自己谈了创作的艰辛，以及告诫我们如何从一个业余作者向成熟作家迈进。

正如郑旺盛老师在总结时说，时间静默，潺潺流水，我们收获了文学，收获了营养，文学的第一要素是语言，宁为百炼钢，化作绕指柔。文学不能改变世界，但是文学可以感染人，温暖人。铁肩担道义，妙手著文章。文学熠熠生辉的光芒，滴水穿石，文学之神眷顾了李春雷老师，让他成为鲁迅文学奖最年轻、最隽永的作家。一个燕赵才子，一个报告文学的经典的传奇，让我们永远激励、景仰！

清风牵衣袖，一步一回首。七天的学习转瞬即逝，郏县是"三苏"故地，郏县的回族群众，郏县的茶馆，郏县党校推崇的国学，培训的义工，可歌可泣的事迹太多，不胜枚举，这场饕餮的文学盛宴说不尽，道不完。

依依惜别的深情，老师同学间建立起来的深情厚谊，让我不忍回顾，几次搁笔，欲罢不能。

一树树花开

——2015年固始散文年选序

编完固始散文年卷，走进小街后面的花园。不经意抬眼，前些日子还光秃秃的枝头，竟俏生生立着大朵大朵的白玉兰，似乎下一秒就要扑棱棱地振翅飞走。

白玉兰花是简单而又纯粹的花，有着和田玉一般的质地。它高高地绽放在枝头上，没有绿叶衬托，更显娇憨。洁白的花萼，圣洁的精灵。一瓣瓣花勺，似在寒泉中浸过，似用春江水泡过，白得清透，高雅纯净，在阳光照映下有种冰雪消融的美。令我驻足赞叹，不忍碰触。

当然有风，吹面不寒的杨柳风，送来阵阵花香，优雅馥郁，沁人心脾。花的眉目盈润饱满，宛如一位风姿清雅的旧式女子，腰若流纨素，耳着明月珰，从青石小巷深处迤逦而来，细碎的步子在烟雨中摇晃，风情醉了一地。走过她的身边，感觉到那有玉的温润和花的馨香，淡定而又清晰，虽不见阳光，却感觉到了和煦。

春天，也只有在春天，才能鲜明感受到生命力在汪洋恣意流淌，溢出花朵，流过枝头，倾泻而下，灌注心胸。美得张扬怒放是一种本事，只有铿锵有力的美才能直入人心。这样干净利落的花，落下想必也是有声的，扑扑通通砸下来，同花开时一样令人猝不及防。

白玉兰，打苞时我毫不知晓，而今没错过盛花期，真是幸之又幸。

生命是一场漫长又转瞬即逝的体验，三月中旬的午后，怒放的白玉兰、层叠的香气、明亮微黄的光线和孩童的喊叫声，在我脑中萦绕成一盘鲜活的记忆胶片。在现实世界中我们将自己隐藏，面对着这样的美，这般澎湃的生命力，只有文字，才能让人卸去心防。与世人分享作者的记忆与思维，通过记录自我，阅读他人，生命被拉伸出数倍的长度与宽度，文明才得以代代传承。

　　一个人的文字是个体生命的延续，一群人的文字则是一座城的春秋更替。

　　豫东南，淮水流，浩浩汤汤，分支探入固始是为史河，史河水慷慨激昂，喂养了固始的第一声莺啼，第一支春色。方圆2496平方公里的土地上，170万人同饮一瓢水，书写了古蓼文明、侨胞文化。而写作者，以笔代口，以文传情，记录了这一年固始的大地和星光。如若从这些文字中层层遴选，抽离出最生动最优秀的精华，翻动书页，你可以听见固始——这座豫南小城轻轻的呼吸。

收割

——2016年固始散文年选序

落笔纸上，是六月的下午。倘若是农耕时期，六月正是麦天，在一地金黄里挥舞镰刀，一茬茬的麦子渐次倒伏，像一行行风雨锻造的文字镌刻于书页。此刻，如果你我回眸，将会看到金色的麦带绵延，将去年与今年的空白填补。

时间便是踏着这样一条金色大道飘忽来去，拿什么来铭记？我们的祖先用绳结记事、刻契记事，然后衍生出了符号，再往后，楔形文、象形文刻上岩壁和龟甲，帛绢、莎草纸、牛皮卷依次闪现，又被历史的大浪卷走。弥留至今的文字，看似单薄，却书写了整部人类文明史的层层进化。今年有两个农历六月，长达384天的年份，在行到折中的时候难免有些疲累。站在一年的岔路口，前望是漫漫未知路，回顾是再熟悉不过的风景。农人埋头收割谷物，我们收割的，便只有一茬茬的文字了。

经历了一年的沉淀与打磨，固始散文年选再度与读者见面。2016年的年选，相当一部分篇幅侧重于人文历史的传承与记叙。城市乡村，遗墟故址，炊烟升起过的地方就是一个家园。把沉沉的建筑赋予人类的精气神，风骨与风貌便在看似平淡的叙述中徐徐坦露。翻开书页，赵主明的凤凰古镇，陈峻峰的韶关纪行，胡亚才的石佛小镇，曲尚英、王治学笔下浓浓人情味的固始等大幅篇章，都是以作者最诚恳的眼睛将砖瓦楼宇扫描成像，再以心灵和大脑的复杂加工，春蚕一样吐出一篇篇锦绣文章。除却这些人文篇幅，家庭、校园、社会真情等也是永恒的文学主题。其中，文坛新秀们如笋般破土而出，他们虽年纪轻轻，却已笔力非凡，将丰沛的情感和灵动的思考融入不疾不徐的文字里，实在后生可畏。更多的文字虽未经点评，但每一篇都经过了编辑团队精心挑选，反复比较，可视作2016年固始散文的梳理与概览。最终入选的这些文章，或许有一些略显粗糙稚嫩，未经字

斟句酌，不够优雅灵动，但每一字句，都是这片土地的人以笔为轴，抓一把生活砂砾认真打磨的粗瓷，触手皆是普通人颦笑间自带的毛糙感。贵在真实，贵在质朴，贵在以诚动人。

写作是一项自我对话的心灵检视，于无声处听惊雷。将每个人的生命轨迹抽丝剥茧，拣出最洗练的碎片印刷成铅字，成为固始在历史长卷中踏出的脚印之一。这是固始人每年一度的收割，也是每年一度的自省。愿书卷前的你，能够读懂这份心思和诚意。愿固始的文学，能在老中青三代人手里薪火相传，在麦香里走向下一个累累丰实年。

丹青翰墨赤子心

——记著名书画家段宝林

今秋，书画家段宝林先生获得了拔尖人才奖。其庆祝晚宴，也邀请了我这个晚辈参加。宴会厅里，灯火辉煌，高朋满座。在一片祝贺声中，我望见先生，他依然那么谦和、真诚、平实和慈祥。之于我，他是父辈，也是智者；他是名家，也是师者；他是榜样，也是朋友、忘年交，那会儿我突然想着，我是否也来写写他。之后的许多天里，我开始搜索往事记忆，开始来读他的作品和文字，从心里描画着一个我熟悉的也不熟悉的长者、老人、中国当代著名书画艺术家。最后我看到了，那是一位精神家园守望者的形象。

段宝林，1943年生，河南固始县人，别署方识居士。现为中国书法家协会会员，河南省美术家协会会员，国家二级美术师，河南省书画院特聘书法家，信阳市美术家协会顾问，固始县书法家协会名誉主席，固始县美术家协会主席，固始书画院院长。其书法作品荣获文化部第七届中国艺术节全国"群星奖"（社会文化政府最高奖），河南省第八届"群星奖"一等奖，首届"小榄杯"全国书法展二等奖，"中原文化非洲行"书法作品展一等奖，首届北京旅游文化节全国书法展二等奖，第六届"赛克勒杯"中国书法竞赛一等奖。其书法作品入选中国书协主办的全国第三届正书大展，全国第四届楹联书法展，全国第三届书法篆刻展，纪念建党80周年全国书法展，纪念抗战胜利60周年全国书法展，"冼夫人奖"全国书法展，首届全国老年书法展，"三晋杯"全国公务员书法展等。作品被中央电视台、中国国家画院、台北国父纪念馆等多家博物馆收藏。

这些成就和介绍，只是一个干巴巴的综述，绝不能简单代替一个人真实的历史。我所知道的段宝林先生，出生于固始城关张家街，自幼勤奋苦读，各科成绩皆优。青年时期正逢那场文化浩劫，本已考入重点大学的他，

因为"家庭出身"被取消。从青年到中年，命运多舛，坚持着、忍耐着，走过沉郁多事之秋，在忐忑彷徨苦闷中接受命运的暴风骤雨恣意鞭挞。脆弱柔软的内心逐渐变得强大。日出日落，岁岁枯荣。立根破岩中，咬定青山不放松。怀着初心，握紧手中的笔，万字如一，写下一行行蝇头小楷；点点滴滴，水墨浸染在洁白的宣纸上，泼墨春秋，艺术人生，将大写的"人"字写就了一幅人世画卷，绚丽多彩，荡气回肠。

风雨之后，始见彩虹。经历了大起大落，段老师看淡一切名利浮华，低调、恬淡、勤勉、躬耕。文学艺术造诣禀赋高，个人修养好，退休前任职县文化馆馆长，是固始县屈指可数书画兼修的艺术家，头衔、成就、名誉，无法一一罗列，先后出版了《段宝林书画集》《段宝林翰墨五十年》。

段老师是20世纪五六十年代开始书画创作，那时适逢我老父亲也喜欢书法绘画，于是相互切磋交往，成了一对书画兼修志趣相投的好兄弟。加之身形都瘦削高挑，彼时恰逢风华正茂，两个年轻的艺术家被誉为"风流才子"，每逢县里有啥大活动，总会看到他俩年轻活跃的身影。

往事如烟，随风而逝，浪花淘尽英雄。我父亲，还有段宝林老师，都是风雨一生，泥泞前行，历经各类审查，父亲还曾因写诗获罪，转眼步入耄耋之年，退休赋闲在家，儿孙绕膝，颐养天年。老父亲琴棋书画诗词歌赋皆懂，偶尔兴起，也动动笔，不当真的，戏称自己百样会不如一门精。他就佩服段老师，始终如一位精神的守望者，艺术的守望者，坚韧刻苦，忍辱负重，坚持了下来，老父亲如今还保留一幅段老师年轻时的泼墨山水画作。每每说到此，段老师总是谦虚地说，那时年轻稚嫩，工笔、写意画的笔墨着色浓淡不协调，线条粗细不均匀，给人一种单薄、不厚重大气之感。

其实，人说会看看门道，不会看看热闹。也许是段老师道行深厚自谦之语。在我们看来，真的蛮好。整幅画面颜色协调，以白色为底色，着以黑色、淡绿色两种颜色为主打，偶尔也插有一枝点缀的小黄叶作为配色，枝头蹲的几只小鸟，猜想是一位瘦些的老公携着它的胖太太紧紧挤挨在一起，啁啾着唱诵着关关雎鸠的柔情蜜意。另一只独自蹲着的远远的胖胖的小鸟，不知是否在等待远方觅食的爱人归来兮，抑或是因肥胖找不到夫君尚待字闺中，学着李清照吟唱"闲愁最苦"的婉约宋词，在料峭的倒春寒中显得有些笨拙、心神不宁、呆头呆脑。

再看整个画面，沟壑丘陵纵横，苍松翠柏林立，还有几处稀疏的低矮房屋，炊烟袅袅。在一沟涧处还建有一座古老的小桥，桥下流水淙淙，桥上坐着两个休息的挑担人，可能是长途跋涉累了将担子放在脚边，人坐在桥栏上歇息喘气。天上朵朵白云晃晃悠悠猜想着地上行人的心事。是的，他们在想什么呢？也许是想着赶集归来给家中老婆孩子买的衣帽鞋袜老婆见到后一定会露出惊喜的笑脸，也许是刚刚从山上砍柴归来，想起家里田地里的稻谷今年气候不佳，不能算作风调雨顺。水稻扬花时雨水不足，影响了水稻的灌浆。干旱造成蝗虫，稗子瘪谷过多，偷食的小鸟儿成群结队飞来，山里野猪夜晚出来恣意糟蹋后一片狼藉……这一切都呈现出自然之美、淳朴之风，带有无限的向往，令人神驰遐想。而且整个画面布局协调，浓淡相宜，极为雅致。

综观先生的画作，我以为还是以山水见长，这里不能不提到他创作的重要作品巨幅画作《故城印象》。

在段宝林先生从艺五十年、第三届中原根亲文化节前夕，段宝林先生将自己精心创作的国画《故城印象》和小楷长卷《陈元光龙湖诗集》两幅作品无偿捐献给固始县博物馆。段宝林先生的义举，就是要通过自己的实际行动感恩艺术，回报社会，担当起艺术家的社会责任，此举受到了社会各界的一致好评。

国画《故城印象》这幅作品，长180厘米，宽96厘米，段宝林先生构思15年，先后走访、座谈近百人次，四易其稿，终于还原了固始古城风貌。通过《故城印象》众多人物景观惟妙惟肖栩栩如生的描绘，穿越横亘绵延历史，回顾展示了固始作为古蓼国老城东关至张家街繁荣景象。众多人物商贾马车喧嚣叫卖熙来攘往，颇有《清明上河图》之风，令一些对东门老城掌故有印象的居民，再次掀起记忆的闸门感受回顾缅怀过去，追忆今昔自己儿时曾经在何处游历玩耍生活碎片，有种不知有汉无论魏晋的感觉。对于那些没有经历居住过老城的居民观其画后，进行了一次集体培训，对于自己居住的老城轮廓勾勒清晰，脑海印迹明朗，也有某种触摸老城前世今生的冲动，通过对照画面寻根觅昔，追踪到县城东门城楼威风八面的遗址感悟回忆琐事谈古论今。

小楷长卷《陈元光龙湖诗集》长6米，收录了开漳圣王陈元光诗作50首5000余字，具有极高的艺术价值和社会价值。固始是开漳圣王陈元光的故里，素有"唐人故里、闽台祖地""中原第一侨乡"之称。每年中原根亲文化节，成千上万的来自福建、广东、台湾等省及世界各地华人来固始寻根问祖。固始根亲博物馆既是地方历史的见证与缩影，更是维系两岸血

脉亲情，增强台海同胞民族认同感的重要精神纽带。固始博物馆永久收藏段宝林先生先生这两件书画作品，因此有着非常重要的意义。

段老师为人谦和，经年潜心钻研书法绘画要领，终成建树。孜孜不倦，临摹书法、绘画精益求精。集大成者于一身，成就斐然，备受推崇，以不容置疑的身份成为固始县书画界一代宗师。

就在前不久，我看到了段老师的楷书另一代表作《望海潮》——观段宝林画有感，内文曰："千古蓼城，江淮秀色，大别山水如画。史河婉转，流韵裹素，芳草绿杨，碧沙铁壁四垂崖，深壕险滩跨豪杰。嗟讶！魁星点斗玉皇阁，晚钟栖鸦。繁华商贾如麻，东门湧清泉，南门桃花；农事桑植，钟灵毓秀，翰墨诗文佳话。名胜无片瓦，看书画丹青，回天有法。锦心妙手，故园风情真无价。"看后，我内心十分震撼。段老师当年师从固始县著名书法家雷云霆老师的精细老道手法，另加有自己的元素，遵循传统，大胆创新，运笔更加圆润，浑朴自然天成，笔力更加成熟老到，已是炉火纯青，体现出一代大师的风骨。

段老师长得高挑清瘦，潇洒俊逸；他的爱人张丽女士，长得富态端庄，心地宽厚淳朴，为人厚道，与段老师琴瑟和谐，夫妻同心，情同手足，相扶相携走过几十年风雨的人生路。段老师取得的斐然成绩，不得不说有张丽女士的功劳。

有一个好爱人，有一个温馨健全的家庭，对于辅佐佑护人生真的很重要，就像段宝林老师，如果他是一位持之以恒的精神守望者，那么他的爱人，就在他的身边，无论遭遇了怎样的磨难，经历了怎样的困苦，都持之以恒陪着他，一起守望……

一场春天的盛会

——王玉画展感怀

一树一树的花开，春姑娘携着桃的红，柳的绿，纤纤素手，环珮叮咚，迤迤逦逦，踢踢踏踏，深情款款地走来了。大江南北到处都传递着春的气息。人们脱去臃肿的羽绒服，换上干净利落的春装，结伴郊游，踏青赏春，花开半夏；池水在微风中荡漾，小鸟在枝头上鸣唱，感受着春天的美好；不甘落后，爱与花媲美的姑娘们，俏也争春，急不可耐地换上衣袂飘飘的裙裾，巧笑倩兮，美目盼兮，如花仙子般娉婷袅娜，顾盼生辉，摇曳生姿地走上街头，引得路人频频侧目，激动了少年澎湃的心。

春天来了，春天真的来了！柳树绿了，桃花红了，梨花白了，油菜也不甘寂寞地戴顶黄帽子挤来开花了。春天来了，阳光明媚，鸟鸣稠啾。一冬不敢外出的老人们，也由家人们陪伴着在公园里缓缓地移动、迈步、徜徉赏花，舒缓一冬的郁闷。

在这春日融融的阳春三月，固始县书画界也迎来了一场盛会——中国美术家协会会员，中国书法家协会会员，旅居京城的双栖会员王玉老师怀着对家乡父老乡亲的拳拳爱心，载着仆仆风尘，带回了大批翰墨飘香的书画作品，在家乡固始大红堂举办画展。为这春的气息增添了一笔浓墨重彩的绿。书画界代表、社会各界贤达、知名人士齐聚一堂，盛况空前。

固始历史悠久，人文荟萃。固始得名于西汉年间，刘秀封李通为固始侯时，赠言："欲将善其终，必先固其始。"意思是，若想得到好的结果，必须先打好坚实的基础。斯侯李通的传记：欲善其终，必固其始之意。

物华天宝，人杰地灵的固始系河南省直管县，地处中原，中国书法之乡，闽台祖地，中原侨乡，人口170万，系河南省第一大县。固始是清代状元、著名的植物学家《植物名实图考》一书作者吴其濬的故乡。

含英咀华的固始有中书协会员五十多人，省书协会员一百多人，中国

美术家协会会员近十人。群英荟萃，星光璀璨，葳蕤生光，照耀固始书坛，画界。王玉便是其中一颗熠熠生辉的耀眼明星。王玉，1962年出生。先后就学于南京艺术学院美术系、中央美术学院国画系硕士研究生班、首都师范大学书法硕士研究生班，现为中央国家机关美术家协会主席团成员，副秘书长，中国美术家协会会员，中国书法家协会会员，一级美术师。其书画作品多次入选各类大展及名家邀请展，2003年获联合国科教文化卫生组织举办的"世界和平"艺术展美术金奖。先后在法国巴黎和我国的北京、郑州、信阳等地举办个人书画展。作品被中南海、中国人民大学、中央美术学院、钓鱼台国宾馆等机构收藏。

我与王玉亦亲亦友。亲戚方面，王玉的爱人，温文尔雅，秀外慧中，皮肤白皙的叶玲女士，虽然个子纤小秀丽，但是辈分上比我高两辈，按我们当地的习俗我称她为小姑奶，称王玉为小姑爷。同时，因为我老父亲也是固始县知名的中老年书画家，诗词歌赋，书法、绘画样样拿得起，放得下。常年活跃于固始县的书画界，因此，朋友众多。他当年和王玉也是画友，经常在一起切磋书法绘画技艺。

时光荏苒，一晃二十年，倏忽飘过。当年的王玉老师曾经是固始县文联的中坚力量。一枝独秀，年轻有为的他，那时已声名鹊起，誉满固始。我父亲保存的有他当年的画作，一幅《红梅赞》。满树的红梅，枝枝蔓蔓，飘飘洒洒，映衬了整个画面。标准的是一幅浓墨重彩的红梅报春图，写意、大气、昂扬、向上，充满了勃勃的生机。但是拿出来和他今天的作品比较还是小巫见大巫，有些差距。说明其画风技艺不断进步，不停地超越自己。

纵观王玉老师的画作，历经岁月的沉淀洗礼，画风更加古朴，细腻，温婉，无论是花卉还是小鸟都安静蹲在枝头，不吵不闹，本本分分，静候佳音。尤其值得一提的是王玉的画作，今年还被制作成六张邮票，由邮政部统一向全国发行。升值空间大，具有收藏价值。这一突出成绩实乃是固始的骄傲，开创了固始书画涉足全国邮票的先河。

王玉老师面容清癯，长发飘飘，一看就是一介书生。他的画作亦同他的长相一样淡远、清雅、细腻、古朴。正如固始籍知名人士、中国美术馆党委书记游庆桥为王玉书画作品集写的点评：画如其人，字亦如其人。生活中的王玉沉默寡言、淡泊宁静、不事张扬，乐在书画中。

作为中国美术家协会和中国书法家协会的双重会员，集画家、书法家于一身的王玉，他的作品不论绘画还是书法，都有着鲜明的个人艺术特点，其风格淡远朴拙、典雅舒朗。

他的绘画主要以山水、花鸟为题材，在山水画方面承袭了明清画派的风格，追求"恬淡平和"，营造意境，注重诗意美，努力使观者消除偏激浮躁之气，涵养一颗平和仁爱之心。与此同时，其画师古而不泥古，师古人之心不师古人之迹，注意博采众长，具有鲜明的时代性。他的《大别山之春》《高山流水》《秋色图》等作品，简约隽永，又有安谧之美，传达出现代人对逝去田园生活的眷念和向往，并以一种近乎诗意的表达方式，表现出画家对于精神家园的强烈向往和希冀。

王玉的花鸟画师从"津门画派"，倾向于"状物设色"，将古方与今意融会贯通，既有重视严格技法的一面，又有生动活泼、通俗易懂的一面。从王玉的《荔枝》《喜上眉梢》《竹雀图》等花鸟作品中都能发现"津门画派"特有的小写意笔法和清新俊朗的艺术特色。

王玉的书法往往以行草和隶书的面貌出现。行草朴实简洁，结构布局舒朗，整体意境散淡，内在气韵秀润，简约灵动，具有强烈的个人风格；隶书则深得汉隶醇厚之气，厚重灵动，规范而富有变化，透出他对汉隶风格追求的崭新意趣。

王玉深知"书画同源"的奥妙。在创作实践中，他顺应时代审美要求，注重艺术自身发展，重视个人独特感受，以书法入画法，写意传情，以巧藏拙，蕴妍于朴，苍劲中求柔媚，纵逸中见法度，往往是寥寥几笔，便神韵尽显。与此同时，他还比较好地继承了诗书画相结合的文人画风，注重对于传统文化的继承，诗书画齐头并进，具备当代文人画的特征。

王玉博采众长，深受大家的喜爱，同行大家都给予其作品以真诚的评鉴。如河南省书法协会副主席，固始籍的另一位才子李强对王玉艺术状态的点评，王玉的画有着良好的中国画传统，王玉书法多有董其昌意蕴，而在用笔结字上时见林散之的影子。这些年，当代书坛也力追传统，在王铎、米芾的书风弥漫书坛时，江浙一带书家在明清画家的书法中讨生活，而这些画家的题画书法也逐渐引起人们的关注。画家书法更具人文特色，比纯粹意义的法帖既多些人情味，且又活泼多姿，不拘一格。应该说王玉的书法道路也是明智的，理性的。

在创作的同时，王玉不骄傲自大，孤芳自赏，他领悟三人行必有我师焉的道理。在认真搞好创作的同时，广交朋友，许多书画界前辈都对王玉青睐有加。中国书法家协会主席张海对王玉的书画进行点评时说：王玉先

生的书法，给我的感受是"格高韵古"，无半点媚俗之气，涉笔渐苍，深韵淳朴之美。艺术风格是作品呈现的代表性特征，与作者的人格精神，常识修养都在所写的字里真实、自然地流露出来。因此，其作品中才会散发出一种淡泊名利、率真豁达、返璞归真的宁静气质。

春风拂面，春色满园，水波荡漾。坐在满室春色房间里的王玉画家，望着屋外春意盎然的枝头，娓娓道来，谈诗画，颂生活。感叹家乡的空气清新，春色美好，并约定到山间、田园、采风、创作，捕捉春的气息，春的灵感。艺术来源于生活，高于生活。只有满怀爱心去捕捉，去感受才能创作出优秀的作品。王玉老师做到了。他始终以面朝大海，春暖花开的心情接纳生活，诗意创作。王玉老师旅居京城多年，拓展了眼界，开阔了胸襟。虚心向名师学习，受益匪浅，集大成于一身，自成一体，广受赞誉。他当之无愧地成为固始县中青年书画家的领军人物。

月明星稀，乌鹊南飞。乘着和煦的春风，王玉老师挥一挥衣袖，不带走一片云彩地返京了。但是他带来的这场春天的书画盛宴，长久地在家乡人民心中汩汩滔滔，奔流不息。祝愿王玉老师今后画更好，技更高，徜徉行走在京城书画文化的星光大道上。同时也希望王玉老师今后多回家乡走一走，为家乡人民多普及一些书法绘画知识，家乡人民殷殷地期盼着您！

晶华璀璨照珠江

——尹晶华新画册序

　　邂逅画家尹晶华，准确地说是邂逅尹晶华笔下的美人图。去年春节期间，因为要出书找插图，晶华的姐姐传来几幅晶华创作的美女画供我欣赏选择，看后我不禁哑然失笑，打趣说，尹画家人长得高大粗犷，为何美女画得那么惟妙惟肖，生动传神？个个美女都标致得很，真是巧笑倩兮，美目盼兮。北方有佳人，绝世而独立。一顾倾人城，再顾倾人国。其姐姐亦笑说，晶华有一颗温柔细腻，敏感多情的心，因而深受美女喜欢……

　　尹晶华，豫南尹氏，淼华斋主。1967年生于固始。现为中国美术家协会会员，深圳市美术家协会理事，深圳市福田区美术家协会副主席；中国长城书画院特聘画家，信阳师范学院兼职教授。他还是中国文联副主席、中国美术家协会主席刘大为以及其他著名老师的学生。

　　尹晶华作品严谨精致、朴素大方，造型准确，善于描绘处于静态的人物内心世界，具有完美的格局和象征性；其独具个性的艺术风格受到世人瞩目，为中国艺术界及海内外收藏界看好的中国当代人物画家。

　　二十多年前，我曾与晶华有次邂逅。时值改革开放，全国各地兴起一股学习交谊舞的热潮。正是恰同学少年、风华正茂的年纪。团县委举办了一个交谊舞培训班，班里的学员都是各局委选派来的团干，我亦有幸入选。彼时税务、工商等经济效益好的单位都派出强大阵容。俊男靓女，佳丽如云，大概有四五十人。

　　那时我们均二十出头，尚未婚配，正处于青春躁动的年龄。我在一个涉农单位，单位无足轻重，资金缺乏，僧多粥少，能压缩减少开支就尽量减少，因而派出的学员亦少。人微言轻，势单力薄。我出身于教育之家，书香门第，从小管得严，不太喜欢抛头露面，大声喧哗。所以就默默地坐在一边。如林黛玉进贾府般，记住了不要多说一句话；记住了不要多走一

步路。

当时我们的指导老师是县文化局文化股股长、德艺双馨的杨芝瑞老师。杨老师风度气质俱佳，家中文艺人才辈出，其姐姐杨华瑞是我国著名的豫剧《朝阳沟》中银环妈的扮演者，一段"亲家母你坐下，我俩来说说知心话……"脍炙人口，风行全国。杨华瑞老师的丈夫是栓宝的扮演者——大名鼎鼎的王善朴老师。

杨芝瑞老师个子不高，但颇严厉，我们都惧怕她。不知为何，严厉的杨老师在选班长时，没有看中那些往来穿梭，如花蝴蝶一样翻飞舞动、花枝招展的其他各位，偏偏选中了我这个坐在角落里的丑小鸭。除了杨老师，就我一个人负责，每天忙得焦头烂额，不可开交……

那时大家思想都保守，陌生男女，若非有人帮助找舞伴，皆不敢主动邀请对方。于是，杨老师给我的任务是，为大家找舞伴，我戏称自己是"拉郎配"。为大家找好舞伴，常常就剩下我自己没有舞伴。最后只好形单影只，孤独地坐着欣赏音乐。看着别人双双对对，翩翩起舞。

舞会进行一半左右时，突然匆匆进来一位穿黑衣的男子，长得高大，健硕，敦实。他并不是我们班的学员，如一阵风一样席卷而来，直奔向我，拉起我就跳。舞步娴熟，稳健，大圈小圈，回环套环，左转右转，上下翻飞，潇洒自如，只需跳两步就知道人家是经过专业培训过的，和我不是一个等级水平……

音乐只要一响，他立刻能判断出是三步还是四步，不像我们需要研究琢磨半天，是"嘭嚓嚓"还是"慢慢快快"。他舞步专业，节拍准，音乐素养高，任何舞都能跳得洋洋洒洒，挥洒自如。我也如小鸟依人般，在他的带动下翩翩起舞。那时我腼腆拘谨，从未好意思问及黑衣男叫什么名字，只领略了他如旋风般的舞步。每次他都迅疾地来和我跳几曲，然后再如疾风掠过，快速离开……

后来从杨老师口中得知他叫尹晶华，县文化馆的工作人员，擅长绘画，办有绘画班。教很多学生画画，忙得很。所以每次都是快速来，快速走。那时也没有手机啥联络工具。培训班一结束，我们也就各奔东西，杳无音讯了。

如今这批学员，经过二十多年生活的磨砺，岁月的沉淀，已成为年富力强，活跃在固始县政治舞台的中坚力量。有时聚会，大家依然会饶有兴致，津津乐道地谈起当年学跳舞的一些糗事。想起自己的青涩，都会忍俊不禁，开怀大笑……

后来听说尹晶华到了深圳，在深圳美术界，发展得风生水起。如今的晶华博采众长，已是中国美术家协会会员，在艺术的道路上越走越远，踏上了阳关通衢大道。

晶华画风细腻唯美，线条勾勒清晰端庄，人物绘画惟妙惟肖，栩栩如生，生动传神。今年五月我的散文集《幸福遐思》出版时，需要几幅美图插页，以期映衬书卷更丰满。固始是中国书法之乡，便请了中国美术家协会会员、旅居京城的固始籍画家王玉画了书签，中国书法家协会会员、河南美术家协会会员段宝林画了山水图画，中国书法家协会会员桂斌为书做美编。

最后还缺一幅插图，寻觅几幅皆不合适，便想起了晶华姐姐传来的美人图，传给编辑，编辑说特别好。真是："踏破铁鞋无觅处，得来全不费工夫"。晶华听后也很高兴，爽快地答应了我的要求。令人感动的是，晶华还让我选几张我本人的生活照片传给他，他专门为我绘制一幅肖像画，以示对我散文集出版的祝贺。

今年固始县根亲节期间，为了回馈桑梓，晶华于9月25日至10月3日在根亲阁举办画展，把我的肖像画也带回来，一起参加展出，大家都惊叹画如其人，栩栩如生。展出期间人潮涌动，络绎不绝，街谈巷议，影响深远。

月是故乡明，人是故乡亲。晶华作为一名游子，闻名遐迩，根亲血脉，不忘乡邻，回报家乡。观此画展，使故乡亲人大开眼界，拓展见闻，受益匪浅。为大家普及了绘画美学艺术知识，享受了一场饕餮的文化盛宴。孔子云，闻韶乐，三月不识肉味。馨香馥郁，韵味隽永，回味悠长。乱世藏黄金，盛世藏字画。

也是在这次活动期间，尹晶华画家邀请我为他的画册配诗。由他作画，我配诗，共同推出一本新画册。目前，画和诗均已完成，在画册即将付梓之际，以此文是为序。

第三辑 守望花开

197

星汉灿烂

——固始书法名家速写

　　固始县乃中国文联、中国书协命名的"中国书法之乡"。

　　按固始籍中国书法名家、书法评论家西中文的话说，固始为中国书法之乡，名至实归。首先固始获得书法之乡命名，不是人为造势，发动宣传，短期行为，而是靠实实在在的书法成就，这包括全县有60多名中国书法家协会会员和上千次全国书法专业大展、大赛的入选、获奖数量；更为重要的是，固始人对书法的热爱是发自内心的，对书法的学习是自觉的，甚或是一种基于人生价值追求抑或修身齐家的文化理念和风尚。因此，一直以来，固始书法传承有序，代代薪火相传，绵延不绝，成就了一大批当代中国书法大家、名家，大地生辉，星空灿烂。

一

　　要写固始书法名家，段宝林老师应该成为重要的一章，我因此写了《丹青翰墨赤子心——记著名书画家段宝林》，成了一个单独篇章，收在本书里，其中还写了他美术创作的部分。因此段宝林老师一节，在此略过。

二

　　孙瑞珩老师退休前在县第三中学任教导主任。是中书协会员。孙老师长得方脸大耳，五官端正，白白净净，潇洒俊朗。一看就知道年轻时是个大帅哥。孙老师书法亦是师从雷云霆老师，孙以写楷书为特长。楷书写得漂亮工整，蝇头小楷万字如一。孙老师练书法非常刻苦，冬练三九，夏练三伏。

　　有时偶尔聚会劝他多酌两杯他都不愿意，他说，喝酒误事。喝多了晚上就不能写字了。每晚都认认真真练习书法，笔耕不辍终成正果。在固始县只要提起孙瑞珩老师的大名如同段宝林老师一样交口称赞。

据孙老师自己介绍说，他的爱人是我父亲当年在县西街小学教的学生。目前因患有严重的风湿病手腕部等关节变形不太灵活，像开门锁等小事都很吃力费劲，需要孙老师照顾完成。孙老师在照顾爱人的同时坚持笔耕不辍，练习书法，其自强不息精神令人钦佩。

孙老师创作的回忆录，回忆自己书法创作的新书启动仪式近期在县政府发行，广受赞誉。

三

吕志国老师，美髯，长发，是段老师几位同学中我接触最少的一位，因他旅居临县淮滨。虽久闻大名，也存有他的书画作品，但是直至今年在固始县办画展时方才认识。

吕老师是1943年出生，河南省美协会员，原信阳市美协副主席，淮滨县美协主席，首届信阳市政协委员。美术作品入选第六届全国美展。还曾多次入选省级以上美展、获奖及报刊发表多幅作品。出版有《中国当代翰墨名家书画集·吕志国花鸟卷》。

印象中几位老人聚会时数吕老师的酒量大一些。据说他喜欢微醺后作画。以大写意画见长，尤擅画公鸡、荷花、牡丹等大量的泼墨，真正的大写意，尤受段老师推崇。段老师谦虚地说他的画别人可以临摹下来；吕老师的画风独特别人模仿不了。今年吕老师和段老师一起在我县大红堂书办了书法绘画美术展。吕老师带来了他的《出泥不染》《涤砚磨洗待时来》《春醅》《秋实》《艳阳秋》等作品。县委宣传部领导等去祝贺，赢得全县上下交口赞誉。

他的夫人是淮滨县一位退休的音乐老师，音乐素养极高；相貌秀气端庄，为人豁达大度，是吕老师的贤内助，亦是一位颇有修养的老人。

四

潘家勋老师是位退休的检察官。不幸去年刚病逝。1944年出生，长期从事检察官职业，养成了他的性格比较认真执着。他兴趣广泛，在新浪上开有微博，他的微博名叫"西江月色美"一听就是一个极富诗意的名字。

他在博客上经常会谈到段老师、孙老师、吕老师的书画，点击率极高。如他的微博中写道："段宝林，书画家也。其行也敏，其德也善，其才也精，正谓之德才兼备者矣！与吾同乡同学同谊。1949年前，其祖辈系中医世家，

于外县迁至固始县城开鸿魁医院，悬壶济世，普救众生，名震蓼城。1958年，其家被征用为公社食堂，全家老幼无家可居，被分住到我家。两家近二十口人同居于我家三间草屋内共度时艰达一年之久。那时我正上初三，宝林虽小我两岁却已上高中了，我们也算是患难之交矣。汝幼年虽聪慧过人，然受其家庭成分影响，1961年高中毕业后，虽报考清华大学考得高分而不能录取。而他虽命运多舛却未挫其志向，默然广造师化，志学先贤，涉猎翰墨，书画兼修，跋涉五十余年艰难攀登奋斗之路，终成正果，于2012年集五十年硕果出《段宝林翰墨五十年》一书，墨宝美画琳琅满目，妙语精论让人耳目一新，观之读之，受益匪浅。"

在文浮气躁，拜金盛行的现实社会中，无疑这是一本继往开来，传承中华传统艺术，泽惠后人的有价值之好书。故将其论书道精华之语发表，希望能为广大书画爱好者尽一点绵薄之力。另外潘老师擅长制作新闻图片，电脑操作技术娴熟。经常在网上和诗词文友唱和。尤擅长古诗词，对仗工整，平仄押韵，为段老师《故城印象》配的古诗词《观海潮》即"千古蓼城，江淮秀色，大别山水如画。史河婉转，流韵裹素，芳草绿杨，碧沙铁壁四垂崖，深壕险滩跨豪杰。嗟讶！魁星点斗玉皇阁，晚钟栖鸦。繁华商贾如麻，东门湧清泉，南门桃花；农事桑植，钟灵毓秀，翰墨诗文佳话。名胜无片瓦，看书画丹青，回天有法。锦心妙手，故园风情真无价"。他有着词人的情怀，望月落泪，见花伤心，他的词平仄押韵，对仗工整，广受赞誉。

几位老人虽然性格、家庭、经历各有千秋，但是他们有一个共同的爱好就是喝酒。印象中，段老师和孙老师的酒量小一些，其他两位略大一点；每次喝酒时都要打打酒官司；推杯换盏，觥筹交错，赋诗饮酒，希望别人多喝一点。彼此大家公推潘老师是有福有禄之人，饭量酒量皆好。不想天有不测风云，人有旦夕祸福。潘老师还先走。往日聚会中亦常常会打些小麻将。闲情逸致弄些琴棋书画诗酒花，偶尔也谈些柴米油盐酱醋茶。

我与他们是忘年交，聚会多了，彼此熟稔。越发对他们产生敬重之情。常常流连忘返乐不思蜀。亦会借着酒意诗兴大发，声情并茂朗诵曹操《龟虽寿》"老骥伏枥，志在千里。烈士暮年，壮心不已"。祝愿他们年更轻、情更浓、字更好、画更佳、体更健、寿更长，永远行行走在固始县文化老人的前列……

五

固始书协副主席青年书法家周红军。1969年12月生，中国书法家协会会员，河南省书协楷书专业委员会委员，信阳市书协副主席。

周红军老师获奖作品有第二、三、五届书法兰亭奖艺术奖，全国第五届楹联书法大展二等奖，全国第二届隶书大展三等奖，全国第三届隶书大展优秀作品奖，第八届河南省五四文艺奖一等奖，河南省书画名家邀请展金奖等。

和周红军相识是在县义工协会组织的一次募捐活动中。

那是2013年冬临近春节之际。一日，雨霁初晴，路上行人裹着厚大衣匆匆而过，呼啸的北风吹拂下的法国梧桐树丫瑟瑟发抖，一只小鸟吸溜着冷气边梳理着羽毛边探头探脑地在树杈上张望打量树下站着的一群陌生人，他们是干吗的，哪里来，哦，说是一群书法家。

当时我上班途经路过，看到义工组织挂出的红色募捐活动条幅尤其醒目。义工组织在行政服务中心设有文明窗口，是单位争创省级文明单位工作的一个亮点，我负责分管此项工作。在义工们无私奉献精神的带动感召下，我也参与义工协会活动，尽一点绵薄之力。

当时看到好几位著名的书法家，如周红军、桂斌、时俊、陈长中等，都顶着寒风在那临时搭建简陋桌前铺着的宣纸上，认认真真地义务书写楹联书法，正楷、行书、草书，有一笔一画，有笔走龙蛇，行云流水；有龙飞凤舞狂草，各种书体层出不穷，各尽所能，用他们手中的笔恣意挥洒，以不同的方式书写人间大爱，为募捐活动做贡献。善心购买者争相请自己心仪的书法家撰写各种格言佳句，"上善若水""难得糊涂""淡泊明志，宁静致远"等，热烈的场面足以融化冰雪。

我看后非常感动，融入其中，出于对书法家人品的景仰，也出于对义工协会的支持，在书法家们甘于奉献，淡泊名利精神感召下，我也兴起，热血沸腾，慷慨解囊为义工组织捐赠两千元（活动募集的善款全部用于无偿捐赠给贫困家庭户）有幸请书法家们挥毫泼墨，写了几幅字——"上善若水任方圆"，从此我与他们相识。

周红军长得高挑清瘦，戴副眼镜，斯斯文文，一看就是个文雅书生。我与他还有一个小故事。

去年秋天，一次我开车经过县城蓼北路，看见一位女士伙同一群人，

第三辑　守望花开

正在情绪激动地说着什么，感觉像周红军站在旁边，当时我没有多想一闪而过，猜想他们可能是朋友在说话吧！车子行驶了有一二百米远之后，细想又感到事情颇有些蹊跷，感觉周红军神色有些不自然。担心发生什么意外。于是我又掉转车头，下车问询情况。果不其然周红军确实遇到了棘手的麻烦。

原来周红军与这位女士的摩托车无意间相撞了。周红军当时是骑行在女士后面。不知为何女士在前面猛踩一脚急刹车，紧随其后的周红军猝不及防，从后面撞上了女士的车子，女士的裙子也有点挂坏了，略微走了光，腿部受了一点表皮伤。爱美的女士自然感到颜面无光，伤心委屈纠缠不止。

其实交通事故，小磕小碰都是常有的事。经过检查之后确信身体无大碍，但是女方喊来不少人，气势汹汹继续纠缠。周红军亦颇感无辜委屈，认为是女士在前面猛刹车自己猝不及防造成的。责任在女方，双方各持己见，争执不下。真是清官难断家务事。骑车碰撞刮蹭皆在所难免，机械车辆难以操控，不以人的意志为转移。为了快速高效解决问题，我立刻报警打了110，并同交警做了阐述沟通。同时，又对女方进行了规劝，告知碰撞的人是县大名鼎鼎的书法家。不打不成交，凡事只要说开，人家也明事理，问题终于得到圆满解决。

从此与周红军更加熟悉。闲暇时我们聚在一起叫上时俊等书法界朋友，大家谈天说地，恣意胡侃，觥筹交错。周红军和时俊皆不胜酒力，每次聚会喝二三两白酒就醉了。醉就醉吧，也许是酒不醉人人自醉，要的就是这个结果。朋友间只要尽兴就好。

酒酣耳热之际，我同周红军聊到书法，问其为何能字写得那么劲道。他告诉我，练书法同干其他事情一样要专注，静心慎独。他说他经常一个人独自练习书法，无论白天黑夜，不知不觉间五六个小时一晃而过。

我钦佩有加。是啊，世界上怕就怕认真二字。性情中人的我也买了一套书法行头文房四宝，放在办公室里，做做摆设，没事也邯郸学步般练两笔，希望自己弄些琴棋书画诗酒花装点门面。同时亦感到羞惭满面，如我等轻率浮华，三天打鱼两天晒网，终究难成大器。

因与周红军老师朋友关系不避嫌，近水楼台，我收藏了他的多幅书法作品，他还为我普及了诸多书法知识。尤其是承蒙他为我写了幅《心经》，用小楷写就，整体风格肃穆典雅，用笔以方为主，凝练脱俗，整齐有序，蝇头小楷万字如一，令观赏者悦目。只是当时本人才疏学浅，没有真正理解领会《心经》精髓。

在周红军的引领诠释下，我开始潜心研读《心经》：观自在菩萨，行深般若波罗蜜多时，照见五蕴皆空，度一切苦厄。舍利子，色不异空，空不异色，色即是空，空即是色，受想行识，亦复如是。舍利子，是诸法空相，不生不灭，不垢不净，不增不减……

周红军老师的爱人是位善良贤会的女性，举案齐眉，相夫教子，是周红军的贤内助。他们育有两个男孩，虎头虎脑聪明可爱，一家人其乐融融，尽享天伦之乐。

六

著名的中书协会员、政协常委桂斌亦是我好友。

桂斌别署喧荷楼、荷庐等。1969年出生于河南固始。他既是中书协会员，同时也是中国楹联学会会员、九三学社社员、中国书画研究院副秘书长、信阳书画院副院长、"宏柏七子"书法群体成员、信阳市文艺创作"五个一工程"奖获得者、固始县青年联合会一届常委、固始书画院副院长、固始书协副主席、固始党外知识分子联谊会会员。

作品获奖：2004年中央电视台名家书画年展优秀奖，第四届中原书法大赛二等奖，"三农杯"全国书法大奖赛银奖，"太湖杯"全国书法大展金奖，"林散之奖"南京书法传媒三年展佳作奖，"纪念许世友将军诞辰一百周年"全国书画名家邀请赛金奖，等等，不胜枚举！

会议期间听从朋友的建议，请桂斌为我即将出版的散文集《幸福遐思》题书名。中午一起吃了一顿便饭，菜点的都是些家常小菜，唯一一盘价格稍稍贵点的甲鱼，迟迟上不来，桂斌坚持通知退掉，并诙谐地说："吃了甲鱼，万一字题得如甲鱼爬得一样怎么办？"我们听得哈哈大笑。

人要衣，马要鞍。经过书法家题字装帧的封面，就是不一样。体胖需要勤跑步，人丑需要多读书。我自嘲地说：书内容不咋地，装帧封面尤其重要。金玉其外，败絮其中。题了书名后赏心悦目，为书增色了不少。

同时我和桂斌就书法进行了交流。他用了"快乐书法"来形容他自己的练字体会。他说前不久曾有位媒体朋友采访了他，准备为他写一篇人物专访。想了解一下他学书法的过程，是怎样的一番艰难困苦。他当即提出反对，他说："书法是我生命中极快乐的一件事，一管在手，于宣纸上肆意纵横捭阖，释放激情，张扬个性，捕捉电光石火间闪现的美妙轨迹，愉

快而又风雅，何谈痛苦？"

学习书法，首先要有清晰的书法认知和书法概念。有一次听于丹教授的《百家讲坛》说她在北师大，经常在校园里遇到笑容可掬的启功先生，这位历尽磨难孤独的世纪老人，何以还能如此乐观？她终于忍不住当面问老爷子："您怎么总有那么多的快乐呀？"启功先生幽默作答："我为什么不快乐呢？"如此豁达、睿智，真大师风范。书法本是寂寞之道，人生苦旅，忙里偷闲，苦中作乐，此乐怡情，悦性，养生，启智，虽苦犹乐。今世之人，心气浮躁，叶公好龙，流连于声色犬马，畏惧临池之累，浅尝辄止，当不知此乐，亦不必忝列书人，自我标榜。

桂斌的爱人李静，在桂斌的熏陶下常习书法。去年冬天，在县文化馆展出的送文化下乡春联活动中，欣赏过她的作品。目前在县《史河风》杂志任编辑。我时常有文章在《史河风》发表，只是未曾与她会面。

一次在大红堂，观摩著名书画家王玉的画展时我与李静结识。她是一位知识女性，喜欢练书法，也喜欢诗词歌赋。她年轻且谦虚，尊称我为老师，让我指导她写文章。她的诗词写得非常好，对仗工整，平仄押韵，严格按古诗词韵脚格式来。而我平时只喜信手拈来，小情小趣，随意打油，不太讲究平仄对仗。李静与桂斌琴瑟和谐，夫唱妇随，她比桂斌年纪小，仰慕桂斌的才华，遂成夫妻。实乃佳偶天成，珠联璧合，非常理想的一对文人夫妇。

李静还有音乐素养，会弹奏古筝，邀请我们喝下午茶时听她弹了古筝曲《战台风》，大弦嘈嘈，高亢激越，如马嘶奔腾，得得潇潇激动人心；舒缓处如高山流水，潺潺溪流婉转悠扬动听。她的婉约细腻，和桂斌敦厚儒雅的外表相得益彰，和谐美满。

桂斌的书法草书，粗犷豪放大气磅礴，遒劲有力浑然天成，蝇头小楷万字如一。他曾向已故书法家刘学根学习过楹联创作，对他日后的书法大受裨益。我见过他为一对青年订婚写楹联，将双方的名字嵌到联里，迅速地创作了一副楹联；对仗非常工整、押韵，可见他的古文字造诣之深。尤其是他写的书法作品，擅长前面用行草，后面用楷书，给人一种参差不齐，错落有致，别有风味的感觉，唯美的画面让人赏心悦目。大家都一致评价，看桂斌的书法是一种享受，无论是豪放的狂草，还是婉约的楷书、隶书、魏碑，无不给人一种耳目一新的感觉。

七

通过周红军老师的桥梁纽带，我和时俊老师也架起了友谊的彩虹。两位老师经常在一起办书法班，时俊老师也是中书协会员。擅长写小楷，他说，练习小楷和练习大楷一样，都可以达到修身养性，培养耐心与毅力。小楷把握的笔力比大楷难度更大。

小楷的笔画线条纤细，每一笔的成败决定于毫厘之间。全靠笔尖在五六毫米见方的天地里运行，但仍保持"逆起、行笔、回收"的运笔过程，也按轻、重、疾、涩的方法运笔。总之，要练就娴熟的笔法技巧，非一年半载之功，没有冬练三九，夏练三伏，磨了九缸水的坚忍的奇崛毅力是很难练出成绩的。

周红军老师与时俊老师一起办的有一个书法班，闲暇时他们亲自授课，培养无数书法学子。去年根亲节期间，在根亲广场孩子们挥毫泼墨表演，饱受八方来宾赞誉，为根亲文化节增光添彩！

大家说，经过二位老师培训的书法学子，进步神速，与没有参加培训学习的孩子相比成绩不可同日而语。因此他们在为固始书法后继传承挖掘培养人才方面，做出了杰出贡献。

八

陶鸿系中书协会员。同时也是固始书协副主席，县人大书画院副院长兼秘书长，固源书画院院长、河南省书法院特聘书法家、大河艺术家。被中国书法家论坛授予"国展精英"、书法艺术网授予"书坛精英"称号。

作品获奖有"醉翁杯"全国书法大赛一等奖、"华鹏飞杯"中国电视书法大赛成人组二等奖、中国书协教育成果展二等奖、第五届"中国汝官瓷杯"书画大赛优秀奖、"东方杯"河南省青少年书法大奖赛青年组二等奖等。

和陶鸿老师的相识缘于他们人大机关的一位同事调入我们单位，陶鸿老师前来送行。文人气息相通，感性的人群往往一见如故。他，憨厚朴实，书法造诣颇深。与我关系亲近的一位大姐曾告诉我说，她的书法就是在陶鸿老师的精心指导下练就的。

据陶鸿老师说，学书法成功的人都是善于动脑筋、勤思考、虚心求学的人，不讲方法，不学传统，只靠苦练，打消耗战，只能是徒费光阴，浪

费笔墨。只有根植于中国书法的传统土壤中，遵循自然之道，科学训练，强化记忆，积极思考，持之以恒，方有作为。

固始县书法在固始籍青年才俊、河南省书法领军人物——省书协副主席李强的率领下，在县文联主席赵家义主席的大力支持下，"送文化下乡"等活动开展得有声有色，如火如荼。赵主席本人也是书法家，每逢年节假日，书法界的大家们总会到基层学校慰问表演，书法成绩斐然，蔚为大观！

雷云霆、李乾山、段宝林、陈国强、周红军、彭双龙、桂斌、陶鸿、陈长中、李启龙、石俊以及其他书法成就杰出的刘志敏、潘友忠、黄忠杰等固始县一批杰出的中青年书法家，成就了固始县书法群体肖像名片。在外出的王玉、尹晶华等优秀中青年书画家的共同努力下，青出于蓝而胜于蓝，形成了一茬茬梯队似的春起之苗，如群星璀璨，葳蕤生光，异彩纷呈，熠熠生辉。老少中青，各代书法家都以不同形式的努力为固始县书法之乡做出卓越贡献。

最后借用曹操《观沧海》作为结束语：东临碣石，以观沧海。水何澹澹，山岛竦峙。树木丛生，百草丰茂，秋风萧瑟，洪波涌起。日月之行，若出其中。星汉灿烂，若出其里。幸甚至哉……

文学是精神自由的天堂（代后记）

——作家叶晓燕访谈

经过层层遴选，河南省固始县叶维新家庭荣获国家新闻出版广电总局批准的第二届全国"书香之家"称号。同时其闺女叶晓燕的家庭也获得了由红旗出版社、《中国妇女报》、人民网、中华全国总工会授予"书香家庭"荣誉称号。

现年87岁高龄的叶维新老先生是固始县慈济高中退休语文教师，河南省老年诗词学会会员，擅长创作一些格调高雅、志趣情操积极向上的古体诗词以及评论。他还擅长绘画、书法，作品经常发表于各级报刊上。受父亲的影响，女儿、女婿以及外孙女也都酷爱读书，以"耕读传家"为高尚家风，以"学富五车"为不懈追求。

记者就文学创作等诸多问题，对叶晓燕进行了采访。

记者： 叶晓燕老师，你是近年活跃在中原大地的作家，勤奋执着，收获颇丰。可以说，作家的创作来源于生活，来源于血浓于水的故乡，可以谈谈你的故乡情结吗？故乡的年轮，心灵的烙印，包括在那里已渐行渐远的背影以及难以释怀的一些人与事，都在你的作品中怎样的呈现？

叶晓燕： 我出生时，母亲调到固始县陈淋子红花村教学，那里山清水秀，民风淳朴，我的整个童年都在那里度过。叶姓和李姓在陈淋子当地都是大家族，我的姥爷便是私塾先生，祖辈留下的文化烙印对我影响深远，小时候我就坐在家门口的池塘边，看父亲订阅的文学刊物，《奔流》《人民文学》《诗刊》《解放军文艺》等。母亲性格很好，亲朋好友常来我家相聚，一些有趣的人和事，口耳相传，我听在耳里，记在心上。童年的记忆对于人的一生有不可磨灭的影响，这些生动的故事在我的成长过程中潜

207

移默化，成为我创作之路的一大笔财富。

记者： 谈到女性作家，这是另一个岛屿，可以分享一下女性创作的蝴蝶风暴吗？它是内在感知的体验，还是一种风景的摇曳？或者身为女性你本身最关注偏向于什么？它是否能给你带来认同感抑或归属感？

叶晓燕： 我并不是很赞同去放大女性作家的身份，如果说女性就应该敏感细腻，擅长情感分析，这是一种偏见。我觉得，写作风格与个人经历和思想密不可分，与性别并没有太大的关联。文风刚健有力的女作家比比皆是，比如我很欣赏的迟子建。细腻柔软的男作家也不在少数，像白先勇、苏童等。写作是一门学问，不分男女，都应该刻苦用功，强调的应该是专业性、严肃性。至于性别标签，还是尽量避免吧。

记者： 看过你的一些作品还有你女儿的作品，很厚重典雅又不失张力，你是怎么看待两代人的阅读写作，有血脉传承吗？可以谈谈文学划分的"代"与"后"吗？你对此有什么看法？

叶晓燕： 我小时候受到父亲的文学启蒙，唐诗宋词要熟稔于心，文艺刊物更是主要娱乐，这些对于文学创作受益匪浅。所以在女儿幼年时期，就给她准备有专属于她的小书柜，带着她一起，买书看书，直到书柜填满。幼年的"童子功"和天赋，应该都很重要，不过我承认，搞文学、数学、物理，这些都需要天分，如何发现天赋、挖掘天赋，这是最为关键的。至于文学划分的"代"，更多是反映了时代的烙印，比如最初的伤痕一代、迷茫一代，都与时代大背景息息相关。文学毕竟是上层建筑，经济社会的发展水平、社会的开放水平决定了一代人的思想状态。至于改革开放之后的年轻人，我觉得他们的时代差别越来越小，网络拉近了人与人的距离，老太太也学着上网、发微信。随着网络普及，可能"代"与"后"的差异性会渐渐消失吧，也许。

记者： 身为一名作家，我们还是回到作品本身，据悉你的作品《老约的九条命》获得了河南省网络"七个一工程奖"，获得《中国妇女报》年度评卷一等奖。个人散文集《幸福遐思》获得2016年中华文学图书奖。可以进一步谈谈你的文学之路、创作历程以及创作价值观吧？包括对网络写作与传统写作的认知。

叶晓燕：我对文学的热爱，从识字起至今从未中断。中学时爱上写作，在青年时期曾经写过很多手稿，那时候比较害羞，只是默默收藏起来没有发表。等孩子长大了，我重新拾起文学创作，《幸福遐思》一书中相当一部分文章，都是20年前的初稿，又加工整理出来的。

我的笔下多是平凡人、平凡事，于小见大，在看似平淡的情节中捕捉到人性的真善美，是我一直追求的方向。我感觉，写作之路，绝对是门手艺活，三天不练手生。只有勤加练习，才能有所成就。

网络写作与传统写作，我觉得没必要分得太开了。纸和笔是一种写作手段，在电脑写作通过网络发布也是一种手段，好比无纸化办公，作者的思想是核心，这一点永远不会变。

你如果指的是网络文学和传统文学，我觉得网络文学虽然有很多不足，但是瑕不掩瑜，比如在手机上即可阅读、通俗易懂、受众群体大。群众需要的才是文艺创作的土壤嘛，而且据我所知，中国的网络玄幻文学在海外相当有市场，专门有几家网站翻译国内的网络文学作品，美国人很爱看的。网络文学，正在成为中国年轻人价值观输出，甚至是传统文化输出的桥梁，这是我非常欣赏的。

记者：我们都知道身为一名作家，在旺盛的创作欲基础上，一定是热爱阅、读博览群书的，据悉你先后在2016年5月获得国家新闻出版广电总局第二届全国"书香之家"荣誉称号，2016年12月获得由红旗出版社、《中国妇女报》、人民网、中华全国总工会授予"书香家庭"荣誉称号。可以谈谈你的阅读生活吗？进一步来谈谈近年来国家风靡的"全民阅读"，你对此具体有什么看法？你认为读书是个人的上下求索，还是国民的修身养性？

叶晓燕：阅读是写作者必须进行的一项活动，没有阅读，就没有源头活水，只有持续读书，接触到其他作者的思想和笔法，才能有所思。我保持阅读，不管是纸质书还是移动端阅读，只要是文字，高质量的文字，都应该被阅读、被领会。

求知欲应该是每个人都应该终生保持的一种欲望，通过阅读，我们才能接触到讯息、更好地了解生存的世界。我认为读书应该是一件私密的事情，读什么书、什么时候读、读多少，都是自己的喜好。我更赞同读书是个人的求索。

记者：你是怎么看待作家这个称谓的？作家能修身养性放下生前身后名吗？你认为作家坚守内心安静写作，与投入热火朝天的生活哪个更重要？

叶晓燕：安静的内心与认真的生活冲突吗？我觉得我就是一个虔诚的写作者，我手写我心，写作是个人爱好，我离"作家"的标准太远了。

记者：众所周知，你对固始文学事业发展有着卓越的贡献，可以分享一下固始文人墨客之间的故事吗？

叶晓燕：固始是个文化大县，前辈有蒋光慈、王昌定、杨纤如，当代的陈有才、陈峻峰、赵主明、胡亚才四位大家，他们对固始的文学事业起了奠基、启蒙的作用，正是由于他们对故土的热爱、对家乡的描绘，使得更多人走进固始、了解固始。我深深感激他们对固始文学事业的贡献，虽然老师们都不在固始居住了，但至今仍对固始的文学新人鼓励、栽培、提点，他们纵横的才气、广阔的心胸，都是后辈写作者应该学习的。

记者：你对自己的生活质量满意吗？近期有什么读书写作计划？

叶晓燕：很满意。近期有三个计划，一是2016年《固始散文年选》即将集稿完毕，预计成书；二是打算整理一下家族三代人的文字，集结成书；我个人也有一部散文集在计划出版之中。

记者：最后对一些文艺青年，你应该说点什么？每个作家想必都从那个阶段走过来，由于生活与社会的种种因素，有的还在坚持，有的已经放弃。这到底是一条怎样的路途？

叶晓燕：不仅是文学，任何文艺道路，比如音乐、美术，都是前期需要巨大投入回馈缓慢的事业。所以，文艺青年们，在创作前期单纯靠稿费养活自己，很艰苦，很可能需要大家做一些其他的、非纯文学的工作来赚点钱补贴、养家。我自己，已经是文学中年，也没能靠稿费生活，写作也是我本职工作之余的爱好。包括我的孩子，也是在学习法律的同时，没有放弃文学创作。

文学之路虽苦，却是你在实际社会生活中的一块自留地，在空白的Word文档中创作，让思绪信马由缰，你就是自己的王。没人能干涉，没人能压迫，文学是精神自由的天堂。如果爱好写作，那就全力走下去，不管什么形式，哪怕在上班路上用手机写一个短篇，也是不放弃写作的证明，是对灵魂的慰藉。